D1242428

Un soir la vieille maison a parlé

Les Éditions du Vermillon reconnaissent l'aide financière
du Conseil des Arts du Canada, du Conseil des arts de l'Ontario,
de la Ville d'Ottawa,
et du gouvernement du Canada (Programme d'aide
au développement de l'industrie de l'édition, PADIÉ,
du ministère du Patrimoine canadien) pour leurs activités d'édition.

 Patrimoine canadien   Canadian Heritage

Données de catalogage avant publication de la
Bibliothèque nationale du Canada

Bédard, Lise
    Un soir la vieille maison a parlé/Lise Bédard

ISBN 1-894547-42-X

    I. Titre

PS8553.E295577S64 2002 C843'.6 C2002-903989-4
PQ3919.2.B42S64 2002

> Sur la couverture
> acrylique (18,7 cm x 28,2 cm) de
> **Diane Demers**
> artiste peintre de Gatineau

Les Éditions du Vermillon
305, rue Saint-Patrick
Ottawa (Ontario) K1N 5K4
Téléphone : (613) 241-4032 Télécopieur : (613) 241-3109
Courriel : editver@ca.inter.net

Diffuseur
Prologue
1650, avenue Lionel-Bertrand
Boisbriand (Québec) J7H 1N7
Téléphone : (1-800) 363-2864 (450) 434-0306
Télécopieur : (1-800) 361-8088 (450) 434-2627

ISBN 1-894547-42-X
COPYRIGHT © Les Éditions du Vermillon, 2002
Dépôt légal, troisième trimestre de 2002
Bibliothèque nationale du Canada

LISE BÉDARD

UN SOIR LA VIEILLE MAISON A PARLÉ

ROMAN

 Vermillon

REMERCIEMENTS

Je désire remercier Monsieur André Gagnon pour m'avoir insufflé l'audace d'écrire, tous les doyens de la famille Marleau qui ont généreusement partagé avec moi leurs précieux souvenirs, drôles, tristes ou cocasses. Merci à Mesdames Linda Crête et Micheline Côté, mes premières lectrices. Ma vive reconnaissance à mon époux, Michel de Grosbois pour sa grande disponibilité et ses conseils judicieux.

Lise Bédard

*À la mémoire de J.B. Marleau,
à sa nombreuse descendance,
en particulier Alain et Réal
et leurs enfants.*

I

LE GRAND FEU

Puis l'ange prit l'encensoir,
le remplit du feu de l'autel
et le jeta sur la terre [...]
Apocalypse, VIII, 5

En ce matin du 26 avril 1900, à onze heures trente, l'Université d'Ottawa fit relâche pour l'heure du dîner. De la salle de cours où John se trouvait, on percevait dans le lointain des bruits insolites. En effet, les sirènes de la E.B. Eddy et de la Hull Lumber faisaient entendre leurs cris stridents et lugubres. Le tocsin de l'église Notre-Dame mêlait sa voix à celle de la cathédrale d'Ottawa. Quand John sortit, il se rendit compte qu'une foule de gens convergeaient vers la colline du Parlement. En levant la tête, il resta médusé. Un nuage noir, épais, sinistre, bouillonnait, planait, s'enflait du côté de Hull.

« Mon Dieu, le feu ! » pensa John.

Il avait beaucoup entendu parler de la conflagration de 1888 qui avait détruit l'église Notre-Dame-de-Grâce et du même coup son certificat de naissance, mais il était trop jeune à l'époque pour se souvenir de

cet événement. Un instant, il eut l'impression que ses
pieds collaient au sol et les battements de son cœur
résonnèrent dans ses oreilles.

«Je vais aller chercher mes livres», se dit-il enfin.

Puis, il changea d'avis.

– Le feu ne se rendra pas jusqu'ici. Chez moi, ils
vont brûler, émit-il à haute voix.

Alors, avec toute la vigueur de ses quinze ans, il
prit ses jambes à son cou et se mit à courir comme un
fou. Il progressait difficilement. Les voitures, tirées par
des chevaux rendus nerveux, étaient nombreuses, les
piétons encombraient les trottoirs. Çà et là, il captait
des commentaires :

– Toute la ville de Hull est en feu et le vent qui souffle si fort!

John repartait de plus belle, se heurtant aux pas-
sants. Il faillit se faire écraser à quelques reprises. Il
avait en tête une seule idée : rentrer à la maison le
plus vite possible pour constater de visu si le danger
rôdait du côté de la rue Lake.

Aux bouillonnements noirs de la fumée se mêlaient de longues mèches rouges qui semblaient sorties
de l'enfer. Les cours à bois flambaient et du bois, il y
en avait à Hull en 1900. La rive nord de la rivière en
était couverte. Pendant que, hors d'haleine, il atteignait
le pont Dufferin, une colonne de feu traversa la rue
Bridge et atteignit la manufacture de papier. Alors il ne
distingua plus rien, rien que l'incendie. Il ralentit. Il
respirait avec difficulté. Il était en nage et soudain il
eut peur. Peur de l'abîme dans lequel il allait plonger
en rentrant chez lui. Son père, charretier de son métier, était parti tôt le matin, porter du ménage du côté
de la rue Brewery et devait passer dans le coin du

pacage à Brigham, il ne savait trop pourquoi. Sa mère, son frère Adélard revenu du chantier une quinzaine plus tôt, et le jeune Wilfrid, étaient à la maison.

« Seraient-ils encore en vie ? La maison encore debout ? »

Ovila et sa jeune épouse enceinte, Léocadie, habitaient un pauvre logement rue Inkerman. Eux aussi étaient très vulnérables, d'autant plus que la maison était entièrement construite de bardeaux. Il se demandait s'il pouvait encore traverser le pont Union ou s'il valait mieux emprunter le vapeur qui faisait la navette entre Ottawa et Hull. De la rue Wellington, en haut des écluses, où la vue était à la fois spectaculaire et cauchemardesque, il dut se rendre à l'évidence : le pont était au cœur du brasier. Il n'apercevait presque plus la structure métallique tellement le feu faisait rage de ce côté.

Aux abords de l'embarcadère régnait un tumulte indescriptible. Des gens de Hull débarquaient, éperdus, fuyant l'incendie. Les mères retenaient tant bien que mal leur progéniture autour d'elles, de crainte de perdre un enfant dans la cohue.

Des hommes traversaient dans l'autre sens pour prêter main-forte à leurs infortunés voisins. John jouait des coudes, pressé de trouver une place sur le bateau-passeur. Il réussit finalement à se faufiler à bord, coincé contre le bastingage arrière. De sa place, il observait la foule énorme, agglutinée sur la colline parlementaire, certaine qu'Ottawa serait épargné de la conflagration. Le traversier était arrivé au milieu de la rivière quand une clameur sauvage s'enfla avec une violence telle que l'espace en fut rempli. Le vent soufflait du nord-ouest, et de grands débris provenant de l'incendie de tonnes de rouleaux de papier, amplifié par celui de vingt mille caisses d'allumettes de la manufacture, avaient réussi à traverser la rivière ; la scierie Booth à son tour, avait pris feu. Les flammes vociférantes s'attaquèrent immédiatement au *flat* d'Ottawa.

Quand John atteignit l'autre rive, la rivière avait pris l'allure d'un volcan en éruption. Il se faufila le plus rapidement qu'il le put, mais la panique était si grande que le moindre mouvement devenait difficile.

Parvenu rue Alfred, il entrevit la charrette de son père au travers d'un nuage gris. Les chevaux menaçaient de s'emballer à tout moment, malgré la poigne solide de Baptiste. Un homme d'une quarantaine d'années, flanqué d'une femme maigrichonne et de cinq enfants, suppliait :

– Monsieur Marleau, embarquez ma femme et mes enfants puis mes affaires. Ma belle-sœur habite sur la rue Marston. Ils seront en sécurité.

Les affaires en question se résumaient à peu de choses. Deux lits en fer, un gros coffre, une table, quelques chaises et, trônant en évidence, incongru et burlesque, un pot de chambre blanc et bleu.

De l'autre côté, une femme hirsute s'accrochait à la charrette en pleurant.

– Monsieur, amenez-nous, nous allons tous mourir.

Il en surgissait de partout et le choix était déchirant.

Finalement Baptiste opta pour la rue Marston, là où la menace ne se faisait pas encore sentir. John donna un coup de main et le triste convoi se mit en branle au milieu des hennissements des chevaux et des beuglements des vaches aussi terrifiées que les humains.

Baptiste avait crié au-dessus de la cacophonie :

– John, va voir chez nous si tout est correct, moi je peux pas. Faut que j'aide le monde. Ça n'a pas de bon sens.

– Oui papa, c'est là que je vais.

La fumée l'incommodait de plus en plus. Par moments, il suffoquait. Le secteur où John se trouvait était encore épargné pour l'instant, mais un tiers de la ville était la proie des flammes. Les maisons de bois, particulièrement vulnérables, s'écroulaient en moins d'une demi-heure et l'incendie avançait tel un monstre dévastateur. Un monumental nuage de fumée transportant des tisons incandescents menaçait de propager la conflagration un peu partout.

John décida de faire un petit crochet par la rue Inkerman, question de réconforter un peu sa belle-sœur Léocadie. Il trouva la porte fermée à clef. Malgré son inquiétude, il ne s'attarda pas.

Comme il approchait de la rue Britannia, il se heurta à une fillette d'environ trois ans qui sanglotait à fendre l'âme.

John s'arrêta. L'enfant était blonde et bouclée. Elle portait une robe de calicot à col blanc, de bonnes chaussures, une veste en laine rouge. Tremblait-elle de froid ou de frayeur ?

John se pencha.

– Où est ta maman ?

Les pleurs redoublèrent. À l'évidence, elle s'était perdue et était en état de choc.

– Comment t'appelles-tu ? fit John en la prenant dans ses bras.

– Losalie.

– Rosalie peut-être ?

L'enfant fit un signe de la tête.

– Rosalie qui ?

Pas de réponse. Seuls deux grands yeux bleus noyés qui le regardent.

– Et ta maman, elle s'appelle comment ?

– Elle s'appelle maman !

Bon évidemment, elle s'appelait maman, c'était à prévoir.

– Où est ta maison ?

– Là-bas, dit-elle, montrant l'endroit où le tourbillon enflammé était à son paroxysme.

– Viens avec moi, on va la chercher ensemble.

Plus il approchait du lac Flora, plus la fournaise le frôlait. Il voyait les flammes lécher les maisons dans la rue Albion. Les voitures ne pouvaient plus passer, tellement le désordre était grand. Certains exhibaient des chapelets, une femme se promenait avec une statue de la Vierge Marie.

La fillette s'accrochait désespérément à John. Elle avait même caché sa figure dans son cou afin de ne plus être témoin de cette horreur insupportable. Il réussit à contourner le lac. En haut de la falaise de la rue Kent, le brasier crépitait. Il était maintenant deux heures et trente. Il avait mis tout ce temps pour accomplir son trajet !

Quand il entreprit à tâtons, la montée de la côte, une angoisse indicible l'étreignit. À moins d'un miracle, la maison du 112, rue Lake, n'existait plus.

À travers la colonne de fumée et la menace des tisons orangés qui voletaient et allumaient des foyers d'incendie au hasard de leur course, John entrevit finalement son chez-lui encore debout.

C'était un bâtiment gris de style cubique à toit plat de dix-huit pieds de largeur par trente pieds de longueur, orné d'une corniche aux consoles ouvragées aux deux bouts. La façade offrait une symétrie remarquable, deux fenêtres à l'étage, une porte à vasistas et une fenêtre au rez-de-chaussée. On y accédait par une minuscule véranda en bois, également peinte en gris.

Une vision surréaliste s'offrait à lui. L'incendie formait une sorte de rectangle où il n'avait pas pénétré. À l'est, un côté de la rue Kent flambait, au sud et à l'ouest, tout était en flammes, y compris la rue Lake jusqu'à la rue Philémon qui elle, était encore intacte. Au coin des rues Albert et Lake, Philorum D'Aoust combattait l'incendie avec le contenu de barils de saumure provenant de son épicerie. L'habitation des Marleau était au cœur de la tourmente.

John entra, portant toujours Rosalie dans ses bras. De se voir dans une maison étrangère, l'enfant hurla :

– Je veux ma maman !

Elle se mit à se débattre.

Ovila, lui aussi voiturier, mais sur une petite échelle – il ne possédait qu'un cheval et un boghei – avait cru Léocadie plus en sécurité chez ses parents et l'y avait amenée vers l'heure du midi. Il était reparti aussitôt. Celle-ci, qui avait le tour avec les enfants, prit Rosalie dans ses bras.

– Regarde c'est laid dehors. Attends un peu, je vais la retrouver ta maman. Veux-tu du lait et une galette ?

La bambine se calma un peu.

John était rapidement ressorti. Adélard, sur le toit de la maison, arrosait avec les seaux d'eau que lui acheminaient péniblement Wilfrid et Exilda. Celle-ci paraissait à la fois épuisée et déterminée. L'énergie du désespoir lui donnait des forces qui menaçaient de l'abandonner à tout moment.

– Maman, allez vous reposer un peu, je vais prendre votre place.

– Tu es revenu, merci mon Dieu ! Je me faisais du mauvais sang. Tu n'aurais pas vu ton père des fois ? Il est parti au petit matin.

– Oui, je l'ai vu. Il transporte les gens et le peu d'effets personnels qu'ils sont capables de sauver. Il dit qu'il ne peut pas les abandonner.

Exilda était couverte de suie. Elle passa une main sale sur son visage blême, ce qui lui donna l'air d'un ramoneur, elle toujours si soignée.

– Les garçons, il faut sauver la maison. Je ne veux pas me retrouver à la rue.

Elle aimait cette demeure. Elle avait mis tant d'efforts pour la rendre coquette. Baptiste n'était pas un tendre. Le mariage ne leur avait pas apporté le bonheur. En ce moment, elle se souvenait du plus beau cadeau qu'il lui eût jamais fait. En 1898, un certain Joseph Pilon avait établi une petite fabrique de portes et fenêtres à Hull. Baptiste l'avait aidé pour le transport de matériaux. Il avait demandé à Monsieur Pilon :

– J'aimerais ça avoir une de vos belles portes avec des fenêtres en arcades. Ma femme serait si contente. J'ai pas les moyens d'en payer une.

Alors les deux hommes en étaient venus à une entente. Baptiste, un bon soir, était arrivé avec la porte ouvragée. Exilda n'en avait pas cru ses yeux.

– Ah ! Baptiste, qu'elle est belle ! C'est vraiment pour nous autres ?

– Oui, je savais que tu l'aimerais. Tu vas voir l'effet que ça va faire en avant.

Exilda se disait qu'il ne fallait pas que sa maison soit rasée. Devant l'imminence du désastre, elle refusait de s'avouer vaincue. La pensée magique l'habitait. Alors que plusieurs se résignaient, Exilda organisa la montée de l'eau, tant qu'il en resta, avant d'entrer. Elle savait que le danger venait surtout des écuries entièrement construites en bois ; pourtant il était impossible d'être partout à la fois !

Plus tard dans l'après-midi, l'échevin Coursolle organisa une chaîne de seaux entre le lac Flora et la rue Victoria afin de circonscrire la conflagration. Ovila se joignit à eux. Cette mesure aida à sauver la résidence des Marleau.

Vers quatre heures, le vent changea de direction et se mit à souffler du sud-est. Des tisons provenant des débris descendant la rivière allumèrent un deuxième foyer d'incendie aux scieries Gilmour et Hughson aux limites nord de la cité. C'était toute la ville qui risquait d'y passer. La rue Main était réduite en cendres : l'église Saint-James, le bureau de poste, le palais de justice où l'on avait oublié de fermer la porte de la voûte. Cette voûte renfermait les doubles des actes de baptêmes, de mariages et de sépultures, partis en fumée lors de l'incendie ayant détruit l'église Notre-Dame en 1888. Les édifices en pierre ouvraient leurs yeux béants sur une vision d'apocalypse. Plusieurs hullois croyaient vraiment la fin du monde arrivée.

De nombreuses familles avaient entassé leur maigre butin autour de l'église Notre-Dame. Ils s'y sentaient plus en sécurité et à l'abri des pillards qui rôdaient et profitaient du malheur de leurs concitoyens. Ils formaient une infime minorité car les actes d'entraide et de gé-nérosité se comptèrent par milliers. Autour de l'église, on implorait la clémence divine. Rien que de sentir la force qui se dégageait du solide bâtiment leur procurait un peu d'apaisement. Tant que l'église serait sauve, il y aurait de l'espoir.

Un gigantesque mur de fumée séparait mainte-nant les deux rives, faisant écran à un bûcher géant. Le soleil se coucha dans toute sa magnificence. Un court instant, il mêla ses couleurs écarlates à celles des flammes éclatantes. C'était à la fois grandiose et hallucinant. La rivière devint incandescente. Puis les pauvres sinistrés furent livrés aux affres de la nuit. Sur un fond de rouge et de noir, la danse macabre con-tinuait, semant à tout vent la désolation et la douleur.

À huit heures, le feu dévorait une maison située à proximité de l'école Sainte-Marie. Si l'école Sainte-Marie s'embrasait, l'église Notre-Dame ne serait pas épargnée. C'était le joyau de la cité. Il fallait prendre les grands moyens. Des pères accourus sur les lieux, des hommes à qui il restait encore un peu de force, et le sous-chef des pompiers Tessier se mirent tous en devoir de démolir la maison en flammes pendant que d'autres aspergeaient les murs de l'école à l'aide de récipients de fortune, pauvres armes dérisoires face à l'ampleur du cataclysme. Finalement l'école de la rue Britannia fut épargnée. L'élément destructeur avait été vaincu, l'église était sauvée également.

Cependant, dès le coucher du soleil, des centaines de sans-abri convergèrent vers les berges du lac Flora. Beaucoup d'entre eux n'avaient pas mangé depuis le matin. Les gorges, les yeux étaient fortement irrités par la fumée et il n'y avait que peu d'eau potable disponible.

De la demeure des Marleau, on entendait les rumeurs, les pleurs et le va-et-vient. Un grand sentiment d'impuissance s'abattit sur ses habitants. Que pouvait-on offrir à une telle marée humaine ?

Il était bientôt neuf heures quand John et Léocadie décidèrent de descendre au lac pour tenter de retrouver les parents d'une Rosalie de plus en plus agitée.

C'était pitié de voir tous ces pauvres gens s'apprêter à passer la nuit à la belle étoile, les secours n'étant pas arrivés.

Rosalie avait été enveloppée d'une chaude couverture. Elle se frottait les yeux, luttant contre le sommeil, et réclamait sa mère de façon pitoyable.

John et Léocadie marchaient, s'informant çà et là, si quelqu'un connaissait l'enfant. Beaucoup de familles étaient séparées, les hommes étaient allés combattre l'incendie et n'avaient retrouvé que ruines fumantes au retour. Néanmoins, les mères, les grands-mères et les tantes protégeaient les enfants comme des poules couveuses.

Rosalie s'était endormie. Elle pesait lourd. John et Léocadie s'apprêtaient à rebrousser chemin, quand un homme s'exclama :

– C'est la petite Soulière, sa mère est inconsolable, elle la cherche depuis cet après-midi. Elle ne veut pas croire à sa mort. Elle est comme folle de douleur.

– Savez-vous où je peux la trouver ? demanda John.

– Madame Boucher l'a prise avec elle. Venez, faisons le tour du lac.

John suggéra à Léocadie de remonter à la maison. Elle refusa. Ils marchèrent dans l'ombre, faiblement éclairée par les foyers d'incendie pas encore maîtrisés.

Le dénuement de la population était indescriptible. Heureux étaient ceux qui avaient pu sauver un matelas, quelques couvertures. Certaines gens étaient allongés à même le sol. Le Seigneur avait oublié toute clémence. Le mercure descendait rapidement et une gelée était à prévoir avant l'aube.

Soudainement un hurlement perça la nuit :

– Rosalie, Rosalie ma petite fille ! La femme arracha l'enfant des bras de John.

– Rosalie, c'est maman !

Celle-ci se cala contre sa mère et balbutia, toute ensommeillée :

– Maman.

– Je l'ai trouvée aux environs de deux heures dans la rue Inkerman. Elle était égarée et bien misérable. Je l'ai amenée à la maison avant qu'il ne lui arrive un accident.

Léocadie ajouta :

– Elle a bien mangé. J'en ai pris soin. Elle est si mignonne.

– Soyez béni, jeune homme, dit Madame Soulière en serrant la main de John. C'est la Providence qui l'a mise sur votre route. Merci Madame, vous êtes bonne, ajouta-t-elle à l'endroit de Léocadie.

John passa une main timide sur la joue de la fillette et s'éloigna, suivi de sa belle-sœur. Le ciel était encore éclairé de lueurs rougeâtres et sinistres. Ce fut seulement vers minuit que l'on put crier victoire après plus de douze heures d'une lutte acharnée qui n'avait pas empêché des ravages incalculables.

Ovila et Baptiste arrivèrent à quelques minutes d'intervalle. Ce dernier était livide et crasseux de la tête aux pieds. Toute la journée il avait été au cœur de la détresse des plus touchés. De toute son existence, il n'avait été témoin d'autant d'horreurs. À un moment donné, les trottoirs en bois, excellents conducteurs de l'incendie, avaient failli détruire sa charrette. C'était de justesse qu'il l'avait sauvée.

Il se versa une grande rasade de p'tit blanc, Ovila en fit autant. Une forte odeur de fumée se dégageait de leurs vêtements. Ils se lavèrent sommairement et chacun se retira pour la nuit. Léocadie occuperait l'étroite chambre de John, les quatre frères la chambre à deux lits. Seul Baptiste ne monta pas. Il s'installa au bout de la table sa bouteille près de lui et de grosses larmes d'homme, silencieuses et amères tracèrent des sillons sur son visage vieilli.

– L'enfer, ça ne peut pas être pire que ça, murmura-t-il dans un souffle.

Et il vida la bouteille.

Cinq heures venaient de sonner à l'horloge de la cuisine quand Léocadie commença à geindre. Une douleur lancinante lui traversait le ventre et déchirait son dos. Elle repoussa ses couvertures. Ses draps étaient souillés de sang. Elle tenta de se lever. Les spasmes augmentèrent. Le liquide brunâtre inondait maintenant le plancher.

– Madame Marleau, Madame Marleau, je fais une fausse couche. À l'aide !

Exilda s'extirpa péniblement de son lit où Baptiste ronflait à pleins poumons. Elle vola au secours de sa bru qui perdait un fœtus pour la deuxième fois. Décidément, le cauchemar n'achèverait jamais. Exilda sentit une violente colère s'emparer d'elle. Elle se prit à maudire le sort des femmes et fut tentée de maudire Dieu pour son manque de compassion. Seule la crainte de la damnation éternelle l'en empêcha. En tout cas aucune fille n'était sortie de ses entrailles à elle, non aucune n'aurait à subir ces grossesses successives, ces douleurs de l'enfantement, cette soumission à l'homme ou à la férule de l'Église. Elle n'avait pas de filles et c'était bien ainsi.

Quand les trois garçons se levèrent, toute trace des événements de la nuit avait disparu. Ce n'était que de misérables masses sanguinolentes que Léocadie avait expurgées. Exilda avait enterré les linges imbibés au pied du pommier maigrelet, près de la clôture, à l'abri du piétinement des chevaux et du roulement des voitures. La naissance de l'enfant n'était prévue que cinq mois et demi plus tard.

Elle se préparait à faire chauffer du thé quand Monsieur Richer arriva.

– Je suis venu aux nouvelles. Ainsi vous avez été épargnés. Nous aussi, par contre, mes deux locataires ont été moins chanceux. Eh! oui, mes deux autres maisons y ont passé comme des fétus de paille. Là, je viens du lac Flora. La rumeur court qu'un bébé est mort de froid cette nuit. Il y a eu une grosse gelée blanche.

Exilda, pensa que c'était un jour cruel vraiment, qui porterait l'humain à se dévorer le cœur.

Monsieur Richer repartit comme il était venu. C'était l'ami fidèle, secourable, qui utilisait son aisance financière au bien-être des autres.

– Si on allait porter du thé chaud en bas proposa Adélard.

– C'est une bonne idée, mais comment faire? répliqua John.

Wilfrid n'était jamais à court d'imagination.

– Prenons des seaux, on va les descendre avec quelques tasses, puis il y aura sûrement du monde qui ont de la vaisselle là-bas.

– Oui, je vais recouvrir les seaux avec des rangs de coton à fromage. Vous ferez attention de ne pas vous ébouillanter. Je vais ajouter du sucre. Ça va en réconforter quelques-uns au moins.

Exilda s'activait déjà.

Baptiste se réveilla, un goût de cendre et d'alcool dans la bouche. Il se sentait nauséeux et grognon. Il descendit lourdement l'escalier pour constater le brouhaha dans la cuisine.

– La soupane est prête ? fit-il bougonneux.

– Calme tes nerfs à matin. J'ai d'autres choses à faire que de m'occuper de ton déjeuner. Le monde est en train de crever en bas.

Baptiste s'écrasa dans la berceuse en silence. Adélard et John installèrent leurs seaux de thé, chacun au bout d'un grand bâton. Wilfrid portait les gobelets émaillés, blancs et noirs, et la louche. Ainsi équipés, ils gagnèrent les berges non sans difficultés. Les mains se tendaient, fouillaient les effets à la recherche d'un récipient. C'était effrayant ! Ils étaient des réfugiés dans leur propre ville, victimes non pas d'une guerre, mais des éléments, des autorités qui trop longtemps avaient négligé de protéger adéquatement la cité et aussi de leur pauvreté qui les obligeait à construire des maisons qui étaient des nids à feu. À force de soumission, ils en étaient venus à être reconnaissants envers ceux qu'ils enrichissaient et qui les exploitaient.

Le thé fut rapidement épuisé. Le trio décida d'aller voir l'état de la rue Main. Ils furent épouvantés. Seules des carcasses de pierres fantomatiques se dressaient au milieu des braises encore fumantes. Ils avancèrent encore, pour apercevoir le pont Union supplicié, tordu, disloqué. Wilfrid qui d'habitude n'avait pas froid aux yeux, malgré son jeune âge, sentit un frisson lui parcourir l'échine.

– Je veux retourner à la maison. Tout d'un coup le feu reprend ? Venez-vous-en !

Les trois frères rebroussèrent chemin en se serrant d'un peu plus près, le benjamin au milieu.

À la maison, justement Ovila s'était éveillé d'un sommeil pâteux et avait rejoint ses parents. L'atmosphère était à couper au couteau.

Exilda l'apostropha :

– Ce serait une bonne chose que tu ailles voir ta femme. Elle a encore fait une fausse couche de bonne heure à matin. Elle est ben courageuse Léocadie. Elle ne se plaint jamais. Toi est-ce que tu t'en occupes des fois ?

– Ben oui maman. Ce n'est pas de ma faute si elle a de la misère à rendre les bébés à terme !

– Évidemment, mais toi, tu cours les veillées à caller des sets pendant qu'elle est seule. Puis les cartes et le p'tit blanc t'haïs pas ça non plus, hein ?

– Ça va faire les remontrances. Je suis assez fatigué de même. Je monte la voir Léocadie. C'est elle ma femme, pas vous, après tout.

– Heureusement ! dit Exilda d'un ton sec et elle se mit en devoir de préparer le déjeuner avec des gestes brusques.

Les jeunes étaient revenus silencieux. Chacun dialoguait avec son cœur.

Les secours arrivèrent ce jour-là. Des tentes furent érigées aux alentours des lac Flora et Minnow.

Des vivres furent distribués, surtout à partir du samedi matin. Quelques sinistrés étaient restés deux jours sans manger.

Certains, qui avaient tout perdu, prirent le train vers Montréal ou ailleurs et ne revinrent jamais.

Le journaliste Laferrière, qui habitait rue Inkerman, avait décrit l'incendie sur le vif, si bien que le lendemain tous les grands quotidiens canadiens en parlaient en page frontispice.

Le Grand Feu avait détruit mille trois cents bâtiments à Hull et mille neuf cents à Ottawa. Il s'était étendu sur une distance de près de quatre milles le long des deux rives.

Si l'élément destructeur était maintenant sous contrôle, les Hullois dormaient sur un volcan prêt à se remettre à cracher. Sous les cendres, des charbons ardents n'attendaient que l'occasion propice pour se réactiver. La population était sur les dents. Le premier mai, le chemin des amoureux, à Ottawa, en contrebas du Parlement, s'embrasa, suivi bientôt par l'édifice Langevin, tandis que l'on voyait un nuage noir s'élever du côté de Pointe-Gatineau. Ces feux isolés, mais menaçants, continuèrent pendant une semaine. En juin, les braises couvaient toujours et parfois une langue de feu éclairait sinistrement l'espace nocturne.

Néanmoins, il fallait déblayer, reconstruire et vite. L'automne reviendrait rapidement et les familles avaient absolument besoin d'un abri pour l'hiver, simple question de survie. Les moulins aussi, principale source de revenus, si maigres soient-ils, devaient reprendre du service. Au prix d'efforts surhumains, une ville nouvelle resurgit, non pas embellie, plutôt reconstruite avec des matériaux de fortune, nécessité faisant loi! Les ouvriers et leurs familles frôlaient maintenant l'indigence. Il ne leur restait que leur foi en des jours meilleurs... ils ne pouvaient être pires.

Sept mois plus tard, il neigea à plein temps comme du silence qui tombait sur les ruines.

II

L'ACCIDENT

*Défunte est la saison de
l'espérance et des promesses*
Henry David Thoreau

Le soleil descendait rapidement à l'horizon, étalant sur la neige des reflets multicolores. L'heure entre chien et loup serait bientôt là. John avançait d'un pas allègre et énergique. Ce soir, vendredi 16 novembre 1900, il fêtait son seizième anniversaire de naissance. Ce serait selon le dicton son année chanceuse. Ses livres en bandoulière il se sentait le cœur léger. Il était privilégié, le monde lui appartenait.

– Bonjour maman. Ça sent bon. J'ai faim.

– C'est ta fête, j'ai préparé un bon souper. J'ai boulangé du pain. Il est encore bien chaud, avec du sucre à la crème liquide.

– J'aimerais ça souper de bonne heure, je vais jouer au hockey sur le lac Flora avec Paquette, D'Aoust, Laflèche et quelques autres.

– Moi aussi, je veux y aller s'écria le jeune Wilfrid. Puis j'amènerai ma traîne sauvage pour transporter des affaires.

– Ouais, tu es pas mal petit. Je ne sais pas si les autres voudront te laisser jouer.

– Je suis presque aussi grand que toi, répliqua Wilfrid, en bombant le torse.

– Faudrait ben attendre ton père avant de commencer à manger. On va voir à quelle heure il arrive, répliqua Exilda.

– Mes amis m'attendent à sept heure tapant.

Adélard était ponctuel et heureusement Baptiste rentra tôt. Tout au long du repas Wilfrid insista pour accompagner John, si bien que celui-ci finit par céder.

Wilfrid et sa fameuse traîne sauvage! Les enfants Marleau n'avaient jamais eu beaucoup de jouets, ceux-ci étant considérés comme un luxe. Cependant, Baptiste avait parfois des clients sans argent pour le payer, surtout lors des déménagements. Alors, ils offraient de payer en nature. C'est ainsi qu'un soir d'hiver, il y avait deux ou trois ans de ça, il était revenu avec la grande traîne qu'il avait offerte à Wilfrid. Celui-ci avait été fou de joie et cette traîne était restée son bien le plus précieux.

– C'est correct, tu peux venir. Mais si on décide d'aller boire un thé ou un vin de gingembre chez un camarade, toi, tu reviens ici.

– Oui, oui! J'ai compris, maugréa Wilfrid.

Ils descendirent la côte abrupte de la rue Lake en riant. Ils avaient revêtu leurs *breeches,* leurs gros bas de laine et leurs casques à oreilles. En bas, la bande joyeuse les attendait. Les exclamations fusaient :

– Paraît que c'est ta fête John. Tu vas être assez vieux pour aller voir les filles.

– Ben, pas tant qu'il va traîner son petit frère avec lui, ricana Paquette.

Avec un pincement au cœur, John pensa en son for intérieur à Exilia, une jolie petite brunette aux yeux très clairs. Ça n'avait été qu'une amourette, mais n'empêche, c'était la plus belle fille de toutes.

– Bon ben, si on chaussait nos patins. Est-ce qu'on est assez nombreux pour former des équipes ? demanda John.

– S'il manque un joueur, je peux remplacer, s'empressa Wilfrid.

Les jeunes gens firent quelques tours de patinoire, question de se mettre un peu en forme. Les patineurs étaient assez nombreux, la température était belle et plus clémente qu'au début du mois. De grands froids avaient sévi et gelé les eaux du lac tôt en saison. Ils trouvèrent un coin plus tranquille du côté de la rue Kent et décidèrent de s'y installer. Le serviable Wilfrid avait pris soin d'apporter des bûches qui délimiteraient les buts.

La partie battait son plein, John avait compté l'unique point de son équipe. Le pointage était à égalité. Chacun y mettait toute son énergie. Couture fit une montée rapide et accrocha John en passant. Celui-ci perdit pied et tomba violemment vers l'arrière. Sa tête heurta la glace de plein fouet avec un bruit mat. Son casque, qu'il avait détaché, tomba de sorte que sa boîte crânienne absorba toute la brutalité du choc. Il perdit immédiatement connaissance.

Il gisait là, sous les étoiles, blême, inerte, livide. Ses copains l'entouraient, désemparés, et Wilfrid pleurait, penché sur son frère.

– On dirait qu'il est mort sanglotait-il. John, John, réveille-toi !

Les curieux commençaient à s'agglutiner. Un grand gaillard que personne ne connaissait sortit du groupe, s'agenouilla près du blessé et demanda :

– Est-ce que quelqu'un peut aller chercher un moyen pour le transporter et rapidement ? Voiture, traîneau, mais vite !

– Il habite juste en haut de la côte, murmura Paquette.

– J'ai ma traîne ici, chuchota Wilfrid.

– C'est bon, apporte-la tout de suite.

Seule une faible respiration indiquait que John vivait encore. Ses boucles dorées encadraient sa pauvre figure et lui donnaient un air enfantin, accentué par sa frêle carrure.

Une demoiselle Tremblay offrit son manchon pour servir d'oreiller. Laflèche ôta son manteau qu'il déposa au fond de la civière improvisée.

– Soulevons-le avec précaution, ordonna l'inconnu. Moi, je lui maintiens la tête, toi, dit-il à un costaud, prends-lui les jambes. Un, deux, trois... vas-y !

John n'avait toujours pas fait le moindre mouvement. Le triste cortège prit le chemin de la rue Lake, mais ce n'était pas une mince affaire que de grimper l'escarpement sans que la traîne verse. Wilfrid s'était placé à l'arrière et maintenait John en place avec une force surprenante ; il était presque allongé sur son frère pour le protéger. On suait et peinait sous la charge. Heureusement la distance était courte. Le petit groupe arriva enfin devant la résidence des Marleau. Il était neuf heures passées. Paquette frappa à la porte presque désespérément. Exilda apparut et ouvrit.

– Madame Marleau, il est arrivé un malheur. John a eu un accident. C'est sa tête qui a frappé la glace.

Exilda porta les mains à sa poitrine.

– Doux Jésus ! Baptiste, viens vite ! C'est John.

Baptiste accourut pour apercevoir deux hommes qui portaient John. Celui-ci semblait sans vie. En apercevant ses patins qu'il chaussait encore, Exilda fut prise de remords et de rage. Elle avait économisé sous par sous les quelques revenus qu'elle tirait d'occasionnels travaux de couture. Quand elle eut amassé suffisamment d'argent, elle s'était mise en quête de patins usagés pour ses deux plus jeunes fils. Le lac était si proche et ils avaient tellement envie de patiner. Cela faisait déjà quelques années. Et ces maudits patins étaient responsables de l'accident de John.

Baptiste prit John dans ses bras et seul, bien droit, monta son fils à sa petite chambre. Il le déposa délicatement sur son lit à colonnes.

– Adélard, cours chez le docteur. Dis-lui que John a fait une chute et qu'il est sans connaissance, ordonna Exilda.

Puis elle remercia ses copains, mais le grand gaillard s'était déjà éclipsé. Laflèche reprit son manteau. Paquette et D'Aoust semblaient pétrifiés, même qu'ils avaient les yeux dans l'eau.

– Nous allons venir aux nouvelles demain matin, Madame Marleau.

Wilfrid s'était faufilé dans la maison et s'était blotti près du poêle, les yeux hagards. Exilda monta rejoindre Baptiste.

« Pourvu que le docteur vienne vite » pensa-t-elle. La grande horloge de la cuisine sonna la demie. Chaque minute paraissait une éternité. Personne ne parlait, personne ne bougeait, de crainte de courroucer le destin davantage.

Enfin, une voiture s'arrêta et le docteur Duhamel entra, suivi d'Adélard. Il enleva son capot de chat sauvage et monta. Exilda, qui venait à sa rencontre laissa échapper :

– C'est effrayant docteur, on dirait qu'il est mort !

Le docteur se mit en devoir d'examiner le patient. Il n'y avait ni coupure, ni sang, pratiquement pas de traces d'accident sauf une certaine rigidité de la nuque. Quand le médecin y fit des pressions, John gémit faiblement, ouvrit des yeux vitreux et se mit à vomir.

Exilda veilla son fils toute la nuit. Il oscillait entre la conscience et l'inconscience. Par moments, il exhalait sa douleur d'une voix éteinte et plaintive, à peine audible mais déchirante. Baptiste s'endormit à l'aube. Quant à Wilfrid, il était resté près de la chaleur, oublié de tous et le cœur en charpie. Il s'assoupissait et se réveillait en sursaut avec l'image de John étendu sans vie sur la glace. Adélard avait arpenté sa chambre une bonne partie de la nuit

Le médecin repassa en fin de journée. C'est un John agité, fiévreux et qui hurlait sa douleur, se tenant la tête à deux mains, qu'il découvrit. Le docteur Duhamel parut soucieux.

– Madame Marleau, il faudrait des examens plus approfondis. Demandez à votre mari de l'amener à mon bureau lundi. Prenez soin de bien le couvrir afin qu'il ne prenne pas froid. Son état m'inquiète.

Il laissa des pilules pour calmer la douleur pour quelques jours. À soixante-cinq ans bien sonnés, il était toujours aussi consciencieux, le docteur Duhamel. L'examen fut long. John était très souffrant, un peu agressif ou, plus exactement, au bout du rouleau.

– Vous reviendrez vendredi et à ce moment-là je pourrai vous informer plus exactement sur son état. Je veux parler à un confrère.

Ainsi, il allait mourir. Le médecin l'avait dit à voix haute à sa mère un peu sourde, derrière la porte close. Six mois... John ne savait plus s'il voulait les vivre ou mourir tout de suite. Des cloches sonnaient, sonnaient dans sa pauvre tête blessée, l'assourdissaient, le rendaient fou. Il avait cru tromper le destin. Lui, petit Canadien-Français sans fortune, un avenir brillant s'offrait à lui. C'était si inespéré. Il s'était vu plaidant de grandes causes ou embrassant le sacerdoce. Il n'en serait rien. Dans six mois, il serait sous terre. Il eut envie de vomir. Il avait seize ans, juste seize ans! Cadeau d'anniversaire empoisonné. Il ne reverrait le printemps qu'une seule fois. C'était intolérable.

Exilda sortit enfin du bureau du médecin, l'air impassible. Elle n'était guère affectueuse ou expansive, sa mère. Pourtant au fond de lui, John savait qu'elle était fière de lui.

– Viens-t'en à la maison, John.

– Qu'est-ce qu'il a dit, le médecin?

– De faire attention à toi, de te ménager.

– C'est tout?

– À peu près. Puis arrête donc de poser des questions.

Ils marchèrent en silence, côte à côte dans la grisaille de novembre. Des flocons s'étaient mis à danser et il faisait froid. John avait déjà l'impression d'être un cadavre. Il avançait comme un automate, les membres rigides, un voile sombre devant les yeux, la tête en feu. Ses pieds étaient lourds. Surtout, il se sentait glacé, toute la chaleur de la terre semblait s'être soudainement résorbée. Il avait mal, dans son corps et dans son âme...

Il entra, enleva ses bottines et courut à sa petite chambre sans enlever son manteau, ni sa casquette. Il aurait voulu fermer la porte, mais seul un rideau en masquait l'ouverture. Alors, tout habillé, il se jeta sur son lit et il sanglota dans son oreiller. Il sentait sa raison vaciller. Un grand cri de révolte montait du tréfonds de lui-même. « Pourquoi, pourquoi moi ? Je ne veux pas ! »

La crise dura longtemps. Il perdit la notion de l'heure et du monde. Il était complètement enfermé dans son univers à lui et cela ressemblait à l'agonie. Quand il revint à lui, il faisait noir et à la fenêtre, une petite lune souriait timidement à travers les nuages. Il l'ignora et tomba dans un sommeil qui s'apparentait à un coma.

Il dormit mal. Le même cauchemar revenait sans cesse. Une forme indistincte le poursuivait, une hache à la main pour lui fendre le crâne. Quand il s'éveilla au petit matin, il eut l'impression que c'était fait, que sa tête avait éclaté. Il se leva péniblement et l'envie lui prit de fuir. Ne plus voir personne. Il passa sa main dans ses cheveux qu'il avait châtain clair, puis descendit l'escalier sur la pointe des pieds, enfila ses bottines et sortit sur le palier de la porte. L'air lui fit du bien. Il s'engagea dans la rue Lake et tourna sur Victoria. Malgré la neige étincelante, les séquelles du feu du mois d'avril se dressaient partout, formes tordues, noirs oiseaux de malheur. John se sentit à l'unisson de ces dépouilles. Tel le feu qui avait tout balayé sur son passage, sa chute du 16 novembre avait tout détruit dans sa jeune vie. Un chien léchait la neige et cherchait une vaine pitance. Une femme mal vêtue, tenant deux marmots par la main, entra dans une bicoque reconstruite à la hâte. John se retrouva machinalement rue Alma,

devant l'église Notre-Dame. La dernière messe se terminait et les quelques fidèles se dispersaient. Il monta
les marches, le temple était plongé dans la pénombre.
Ici, il était un peu chez lui. Il y avait été enfant de
chœur pendant plus de sept ans. Il se souvenait même
de l'émotion qui l'avait envahi lors de la bénédiction de
l'édifice par Mᵍʳ Duhamel en 1892. Comme c'était loin !

Une odeur d'encens flottait doucement. La lampe
du sanctuaire veillait avec bienveillance et une multitude de lampions vacillaient, portant les demandes des
paroissiens au Très-Haut. John trouva une piécette au
fond de sa poche qu'il glissa dans la fente, alluma une
bougie et s'agenouilla péniblement. Des mots barbares
se mirent à frapper dans sa tête... hémorragie céré-
brale... masse au cerveau... ne pouvons rien faire... va
mourir... à moins d'un miracle. Les mots résonnaient à
plusieurs reprises en écho.

Il s'assit sur la marche de la balustrade, petite silhouette recroquevillée sur elle-même. Là-haut la Vierge
illuminée semblait planer sur un fond de ciel bleu.
Deux angelots d'or voletaient autour d'elle. Après tout,
peut-être qu'il serait bien au ciel. Un court instant,
cette idée l'apaisa. Ce ne fut que pour laisser place à
un tumulte intérieur encore plus grand. Le docteur
Duhamel avait dit : « Six mois ». Comme un meurtrier il
était condamné. Pas juste, pas juste du tout ! Il s'en
irait en même temps que les fleurs du pommier qui
avait réussi à survivre dan un coin exigu à l'arrière de
la maison. John aimait le mois de mai. Tous les espoirs
étaient permis quand la nature renaissait. Le pommier
donnait des fruits, lui n'en donnerait jamais. Il s'en
irait pour toujours et ne laisserait que peu de regrets.
Il pensa à Monsieur Richer et se sentit injuste. Cher

Monsieur Richer, il croyait tellement à son talent. C'est lui qui s'était offert pour défrayer le coût de ses études. John remplaçait un peu le fils que celui-ci n'avait jamais eu. Il se montrait si attentionné depuis son accident. Il s'était rendu à l'Université d'Ottawa pour avertir le préfet des études commerciales, le père Roy, de la raison de son absence.

– Gardez-lui bien sa place. Il reviendra dès qu'il sera mieux, lui avait-il dit.

«Est-ce qu'il y retournerait à l'Université?» Une angoisse sans nom l'envahit de nouveau. «Ça servirait à quoi? Puis je ne serai pas capable.» Il décida de remettre cette décision à plus tard. Cependant, il se voyait mal traînant à la maison, dans les jupes de sa mère, d'autant plus que son père, même avec son joyeux caractère, levait le coude de temps à autre, ce qui mettait Exilda hors d'elle.

«Saint Joseph, vous savez que je vous ai toujours prié depuis mon enfance. Ne me laissez pas mourir. Il a parlé d'un miracle, le docteur. Aidez-le donc un peu pour ma guérison. Si j'essayais très fort et vous aussi, peut-être qu'à trois, nous réussirions. Votre Jésus, s'il voulait nous donner un coup de main aussi. J'ai toujours été un bon gars, saint Joseph. Écoutez-moi. Je vous en supplie!»

La douleur qui le taraudait sans cesse devint aiguë, un immense nuage noir passa devant ses yeux et il s'affaissa complètement devant la balustrade. La casquette qu'il tenait à la main roula sur le plancher et il ne fut plus qu'un petit pantin désarticulé.

Le père Forget qui vint à l'église juste après le dîner, afin de lire son bréviaire dans la paix et la sérénité, trouva John et le transporta chez lui.

Pendant ce temps à la maison Exilda rongeait son frein. D'abord, Adélard avait dû s'en aller aux chantiers de la Gatineau. Il n'avait pas pu retarder son départ davantage. Depuis l'accident, Wilfrid, qui n'aimait pas l'école d'avance, n'y avait pas remis les pieds. Rien n'y avait fait, pas même la menace d'une bonne correction. Sa traîne avait été délaissée. Il restait assis de longues heures à gosser du bois avec un petit canif. Ça énervait Exilda. Le diagnostic du médecin l'écrasait tellement, les autres n'avaient pas à en remettre. Baptiste était le seul, du moins le croyait-elle, à partager son secret. Pour soulager son chagrin qui était grand, il était allé prendre une grosse brosse la veille au soir. La belle affaire ! Est-ce qu'elle en prenait de l'alcool, elle ? Non, elle endurait en silence.

Exilda ne ployait jamais. Elle avait subi de nombreuses fausses couches sans broncher. C'était une Campeau, elle en possédait toute la force de caractère. Cette fois-ci cependant, elle sentait son courage chavirer. Elle, l'épouse d'un charretier, allait avoir un fils dans le grand monde. Elle deviendrait quelqu'un. Déjà, elle relevait la tête dignement quand elle disait que John allait à l'Université. Le docteur Duhamel avait dit que c'était fini pour lui. Elle essuya rageusement une larme qui glissait silencieusement le long de sa joue. Elle décida de monter à la chambre de John, vaguement inquiète qu'il ne soit pas descendu. Quand elle aperçut la courtepointe aux carreaux bigarrés, toute chiffonnée et le lit vide, elle s'affola.

Elle descendit précipitamment.

– Wilfrid, as-tu vu John ?

– Pourquoi je devrais l'avoir vu ?

– Ne fais pas le fin-fin.

– Je le sais pas où il est John, répondit l'enfant, vexé.

– Habille-toi et va voir. Tout à coup il serait tombé quelque part. Puis passe par chez Ovila. S'il est là, il pourra peut-être te donner un coup de main.

Elle tendit fébrilement ses vêtements d'hiver à l'enfant qui les revêtit avec obéissance.

Ovila et Wilfrid cherchèrent pendant plus de deux heures et rentrèrent bredouille. L'énervement et l'inquiétude étaient à leur comble quand le père Forget arriva avec John.

Chez les Marleau, les jours s'égrenaient, longs, douloureux, comme en dehors du temps. Les fêtes approchaient. Malgré l'austérité de l'avent, une certaine effervescence régnait dans la ville. Les femmes avaient les joues rosies par le froid, elles faisaient des emplettes supplémentaires : oranges, bonbons, babioles, tissu, chevaux de bois ou poupées pour les plus fortunées. L'épicerie Laflèche, aussi bien que celle de Philorum D'Aoust bourdonnaient d'activités. Quand à Jean-Baptiste et Josaphat Pharand dont le magasin avait brûlé au mois d'octobre 1899, ils offraient dans leur nouvel édifice de quoi faire rêver les plus exigeants... à condition d'avoir de l'argent. Il y avait un va-et-vient de carrioles aux clochettes joyeuses et les jeunes filles, au coin des rues, relevaient pudiquement leur jupe gonflée de jupons afin de ne pas tremper leurs atours. Avant, elles se tournaient à droite et à gauche pour cacher cette cheville, ce mollet que les hommes ne devaient pas voir.

Un mois et demi après le funeste accident et malgré ses souffrances, John décida de tenter un retour aux études. Il ne vivrait pas, il est vrai et la prédiction du vieux docteur suspendue au-dessus de sa tête avait mis un frein à ses ambitions et à ses rêves, mais il était plus heureux à l'Université avec la bonne odeur des livres, les encriers rebondis, le son de la plume qui crisse sur le papier blanc en laissant son sillon bleu.

Il retrouva avec plaisir son petit pupitre qu'une clarté généreuse inondait. À l'intérieur, il palpa d'abord son livre de sténographie de Ben Pitman à couverture vert forêt.

Dans son bureau, rien n'avait bougé, dans sa pauvre tête tout avait éclaté. Il avait peur, si abominablement peur. Les signes se brouillaient. « Et s'il n'était plus jamais capable d'apprendre. » Son professeur préféré s'était approché à son insu.

– Bonjour John. Tu as décidé de revenir, je suis bien content de te revoir.

– Je... je crois que je ne pourrai pas. Je ne serai pas capable, père Lajeunesse.

– Tut, tut! Tu iras un peu moins vite, ce sera plus difficile mais quand on veut on peut. Et puis je vais t'aider. Tiens, on fait un pacte. Chaque fois que ce sera trop ardu, que tu auras envie d'abandonner, tu viendras me voir et je te seconderai. Qu'en dis-tu ?

– C'est que voyez-vous, j'ai un secret, un affreux secret à vous dire si vous promettez de ne pas le dévoiler. Je n'ai plus que six mois à vivre.

Le bon père le regarda, incrédule. Un garçon avec une mémoire si remarquable, un garçon si avide d'apprendre. C'était injuste. Mais Dieu en avait décidé ainsi, que sa sainte volonté soit faite. « N'empêche que... » pensa le père.

– Tu es courageux, John, d'être revenu. Ça sera notre secret. Si c'est ton désir de continuer malgré tout, tu as mon entière collaboration.

– Je vais essayer, cependant j'ai l'impression que ma mémoire s'est écoulée sur la glace. Elle fonctionne très mal. Certains jours, j'ai si mal à la tête que je ne pourrai pas venir, Parviendrez-vous à faire accepter ça au père préfet?

– Je m'en occupe.

Sans s'en rendre compte, le père Lajeunesse avait posé sa main sur l'épaule de son nouveau protégé. Il se sentait pris d'affection pour ce garçon qu'il faisait sien en cet instant.

John se remit à étudier. Son cerveau ne fonctionnait pas toujours normalement, il devint hésitant dans toutes ses actions, il ne pouvait jamais prendre rapidement aucune décision. Quand il voyait les autres envisager l'avenir avec tant de confiance, tandis que lui ne pouvait même pas compter qu'il pourrait vivre, il s'en allait à la dérive tout comme un bateau sans gouvernail, sans ambition aucune.

Le mois de mai revint. Le pommier maigrelet, près des hangars des Labelle, donna des fleurs en abondance et John était toujours vivant. Son état ne s'était ni aggravé, ni amélioré. La vie continuait, péniblement certes, mais il vivait. Pour combien de temps?

Cet accident avait fait de lui un garçon tout à fait anormal. Il regrettait sa mémoire autrefois si brillante. Il devint une espèce de sauvage, préférant être seul. Souvent la compagnie des autres, loin de l'égayer, l'importunait. Celle des filles lui plaisait encore moins que celle des garçons, car auprès d'elles, son cerveau devenait paralysé et le rendait plutôt timide.

L'été 1901 était à son beau mitan quand John fit une rencontre qui allait avoir une influence bénéfique sur son moral. Le destin, le hasard ou la divine Providence, selon le point de vue où l'on se place, mit sur son chemin une jeune fille qui sut bien lui faire modifier son opinion peu flatteuse sur les femmes.

C'était une petite Irlandaise du nom d'Elizabeth Harper et que l'on nommait toujours Lizzie. À première vue, elle n'était pas très jolie, mais elle avait de si beaux yeux, qui illuminaient son visage au point de la rendre presque belle. Elle était bilingue, tout comme John d'ailleurs, instruite, et possédait le don de la conversation. Elle pouvait avec connaissance et animation discuter de faits divers, littérature, d'histoire et de bien d'autres sujets. Elle était très sévère sur la morale et quand un garçon outrepassait les règles de la décence, elle n'était pas lente à le souffleter. John appréciait beaucoup les bonnes mœurs de sa nouvelle amie.

Les souvenirs d'Exilia et du cousin Jean, aux manières plus que douteuses, refirent surface. Le cousin Jean qui lui avait volé l'inconstante et naïve Exilia.

Lizzie était au courant du malheureux accident de John et de ses funestes conséquences. Elle lui fut d'un grand secours, car par ses paroles, et de sa voix douce et lente, elle sut ranimer sa flamme quelque peu vacillante en la justice de Dieu et remonter son courage et ses espérances. Un jour il pourrait bien guérir... Elle savait aussi que John n'aimait pas particulièrement les filles et qu'il les tolérait, plutôt par politesse que par plaisir.

Un autre événement marqua cet été torride. Une cousine de Montréal, Placide Larivière, écrivit à sa tante dans le but de venir passer des vacances à Hull. Adélard fut chargé d'aller l'attendre à la gare avec le beau boghei capitonné de cuir et la toute nouvelle jument noire dont Baptiste avait fait l'acquisition.

Adélard n'avait pas revu Placide depuis trois ans. Il fut surpris d'accueillir, à sa descente du train, une jeune fille élégante, vêtue d'une jupe ample couleur pourpre, garnie d'un liséré plus foncé, d'un veston court assorti ouvrant sur une blouse délicatement brodée. Le tout était complété par un bibi, orné d'un mignon oiseau blanc, posé sur ses cheveux sombres. Elle avait dix-huit ans, Placide, et fière allure. Pendant qu'il s'empressait de prendre ses bagages, le rythme de son cœur s'était accéléré.

Adélard sortit régulièrement avec la souriante Placide. Il lui fit voir le nouveau pont Royal-Alexandra. Ils prirent les tramways de la Hull Electric qui se rendaient maintenant à Ottawa. Ils en profitèrent pour se promener dans les sentiers du magnifique parc Major. Ils allèrent visiter le Parlement, et Adélard l'invita à l'inauguration officielle du nouveau pont par le duc d'York, prévue pour le 21 septembre. Quand Placide retourna à Montréal, deux semaines plus tard, il était convenu qu'Adélard lui rendrait sa visite.

Ils s'épousèrent le lundi 28 octobre 1901 et s'établirent à Hull. Malheureusement, Adélard dut quitter sa jeune épousée moins d'un mois plus tard pour les damnés chantiers de la Gatineau. Il fallait gagner sa croûte. Placide le prit mal, encore plus quand elle sut qu'elle était enceinte !

John quant à lui, avait repris ses cours avec un peu moins de difficulté. Bien sûr, les maux de tête se manifestaient toujours sans crier gare, mais un faible rayon d'espoir, non plus de réussir mais de survivre, s'infiltrait en lui.

En novembre, Madame Robinson, chez qui Lizzie et John s'étaient connus, fut grandement affligée par le départ de ses deux garçons. Ceux-ci avaient décidé d'aller gagner leur vie dans l'ouest. Un soir qu'elle avait le cœur bien gros et que Lizzie et John cherchaient à la consoler, celui-ci s'exclama :

– Madame, si vous voulez bien, afin d'amoindrir votre ennui, je remplacerai un de vos garçons auprès de vous.

– Et mois l'autre, ajouta Lizzie.

Soudain Lizzie et John se regardèrent et s'écrièrent :

– Dans ce cas, nous devenons petite sœur et petit frère !

Ce titre devait durer toute leur vie.

En mars 1902, juste avant le retour d'Adélard, Placide, minée par la solitude, fit une fausse couche. Sa belle-sœur Léocadie lui fut d'un grand secours. Placide constata qu'un homme parti aux chantiers presque la moitié de l'année, ce n'était pas ce qu'elle désirait pour l'avenir. Elle voulait son mari avec elle. À l'été, ils quittèrent Hull et s'établirent à Montréal où Adélard avait trouvé un emploi à l'année, ce qui était difficile à Hull car la E.B. Eddy ne fonctionnait que six mois sur douze.

Depuis le Grand Feu, la ville de Hull était en reconstruction. Si les ouvriers avaient rebâti rapidement leurs habitations, souvent de triste façon à cause de la misère, les édifices publics qui avaient pratiquement tous été rasés se relevaient de leurs cendres plus lentement.

Le palais de justice et le bureau de poste étaient complétés, l'hôtel de ville venait à peine d'être commencé selon les plans de l'architecte Brodeur, l'église anglicane Saint-James sur la rue Main, face à la rue Church, avait été rebâtie pour la troisième fois grâce au zèle des fidèles.

Au printemps 1902, la ville décida d'effectuer des travaux d'améliorations sur la rue Lake. Comme chaque année, le bel érable à l'avant de la maison des Marleau avait ouvert ses feuilles. L'érable majestueux se joignait aux géraniums qui ornaient la fenêtre de dizaines de fleurs éclatantes se détachant sur la devanture grise. Les délicats rideaux de dentelle qu'Exilda cousait elle-même achevaient de donner un air coquet à la modeste maison qui gisait pourtant dans la boue habituelle qui refaisait surface à chaque fonte des neiges dans les rues.

Ce matin-là, une voiture de la ville parcourait la rue et un contremaître en descendait de temps à autres.

– Bonjour Madame Marleau.

– Bonjour répondit Exilda avec suspicion.

– Nous voulons remplacer les quelques planches en bois qui servent de trottoir par un trottoir de quatre planches de largeur. Il va falloir élargir la rue.

– Oui, puis après… répondit Exilda.

– Ben, c'est que voyez-vous, le terrain devant votre maison appartient en partie à la ville. Il va falloir couper votre érable.

Exilda avala de travers et une colère fulgurante monta en elle. Il y avait eu assez de malheurs dans sa chienne de vie, on allait bien voir si on lui enlèverait cet arbre qui faisait sa fierté et sur lequel elle suivait la progression des saisons. C'était son bien, son ami, cet arbre.

– Ah! vous allez couper mon érable, comme ça, de même! C'est ce qu'on va voir Monsieur. Monsieur?

– Caron. C'est que cet arbre ne vous appartient pas.

– Il ne m'appartient pas ? Pourtant ça fait plus de quinze ans que je l'entretiens avec mon mari et mes garçons. Vous ne toucherez pas à mon arbre. Il faudra me passer sur le corps.

– Est-ce que votre mari est là ?

– Non, puis pas besoin de voir mon mari pour ça. C'est mon arbre !

L'employé, décontenancé, hésitait. C'était vrai que cet arbre dégageait de la fraîcheur et du charme. Déjà que Hull en avait bien besoin. Mais lui, il avait des ordres.

Exilda vit des ouvriers au travail et, du coin de l'œil, aperçut des haches et un godendart dans la charrette. Alors, la fureur d'Exilda ne connut plus de bornes. Elle disparut un court instant pour revenir avec son rouleau à pâte. La scène était cocasse, voire pathétique.

– Descendez de ma galerie tout de suite ! Le premier qui touche à mon arbre, je l'assomme !

Caron recula.

– On va revenir.

– Je m'en vais voir l'échevin tout de suite. C'est pas parce que la ville est toute sombre, sauf chez les riches, que vous êtes obligés de gâcher ma place. Je m'en vais à la ville. Exilda enlevait déjà son tablier pendant que Caron battait en retraite.

Exilda fit des pieds et des mains pour sauver son érable. À bout de ressources, elle avertit Baptiste.

– Va voir l'ingénieur municipal. Pour une fois, force-toi. Parce que je t'avertis, si ils coupent mon arbre, plus jamais je ne sortirai par la porte d'en avant.

Une semaine plus tard le beau grand érable si touffu et tant aimé tomba avec grand fracas au milieu de la rue où ses feuilles furent immédiatement souillées. Des curieux s'étaient attroupés comme pour des funérailles. Derrière ses rideaux de dentelle, Exilda la forte, pleurait, maudissant le peu de pouvoir des pauvres. Plus jamais elle n'utiliserait la sortie avant de sa maison.

Le 18 décembre de la même année, John obtenait son diplôme du Federal Business College, composante, à l'époque, de l'Université d'Ottawa. Ainsi, il avait réussi à se rendre jusqu'à la fin de ses études. Son nom fut inscrit dans les registres des gradués de 1902-1903. Cependant ses rêves de poursuivre ses études vers une profession libérale étaient définitivement éteints. Tout au plus espérait-il se trouver une place de clerc dans une officine quelconque.

Contre toute attente, l'année 1903 s'amorça sous de mauvais augures. Baptiste avait de plus en plus de douleurs à l'estomac. Il lui arrivait maintenant de manquer des jours de travail. L'argent qui déjà se faisait rare, surtout depuis le départ d'Adélard, devint un problème endémique.

Ce soir de février, John était allé jouer aux cartes avec des amis. Il rentra tôt, parce qu'il avait senti les signes précurseurs d'une de ces affreuses crises qui le secouaient encore assez fréquemment. Les médicaments qu'il gardait en permanence ne lui furent d'aucun secours. Il passa la nuit blanche, s'entoura la tête d'un bandage vinaigré avec des pelures d'oignons, qui disait-on apaisaient les maux de tête. Il n'avala aucune nourriture de la journée, voulut prendre l'air, mais en fut incapable. Quand le soir tomba, il se rappela les paroles du docteur Duhamel. Justement, il avait la sensation atroce qu'un poids énorme lui écrasait le cerveau. Alors comme une bête, il se mit à hurler, à bousculer les livres qui ornaient sa petite étagère, à briser les quelques objets qui se trouvaient à portée de sa main. Il se frappait la tête contre les murs.

– C'est l'heure, je vais mourir! criait-il. Je deviens fou, fou...! On l'entendait de la rue.

Exilda hésitait à envoyer quérir le docteur. Elle n'avait pas d'argent. Finalement Baptiste décida d'aller chercher le curé Valiquette.

Celui-ci ne lui donna pas les derniers sacrements. Il s'enferma longtemps avec John, lui fit prendre une double dose de médicaments. Eurent-ils un effet sédatif ou John tomba-t-il d'épuisement? Vers dix heures, il s'était endormi dans le désordre de sa petite chambre.

Cet épisode avait brisé John aussi bien physique-ment que psychologiquement. Un goût de cendre le submergeait. L'ombre de la grande faucheuse refit son apparition.

Monsieur Richer passa le voir. Il hocha tristement la tête en le voyant si pâle et si défait.

– C'est fini pour moi, Monsieur Richer. Je ne sais plus ou j'en suis. Je vous ai bien déçu hein?

– Ne dis pas ça, John. C'est le destin, la mal-chance. Tu n'y es pour rien.

Damien Richer avait vieilli depuis l'accident. Il n'arrivait pas à se plier à ce que plusieurs nommaient la volonté de Dieu.

Lizzie était toujours présente dans la vie de John. Leurs relations étaient celles d'un frère et d'une sœur mais jamais il ne fut question d'amour entre eux. De toute façon, vu la précarité de sa santé, John était convaincu que le mariage n'était pas pour lui. Malgré la difficulté qu'il avait toujours à résoudre un problème, il avait encore assez de force d'esprit pour comprendre que l'amour ne pouvait lui apporter que de la souffrance. Il n'avait aucun espoir d'avenir.

Quant à Lizzie, elle était bien trop perspicace pour confondre avec de l'amour la pitié qu'elle éprouvait à son égard. Le jour où John fut à peu près remis de cette crise sans précédent, elle lui demanda :

– Te souviens-tu d'Elzéar Levasseur ?

– Bien sûr. C'est le plus beau garçon de la ville, et le mieux vêtu à part ça !

– Il me fait la cour, répliqua Lizzie en rougissant.

John avait compris. Il avait toujours connu la préférence de sa chère Lizzie. Les choses étaient bien ainsi.

Pendant l'été, il accomplit de menus travaux que l'épicier Labelle, leur voisin, voulut bien lui confier. L'automne venu il emprunta une petite somme à Monsieur Richer pour s'acheter un capot de fourrure et tous les vêtements les plus chauds qu'il avait pu trouver. Il partit comme mesureur de bois sur les chantiers de la Gatineau.

Au printemps de 1904, sa famille, ruinée par la maladie du père qui allait en s'aggravant, quitta la ville pour s'établir à la campagne, à Treadwell, dans l'Est ontarien, en bordure du lac Georges. John les suivit. Il n'avait pas vingt ans... et son avenir était derrière lui.

III

SAINTE-PHILOMÈNE, COMTÉ DE CHÂTEAUGUAY

*La machine [...] s'ébranla, roula plus vite,
disparut au loin, dans la poussière d'or du soleil.*
Émile Zola.

Le soleil avait dansé toute la journée sur les arbres couleurs d'or et de pourpre. Puis vers trois heures, les cumulus joufflus s'étaient transformés en stratus épais qui annonçaient le mauvais temps.

Mademoiselle Boursier, l'institutrice de l'école de la station, avait donné congé de devoirs pour la fin de semaine. Les élèves sortirent en rangs, au signal donné.

Marie-Anna Laberge habitait presque en face de l'école, au dépôt situé de l'autre côté des rails. C'était une bâtisse allongée, en bois, dont la façade était percée d'une porte à vasistas et de deux fenêtres à carreaux. Le toit en bardeaux se prolongeait de façon à couvrir les passagers sur le quai, les jours d'intempéries.

Marie-Anna et Fleur Brault étaient les deux seules finissantes de l'école. Elles étaient amies et cela leur faisait du bien de pouvoir bavarder de leurs rêves, de leurs problèmes, de leurs pensées intimes. Marie-Anna ne trouvait guère d'oreilles attentives à la maison et la compagnie de Fleur lui était si précieuse, que parfois elle regrettait de ne pas demeurer un peu plus loin de l'école. Cette proximité était pourtant un grand privilège en 1902, elle ne l'ignorait pas.

En mettant les pieds dehors, Marie-Anna fit la grimace et dit à Fleur :

– Ah non ! Pas encore. Le plat à vaisselle n'est pas suspendu dehors, ça veut dire que maman m'a gardé la vaisselle à faire. Eh que j'haïs ça !

– Pourquoi tes sœurs ne la font pas la vaisselle ? remarqua Fleur.

– Ben, tu le sais, Corona travaille maintenant comme bonne chez des bourgeois à Montréal et Aurore est engagée assez souvent à la journée ici et là. Ce n'est pas Joseph ou Émery qui vont aider hein ? Donc quand maman est fatiguée ou trop occupée, elle la garde pour moi.

– C'est pas si grave après tout, répondit Fleur, encourageante.

– C'est toi qui le dis, répliqua Marie-Anna, de mauvaise humeur soudainement.

Elles traversèrent la voie ferrée encore chaude du passage du train de trois heures trente en direction de Montréal. On était en plein été des Indiens, ce 3 octobre, et les jeunes demoiselles – il ne fallait surtout plus les traiter de petites filles à treize ans passés – se séparèrent à regret.

Marie-Anna entama sa corvée, toute rancœur disparue. Sa mère lui était apparue pâle et pas dans son assiette. Elle se questionnait parfois sur l'état de santé de celle-ci. Onze enfants vivants, c'est lourd à porter.

« Moi, je n'en veux pas tant que ça », pensa Marie-Anna avec culpabilité. Ses idées vagabondaient. Quand les classes avaient repris en septembre, Marguerite, sa mère, avait voulu la garder à la maison. Marie-Anna avait plaidé sa cause auprès de son père. C'était sa dernière année à la petite école numéro 4 du rang Sainte-Marguerite. Elle fit valoir qu'elle pourrait l'aider dans les travaux inhérents à sa charge.

– Tu n'es qu'une fille, avait souligné Jean-Baptiste qui au fond l'aimait bien.

– Oui, c'est vrai, mais Joseph, il ne va plus à l'école et il rêve de partir à Montréal. Quant à Émery, il ne montre aucune application et tout ce qui l'intéresse, c'est le travail du bois. Vous ne pensez pas qu'une personne avec un peu d'instruction, ça pourrait vous être utile, surtout avec les gens de la ville ?

Jean-Baptiste avait soupesé les arguments de sa fille cadette. C'était vrai. Avec les temps qui changeaient, sa fille saurait lui rendre service. Après tout, ce n'était qu'une année. Marguerite avait maugréé mais en femme soumise qu'elle était, elle s'était résignée. Elle avait la triste impression de n'avoir fait que ça depuis qu'elle avait dit « oui » un certain matin d'octobre 1866. La vie, ce n'était pas une partie de plaisir. Marguerite était lasse. Pour aggraver son état, elle se croyait enceinte. « Ça n'a pas de bon sens à cinquante et un ans » se disait-elle. « C'est impossible ». Mais le doute la tenaillait.

Ce soir-là, la pluie s'était mise à tomber et donnait envie de se coucher tôt.

– Marie-Anna, j'aimerais ça si tu voulais réciter un chapelet avec moi.

Celle-ci se sentit contrariée, mais elle prit son rosaire brun, que sa mère lui avait offert il y avait déjà longtemps, et obtempéra. Ce n'est qu'après la prière terminée qu'elle put se réfugier dans la petite chambre qu'elle partageait avec Aurore. Les gars, eux, avaient toujours emprunté une sorte d'escalier-échelle pour monter au grenier sans aucun confort qu'ils s'étaient partagé.

Minuit allait bientôt sonner quand Aurore, hagarde, se mit à la brasser dans son lit.

– Marie-Anna réveille-toi, vite ! Je pense que maman est morte.

– Quoi, quoi ? Es-tu folle ? fit une Marie-Anna hébétée.

– Elle a fait une crise d'éclampsie. Elle ne respire plus, ne bouge plus. Son pouls s'est arrêté complètement.

Marie-Anna se dit que c'était un cauchemar. Ce n'était pourtant pas la première fois que sa mère était prise d'un tel malaise.

Elle suivit Aurore à la cuisine. Sa mère gisait là sur le plancher, immobile, immobile pour toujours, Marie-Anna en eut le pressentiment. Son père, penché sur son épouse, était tout à fait impuissant. Dehors, Joseph se dépêchait d'atteler pour aller chercher le docteur qui, manifestement, n'aurait qu'à constater le décès.

Marguerite fut ensevelie dans la salle commune qui servait aux passagers. Marie-Anna assistait à tous les préparatifs, incommodée par ce noir que l'on devait mettre partout, le crêpe à la porte, les vêtements noirs dont il fallait se vêtir. On emprunta pour elle un coquet chapeau avec plein de rubans, chez Monsieur Thibert.

Elle le trouvait beau et s'en voulut d'une telle frivolité. Tous les enfants furent prévenus.

Ils étaient là tous assemblés autour de leur mère défunte. On allait fermer le cercueil. Marie-Anna murmura dans un sanglot :

– C'est la dernière fois que nous sommes tous ensemble, tandis que deux grosses larmes se perdaient dans son cou.

On enterra Marguerite comme elle avait vécu... pauvrement.

Quelques semaines après son décès, alors que l'aube pointait, Marie-Anna s'éveilla en sursaut. Elle vit Aurore, les yeux grands ouverts, qui fixait le plafond.

– Tu ne dors pas ?

– Non. Il m'est arrivé quelque chose d'étrange. Je me suis levée vers quatre heures pour aller boire. Puis j'ai eu l'impression d'une présence derrière moi. Je me suis retournée et dans la grande chaise berçante brune, j'ai vu une forme blanche. Elle avait la figure et les mains de maman.

– Tu n'as pas eu peur ? s'exclama la froussarde Marie-Anna.

– Ben non. Je me suis approchée. Peut-être qu'elle voulait me dire quelque chose. Quand j'ai voulu la toucher, elle a disparu.

– Moi, j'aurais eu peur en tout cas !

– Pourquoi ? Maman ne nous veut pas de mal. Elle a sans doute besoin de quelques prières pour entrer au ciel. Je me sens bien de l'avoir vue.

Entre-temps, Marie-Anna était retournée à l'école. Pourtant, c'était vrai que la mort de Marguerite consacrerait la dispersion des enfants. Joseph avait à peine seize ans lorsqu'il quitta la maison paternelle pour aller travailler au Grand Tronc dans la métropole. Corona était repartie servir dans la famille Nantel, des gens très à l'aise. L'épouse Nantel vivait une bonne partie du temps à l'extérieur de son foyer. Elle aimait les voyages et ne s'en privait pas. Elle ne montrait que peu d'attachement pour les siens. Corona se plaisait parfois à s'imaginer en maîtresse de maison, fausse et illusoire situation !

Zénon, quant à lui, s'exila aux États-Unis pour travailler également dans les chemins de fer et y gagna fort bien sa vie.

Aurore, à son tour, la noiraude et timide Aurore, accepta la proposition de mariage – elle n'en avait jamais eu auparavant – d'un certain veuf nommé Paul Monette, qui avait deux enfants. Ils s'installèrent à Hull. C'était bien loin.

Les trois filles Laberge formaient un trio paradoxal. Autant Aurore était effacée, fade et brune, autant Corona était frondeuse, flamboyante et accorte. Marie-Anna, c'était l'équilibre entre les deux. Grande, bien mise, à l'aise auprès du public mais avec une certaine retenue, elle avait la maisonnée bien en main et secondait son père à la station de façon efficace, malgré son jeune âge.

Le train entrait en gare quatre fois par jour. D'abord à sept heures trente et trois heures trente en direction de Montréal, puis à neuf heures et six heures en sens inverse. En plus du va-et-vient des voyageurs, il fallait compter tout le transport du fret : lait des cultivateurs, gros barils de mélasse et autres denrées, destinés aux marchands. La gare servait aussi de dépôt pour le bureau de poste. Quand la période des fêtes approchait, c'était une ruche bourdonnante d'activité. Le train était le seul moyen de locomotion à part le traîneau et les chevaux.

Pour Marie-Anna, l'été n'était guère plus reposant. La compagnie de chemin de fer disposait de vingt arpents de terre. Il existait une sorte d'entente tacite qui autorisait Jean-Baptiste à cultiver ce terrain. Cela augmentait un peu ses revenus qui étaient minces et permettait de nourrir les chevaux, les deux vaches et les poules. Du grand jardin, on tirait non seulement un apport important aux repas de la belle saison, mais en plus des patates, des oignons et des marinades pour l'hiver.

Il y avait aussi la grande salle à laquelle Marie-Anna accordait un soin particulier. Elle aimait les lambris de bois des murs, le long desquels couraient des bancs accueillant visiteurs et passagers. Au centre se trouvait une énorme « truie » qui avait l'appétit vorace par grands froids. Près de la fenêtre avant, on avait placé une table massive, recouverte d'une nappe verte à franges, et quatre chaises droites pour ceux qui voulaient jouer aux cartes.

Si Jean-Baptiste s'occupait du bon fonctionnement de la gare en général, les sacs contenant cartes postales, lettres et colis étaient l'affaire de Marie-Anna. C'était toujours elle qui les remettait en main propre à Lucien Vallée ou à René Loiselle. Elle s'occupait pareillement des sacs en partance. Elle aimait bien bavarder avec Lucien Vallée. Il lui apportait les derniers potins, les nouvelles dramatiques ou amusantes et n'était jamais condescendant. Bien au contraire, ils s'amusaient ensemble, parfois aux dépens du prochain.

La salle d'attente, c'était son ouverture sur le monde. Elle jasait avec l'un, avec l'autre et connaissait quantité de gens. Presqu'à chaque jour, un journal était oublié ou abandonné sur la banquette. Le soir, à la veillée, assise dans la grande berceuse, la lampe à l'huile pas loin, elle lisait un brin.

Émery avait quitté l'école. Il se montrait souvent turbulent. Jean-Baptiste exigeait quand même un minimum de menus travaux de son benjamin. Le reste du temps il avait un morceau de bois à la main et petit à petit il devenait d'une habileté surprenante. En cela, il était le digne fils de son père. Jean-Baptiste cumulait ses autres tâches et le métier de menuisier qu'il exerçait à temps perdu dans un petit atelier adjacent à l'étable et au poulailler.

Maintenant que la plupart des enfants volaient de leurs propres ailes, l'argent se faisait moins rare. Cette automne-là, Jean-Baptiste dit à sa fille :

– Ça te tenterait d'aller à Montréal, voir Corona ? Tu pourrais loger chez Edmond et lui demander de venir avec les petits pour le Jour de l'an. Je te donnerai de l'argent pour t'acheter des vêtements. J'ai mis dix-huit piastres de côté pour toi. Qu'est-ce que tu en dis ?

– Papa, ça me ferait tellement plaisir ! Je vais écrire à Corona. Son bourgeois ne lui donne presque jamais de congés. Si elle en obtenait une couple, on pourrait aller faire tirer notre portrait ensemble. J'aimerais ça. Papa, vous êtes assez fin, dit Marie-Anna en l'embrassant.

– Arrête-moi ça, dit Jean-Baptiste, peu accoutumé aux démonstrations de sa fille. Tu le mérites à plein. Tu trimes fort et c'est juste qu'une jeunesse comme toi s'amuse de temps en temps.

Marie-Anna exultait. Elle s'empressa d'écrire deux courtes lettres, une à Corona, l'autre à Edmond, pour les envoyer à Montréal par le train de trois heures trente.

Elle se prit à rêvasser. Elle se sentait riche. «Qu'est-ce que je vais m'acheter? Peut-être une jupe avec un boléro ou un veston assorti, ou bien un chapeau.» Sa rêverie n'en finissait plus.

Marie-Anna était habituée à coudre tous ses vêtements à la machine, une Domestic que sa mère avait laissée presque neuve. Parfois des cousines de la ville lui donnaient de belles choses, usagées la plupart du temps. Elle en changeait quelques détails, mais là elle choisirait ce qu'elle voulait. «Si Corona pouvait répondre!»

– Lucien, vérifiez le courrier s'il-vous-plaît.

– Tiens, tiens, vous seriez-vous fait un nouveau cavalier?

– Non, non, c'est pas ça. Mon père m'envoie passer des vacances en ville. Je suis assez excitée!

– Je vois ça, répondit Lucien en fouillant le sac. Bon, Marie-Anna Laberge, c'est bien toi hein? fit-il en exhibant une petite enveloppe bleue au-dessus de sa tête.

Marie-Anna la lui arracha des mains et partit en riant.

– Hourra! Corona a obtenu deux jours de congé, cria Marie-Anna dans la cuisine déserte.

Émery, qui entrait au même moment remarqua, un peu acide :

– Qu'est-ce que t'as à t'énerver de même?

Marie-Anna montait déjà chercher la minable valise sans répondre. Elle s'empêtrait un peu dans ses jupons tellement elle voulait aller vite, même si rien ne pressait.

Trois jours plus tard, Edmond vint la quérir à la gare avec le petit Fabien. Marie-Anna se sentait toujours un peu étourdie lorsqu'elle arrivait à Montréal. D'abord, ici les automobiles se faisaient de plus en plus nombreuses, se mêlant aux voitures à chevaux de toutes sortes. Il y avait le mouvement de la foule, les cris, les tramways, toute cette lumière aussi qui sortait de nulle part et de partout. Par contre, elle trouvait les logements tassés et n'aimait pas la grisaille des ruelles.

Alma l'accueillit gentiment, la petite Jeanne sur un bras. Une odeur appétissante s'échappait de la grande marmite. Il faisait bon.

Le lendemain, Corona arriva très tôt, déplaçant beaucoup d'air.

– Marie-Anna, dépêche-toi, c'est assez rare que j'ai congé puis qu'on est ensemble, faut en profiter.

– Connais-tu un bon photographe pas trop cher?

– Mes bourgeois vont chez Monsieur Archambault sur la rue Notre-Dame, près de Lamontagne.

– Il y en a un plus proche et moins cher, je pense. Nous y sommes allés toute la famille le printemps passé, précisa Alma. C'est au coin des rues Metcalfe et Notre-Dame. Le photographe David.

Elles optèrent pour ce dernier. Marie-Anna revêtit sa blouse de soie marron à col et jabot de dentelle. Avec ses manches bouffantes et ses volants plissés sur la poitrine, elle mettait en valeur la finesse de sa taille. Elle ne portait pas toujours le chignon, son jeune âge le lui permettait. Elle gonfla ses cheveux à l'avant et les attacha à l'arrière avec une boucle de gros grain noir.

Elles partirent comme deux gamines, bras dessus bras dessous. Le photographe était affable et professionnel. Il immortalisa les deux sœurs flatteusement.

Corona avait des mèches de cheveux qui frisottaient autour de la figure et Marie-Anna esquissait un presque sourire énigmatique.

Les magasins à rayons l'époustouflaient de par la diversité des objets offerts. C'était tout un monde. Elle se demandait naïvement à quoi certains servaient.

– Voyons Marie-Anna, ça n'a pas besoin d'être utile, d'abord que c'est beau. Moi je suis habituée de vivre entourée de luxe.

– Ouais, mais ce n'est pas à toi. Plus tard, j'aurai ma maison et mes propres affaires, même si j'en ai pas beaucoup.

– Tu penses ça. C'est ton mari qui aura tout à lui, pas toi.

– Quand je vais me marier, je vais le choisir mon futur. Je veux être une compagne, pas une servante comme maman l'a été.

– C'est fin ce que tu dis là. D'abord pour moi, puis pour la mémoire de maman.

– Excuse-moi. Je ne voulais pas te blesser. Mais pour maman c'est vrai qu'elle a servi les autres toute sa vie.

Les deux journées s'envolèrent à tire-d'aile. Marie-Anna fut toute surprise et un peu chagrinée de se retrouver dans le train du retour. Elle rapportait avec elle le petit tailleur dont elle avait rêvé, acheté en solde chez Goldwin, du crêpe écru et de la dentelle pour une blouse – celles en magasin étaient hors de prix – des bas fins et puis... c'était une folie, mais bon, elle avait succombé à un chapeau garni de plumes d'autruches qui lui allait à ravir. Certain, elle ferait tourner la tête aux gars de Sainte-Philomène en général, à Godfroy Labrie en particulier.

Le Jour de l'an arriva très vite. Le ragoût, la tourtière, les cretons, la tarte à la farlouche attendaient, soigneusement rangés.

Wilfrid, Edmond, Achille, Joseph, Marie-Anna et Émery s'agenouillèrent de bon matin pour la bénédiction paternelle. Ils n'avaient pas été aussi nombreux à la maison depuis des années. Sans compter les petits-enfants qui commençaient à trottiner partout.

Après la messe, les voisins se mirent en route pour la tournée, les Desgroseillers, les Loiselle et les Labrie se succédèrent. Le p'tit blanc coulait à flots. Certains, arrivés plus tardivement, restèrent pour la veillée. On dansa même une couple de sets carrés. Finalement, la nuit s'étendit sur la station et seuls les ronflements brisèrent le silence.

Plus d'une année s'était écoulée depuis cette si belle célébration. Marie-Anna allait bientôt avoir vingt ans. On était le premier avril. Espiègle et rieuse, elle eut envie de faire courir le poisson d'avril à quelqu'un. À qui donc ? Soudain, voyant Émery qui s'apprêtait à sortir, une idée lui vint.

– Émery, en passant devant les Labrie, dis à Godfroy que j'ai laissé échapper une vache en voulant la mettre dehors et que j'ai besoin de son aide en vitesse.

– Mais c'est pas vrai. Les vaches, elles sont bien attachées dans l'étable.

– Je le sais. Fais-le quand même, c'est le poisson d'avril aujourd'hui. J'ai envie de rire.

Émery secoua les épaules et sortit. Cela faisait plus d'un an que Godfroy et Marie-Anna entretenaient une amitié amoureuse favorisée par la gare, lieu public fréquenté à loisir par tout le monde.

De temps à autre Marie-Anna jetait un coup d'œil par la fenêtre de la cuisine pour vérifier si son stratagème avait réussi. Là-bas, dans le champ, elle vît apparaître un Godfroy qui essayait de courir en s'embourbant pitoyablement dans la terre encore toute détrempée du printemps. Pauvre Godfroy! Le fou rire l'emportait sur la pitié. C'est un garçon couvert de boue et essoufflé qui se présenta à la porte de la cuisine.

– Elle est où la vache? hoqueta-t-il.

– Ben, je l'ai perdue, ça a pris trop de temps, déplora Marie-Anna avec le plus grand sérieux.

– Elle ne peut pas être bien loin pourtant. Pourvu qu'elle ne se fasse pas frapper par le train.

Marie-Anna s'esclaffa :

– Poisson d'avril!

Elle riait maintenant à gorge déployée en se frappant les cuisses.

– Ah! ma gueuse, poussa Godfroy, mi-figue mi-raisin. Regarde de quoi j'ai l'air, par ta faute.

– Choque-toi pas! Faut bien rire des fois. Je vais t'aider à nettoyer la boue. Ça ne paraîtra presque plus.

Finalement ils rirent tous les deux et la farce fit le tour du rang.

Le mois de juin embaumait. Marie-Anna chantait. C'était son vingtième anniversaire. Habituellement on ne soulignait guère les fêtes de naissance. Cette année, elle avait reçu un minuscule meuble avec quatre tiroirs, deux très petits en haut et deux plus grands en bas avec des poignées en porcelaine. Le devant était orné d'arcades finement travaillées.

– Pour mettre tes bijoux et tes secrets de jeune fille, avait dit Jean-Baptiste.

Elle y avait rangé sa montre en argent, son camée, un collier noir et son trésor, un large bracelet en or rose, orné d'un cercle ciselé au centre. Ce bracelet était un souvenir de famille depuis si longtemps qu'on en ignorait la première propriétaire. Le reste de l'espace avait reçu divers colifichets.

Pendant ce même mois, à Montréal, Corona vivait l'angoisse, l'insomnie, la peur. Elle dormait à peine et avait des nausées matinales. Sa tâche, qu'elle aimait hier encore, lui semblait trop lourde à présent.

Quand Monsieur vint la rejoindre dans sa chambre de bonne, comme il le faisait fréquemment depuis bientôt cinq ans, Corona se dit que c'était ce soir ou jamais. Lorsqu'il s'approcha pour l'enlacer, elle recula doucement. Son cœur battait douloureusement.

– Pas ce soir Monsieur. Il faut que je vous parle. C'est important.

– Voyons ma belle, qu'est-ce qui presse tant ? J'ai envie de toi.

– Monsieur, je suis enceinte de vous. J'ai vu un docteur. Il est formel.

Elle vit Monsieur Nantel blêmir.

– De combien de mois ? interrogea-t-il péniblement.

– Trois mois. Je ne sais pas quoi faire, Monsieur. Je suis si malheureuse.

– Il n'est pas question que tu restes ici. Personne ne doit se douter de la situation. Ma réputation, ma femme, mes enfants, mes amis.

– Moi, Monsieur, c'est de ma vie qu'il s'agit.

– Je ne te laisserai pas dans l'embarras à condition que nous ne nous revoyions plus jamais. J'exige aussi un silence absolu sinon je dirai que tu es une gourgandine et que tu avais des amants.

Les yeux de Corona s'emplirent de larmes. Elle éprouvait de l'affection, presque de l'amour, pour cet homme. Elle ne le reverrait plus jamais. Bien sûr, ce n'était pas elle qui avait levé les yeux sur Monsieur Nantel. Mais celui-ci était souvent esseulé, la bonne était jolie et avenante et sa conquête avait été relativement facile.

– Qu'est-ce que je vais devenir ? Mon père ne voudra pas de moi quand il connaîtra la situation.

– Écoute, je vais te donner plusieurs mois de gages et tu pourras attendre l'enfant sans te soucier d'argent. À sa naissance, tu le donneras en adoption, c'est facile. Tu ne dois rien dire à ton père à notre sujet, au cas où il ferait des histoires. Tu as bien compris ?

Cette dernière phrase avait été dite d'un ton menaçant. Il sortit une liasse de billets qu'il déposa sur le modeste bureau.

– Tiens, c'est pour toi. Demain matin, je veux que tu aies quitté la maison avant le lever des enfants.

Comme il faisait un geste vers la porte, elle ajouta dans un sanglot :

– C'est moi qui les ai élevés, Monsieur. Je me suis attachée à eux. J'aimerais leur dire bonjour avant de partir.

– Il n'en est pas question. Tu partiras à six heures, oui à six heures. Je m'arrangerai avec le reste. Bonne chance, Corona !

Puis il sortit précipitamment sans tourner la tête. Corona s'affaissa sur son lit de fer, assommée. Elle perdait tout ce qui avait été son existence depuis la mort de sa mère. Son chagrin la submergea. Un très court instant, elle détesta l'enfant qu'elle portait. Il avait dit que c'était facile de donner un enfant. Elle n'en était pas certaine du tout. C'était un petit ange innocent, lui. Dans le fond, elle savait qu'elle n'aurait pas le choix.

Elle passa une nuit blanche. Dans le coin de sa chambre, il y avait une malle bleue en métal. Elle y rangea ses vêtements, du parfum que Monsieur lui avait offert, ainsi que quelques menus souvenirs. Elle prit son sac de satinette noire et y déposa ses derniers effets. Elle descendit sa malle, de peine et de misère, par l'escalier de service. Puis sur la pointe des pieds elle fit pour une dernière fois le tour de la maison endormie, effleurant un bibelot par-ci, un meuble par-là. Elle ramassa un petit soldat de plomb qui avait été oublié par terre et elle remonta par le grand escalier, telle une ombre maudite.

À six heures, elle héla une calèche. Le cocher hissa sa malle, et à neuf heures elle entrait en gare de Sainte-Philomène. Marie-Anna l'aperçut, figée sur le quai, son coffre à ses pieds, pâle comme une morte. Elle courut à sa rencontre.

– Quelle belle surprise de te voir! •

Elle voulut l'embrasser. Corona se jeta à son cou en sanglotant.

– Dis donc ça ne va pas toi! Entre, je vais m'occuper de tes bagages. Je peux demander de l'aide, si tu veux.

– Non, non, c'est trop lourd pour toi. Viens, on va le faire à nous deux. Pis je ne veux pas voir personne d'autre.

Corona, qui n'avait pas dormi et encore moins mangé depuis la veille, avait la nausée.

– Qu'est-ce qui se passe? Es-tu malade? Tu es blême à faire peur.

– Pose pas trop de questions. C'est vrai que je me sens mal. Je voudrais de l'eau fraîche.

– Je vais te faire de la soupane et une bonne tasse de thé, ça va te remonter, offrit Marie-Anna qui attisait déjà les braises mourantes.

– Va pour le thé et des biscuits à la mélasse si tu en as de prêts. Je ne pourrai pas avaler autre chose. J'ai plutôt mal au cœur.

Quand Jean-Baptiste rentra des champs pour dîner, il fut surpris de trouver sa fille à la maison. Elle semblait malade, alors il ne tenta pas d'éclaircir la mystérieuse arrivée. Il faut dire que la malle bleue avait été soigneusement rangée.

Blotties dans leur lit d'autrefois où, pendant une longue période, elles avaient dormi à trois, Corona et Marie-Anna hésitèrent avant d'engager la conversation, de crainte d'ouvrir une boîte de Pandore.

– Es-tu venue pour longtemps ? demanda Marie-Anna prudemment.

– C'est certain, j'ai rapporté le gros coffre qui contient toutes mes hardes.

– Veux-tu dire que tu ne retournes plus à Montréal ? C'est ta santé ?

– Oui... non... Monsieur Nantel m'a mise à la porte, acheva Corona, la voix éteinte.

– Ben là, je ne comprends plus rien. Ça fait si longtemps que tu travailles pour eux. Puis ta bourgeoise, qu'est-ce qu'elle en dit ?

– Elle n'est pas là. Les gens riches, ils se servent de toi et quand tu les déranges, ils te mettent dehors.

Il y avait de l'amertume et de la tristesse dans le ton de Corona.

– Tu les dérangeais, toi ! Je pensais qu'ils comptaient sur toi pour tout, ajouta maladroitement Marie-Anna.

– Ça c'est vrai. Pour tout, tout. Même que je suis enceinte !

– Hein ? Quoi ? C'est pas possible. Qu'est-ce que papa va dire ?

Marie-Anna avait la bouche ouverte et la face longue.

– Rajoutes-en pas Marie-Anna. J'ai déjà assez de peine de même. À part ça, je vomis beaucoup. Je ne sais pas ce que je vais faire.

Marie-Anna chercha la main de sa sœur. Il manquait d'air dans la pièce malgré la fenêtre ouverte. On aurait dit que les murs s'étaient rapprochés. Longtemps elles écoutèrent le silence de la nuit, troublé seulement par le chant des grillons.

Le surlendemain Jean-Baptiste, qui fumait tranquillement sa pipe, regarda attentivement sa fille.

– Qu'est-ce qui ne va pas Corona ? Tu es malade chaque matin...

– ...

– Le chat t'aurait-y mangé la langue ?

Corona décida de foncer. Tôt ou tard, il faudrait le faire.

– Papa, je vais avoir un enfant, déglutit-elle avec effort.

Pour toute réponse, il asséna un grand coup de poing sur la table. Les deux jeunes filles sursautèrent.

– C'est-y pas un vrai scandale ! J'ai jamais su que tu courais la galipote en ville.

– Je ne courais pas la galipote, je n'avais presque pas de congés !

Soudain la vérité se fit jour dans l'esprit de Jean-Baptiste. Il avala péniblement sa salive. Sa colère baissa d'un cran.

– Tu ne peux pas rester ici. Qu'est-ce que les gens diraient dans le dépôt. Ça jaserait sans bon sens. Des plans pour que ta sœur reste vieille fille.

– Elle pourrait peut-être aller chez Aurore à Hull. Ils ne sont pas bien riches mais...

Jean-Baptiste coupa la parole à sa cadette.

– Justement, ils sont pauvres comme Job. Paul, des fois, je me demande s'il se grouille un peu pour gagner sa vie.

– De l'argent j'en ai pour payer, coupa Corona. J'en ai assez pour vivre plusieurs mois sans travailler.

Jean-Baptiste passa sa main dans sa longue moustache grise et réfléchit.

– Ce que Marie-Anna propose, c'est la bonne solution. Demain, Corona, tu vas prendre le train avec moi. On va aller voir Aurore et Paul à Hull.

Il se leva et prit sa bouteille d'alcool sur la tablette. La discussion était close.

Sur le quai de la gare les deux sœurs s'étreignirent avec émotion. Le train était déjà loin et Marie-Anna agitait encore la main. Elle entra dans la grande salle le cœur lourd. Les nuits suivantes, dans son sommeil, elle vit des bébés écrasés par les roues d'un train. Elle s'éveilla trempée de sueurs et frissonnante.

Jean-Baptiste revint seul de Hull. Il ne donna aucune explication. La grande malle fut expédiée à sa destinataire, aux soins de Paul Monette.

Une chape de plomb s'était abattue sur les habitants de la station. Jean-Baptiste, qui avait toujours eu un penchant pour la boisson, s'installait maintenant tous les soirs au bout de la table avec son p'tit blanc et son verre. Il ne gagnait sa couche que le flacon vidé, en titubant pesamment. Émery lui, imitait son père, de façon plus bruyante cependant, avec quelques jeunes de son âge et le plus souvent à l'extérieur. Il rentrait tardivement et frôlait la chute en montant à l'étage.

Les fêtes furent tristes comme un carême. Le temps de Corona approchait. Les lettres qu'elle écrivait à Marie-Anna en faisaient foi. Elle avait passé les derniers mois presque sans sortir et avait hâte que ce soit fini. L'idée de donner son enfant lui répugnait, néanmoins elle n'avait guère le choix.

Le soir des Rois, le travail s'amorça. Paul alla quérir la sage-femme. Douze heures s'étaient écoulées et l'enfant n'était toujours pas né. Il était mal engagé, la parturiente, si courageuse au début, hurlait maintenant sans vergogne. La sage-femme déclara son impuissance et réclama l'aide d'un médecin. On fit mander le docteur Bourque. Il dut utiliser les forceps et craignit pour la vie de l'enfant. Enfin vers cinq heures, un beau garçon de près de huit livres fit entendre son premier vagissement. Le médecin énonça doucement :

– Madame, je suis désolé. Je ne pense pas que vous puissiez avoir d'autres enfants.

Corona resta muette. Elle était saoulée de souffrances.

Des arrangements avaient été conclus avec des religieuses qui avaient trouvé une famille d'adoption. D'ailleurs l'une d'elles attendait avec impatience, dans une pièce adjacente, que le bébé soit né, afin de l'emporter aussitôt. On lui avait donné des ordres stricts. La mère ne devait pas voir le petit, cela causait des complications inutiles. De plus, une femme qui enfantait dans le péché ne méritait pas de tenir son nourrisson dans ses bras.

– Il est où mon garçon ? questionna Corona avec angoisse.

– La sage-femme l'a emmené pour le laver et l'emmailloter. La religieuse attend depuis longtemps déjà pour le porter à sa nouvelle famille, répondit docilement Aurore.

– Je veux le voir ! J'ai le corps en charpie, c'est juste que je le tienne près de moi quelques minutes.

Corona, malgré son état, avait élevé le ton. La religieuse entra :

– Voyons ma fille, soyez raisonnable. N'aggravez pas votre faute !

– Je veux le voir ! C'est pas vous qui êtes coupaillée un peu partout.

– Il n'en est pas question. J'ai des ordres.

– Je veux le voir câlice ! C'est pas vous qui allez m'en empêcher.

Elle fit mine de se lever au milieu du sang qui inondait la chambre. La bonne sœur se signa. Aurore aurait voulu disparaître. La sage-femme, qui avait tout entendu, s'approcha sans faire de bruit et déposa un beau bébé rond et rose, à peine abîmé par la sévérité de sa venue au monde, dans les bras de sa mère.

La religieuse réprima un geste de désapprobation.

Corona serrait l'enfant sur son sein, le regardant intensément, afin de graver son image dans sa tête.

Les douleurs de l'accouchement s'estompèrent. Celle de perdre ce petit être la changerait à jamais.

– C'est moi ta maman. Tu ne me connaîtras pas. Je t'aime si fort, si fort. Essaie d'être heureux mon trésor.

Elle l'embrassa sur le front et le tendit à la religieuse, le visage inondé de larmes. Quand la porte se referma, elle sentit un goût de mort monter du tréfonds de son être. La vie était une gueuse, une sale gueuse !

Et c'est à partir de ce jour-là que Corona se mit à sacrer !

Aurore se chargea d'annoncer la nouvelle et les circonstances de la délivrance de sa sœur. Marie-Anna écrivit une lettre remplie de tendresse à l'adresse de Corona. Celle-ci mit beaucoup de temps à se remettre physiquement et psychologiquement. Pendant quelques mois elle fut dépressive. Le nouveau-né avait emporté sa joie de vivre avec lui. Une colère sourde grondait à l'intérieur.

À Sainte-Philomène, Jean-Baptiste avait encore augmenté sa consommation d'alcool. Il vieillissait ! Heureusement, Marie-Anna avait la gare. Depuis bientôt six mois, un beau grand jeune homme à l'œil coquin venait prendre le train en direction de Montréal de façon assez régulière. Il venait par affaire à Sainte-Philomène, parfois à Saint-Isidore. Souvent Marie-Anna et lui engageaient la conversation, discutaient des nouvelles parues dans les journaux.

Un après-midi de février un blizzard hargneux qui soufflait la neige abondante et duveteuse enveloppa la campagne telle une mer en colère. Les bancs de neige atteignaient des hauteurs impressionnantes. La voie ferrée avait disparu dans la tourmente. Le vent jouait un grand concert, accompagné du craquement des bâtiments. Le train de trois heures trente ne passa pas. Arthur Lajoie resta seul dans la grande salle à attendre vainement.

– Eh ben, mon jeune, je pense pas que tu retournes à Montréal à soir. C'est pas un temps à mettre un chrétien dehors, fit Jean-Baptiste en ranimant le feu.

– Je vais m'installer sur un banc, si vous permettez et y passer la nuit, répliqua piteusement Arthur.

– Voyons donc! Marie-Anna est en train de fricoter un de ses soupers pas piqués des vers. Tu vas manger avec nous autres. Puis si tu n'es pas trop difficile, une paillasse pour dormir t'attend en haut.

Arthur se mit à bénir cette tempête qui lui offrait une occasion en or de se rapprocher de celle qu'il commençait à aimer. Il avait de la concurrence cependant. Godfroy Labrie se faisait de plus en plus assidu auprès de Marie-Anna. Il avait des manières discrètes mais sans équivoque de lui montrer son amour.

Celle-ci, peu sûre de ses sentiments, évoquait son père, qu'elle ne pouvait abandonner.

Hubert Loiselle aussi, lui faisait de l'œil, à la grand-messe le dimanche ou au magasin général.

Elle se sentait flattée sans plus. Son cœur ne lui montrait pas le chemin. Au village, on chuchotait qu'elle était bien difficile :

– De si bons partis, ma chère. Elle va finir par rester sur le carreau, tu verras!

Marie-Anna n'avait revu Corona qu'une seule fois depuis la naissance de l'enfant. Elle avait eu peine à la reconnaître. Elle était révoltée, mélancolique, et parsemait son langage de jurons, ce qui faisait un peu honte à Marie-Anna.

Vers la fin d'octobre deux lettres arrivèrent au dépôt de Sainte-Philomène. La correspondance revêtait une importance capitale. C'était le lien qui unissait aux parents ou aux amis éloignés. L'une à l'adresse de Jean-Baptiste, se distinguait par une écriture haute et nette et provenait d'un inconnu. L'autre était pour Marie-Anna et se lisait comme suit :

Chère Marie-Anna,

Je t'écris pour t'annoncer mon prochain mariage avec un veuf beaucoup plus âgé que moi. Je dois t'avouer cependant que c'est un homme bien de sa personne, grand et assez beau. Il a deux garçons et une fille encore en bas âge. Il est menuisier et gagne bien sa vie. Il a absolument besoin d'une autre femme pour l'aider dans ses tâches. Ses parents, qui habitent avec lui depuis le décès de son épouse Exilda Lavigne, sont maintenant trop vieux pour élever les enfants.

Je sais qu'il ne l'a pas oubliée et que, par conséquent, il ne m'aime pas. Cependant, c'est un bon parti, il est bien travaillant et j'ai maintenant vingt-sept ans. C'est le temps de m'établir et je ne veux plus vivre à Montréal ou à Sainte-Philomène. J'aurai mon chez-nous et j'élèverai les enfants d'un autre, puisque moi je n'en aurai plus. Si papa donne son consentement et il le donnera sûrement, nous nous marierons en novembre.

Ta sœur qui t'embrasse et qui attend de tes nouvelles,

Corona

Marie-Anna resta songeuse, le cœur serré. Si c'était ça le mariage... Elle était romantique, un luxe que les filles de modeste condition ne pouvaient guère s'offrir.

Le lundi 14 novembre 1910, Corona Laberge épousa Joseph Grandchamps à l'église Notre-Dame-de-Grâce à Hull. Aucun Laberge n'assista à la cérémonie, pas même son père. C'est un étranger qui lui servit de témoin.

Corona envoya une photo à sa sœur où elle apparaissait vêtue d'une jupe de lainage rayée, grise et noire, ajustée a la taille et s'évasant vers le bas. Une blouse au col et aux larges poignets de dentelle était retenue à la taille par une ceinture gris pâle. Seule fantaisie, un papillon blanc avait été glissé dans sa coiffure sévère. Finies les petites mèches folâtres d'autrefois.

Un jour de mars, que Lucien Vallée était venu chercher le sac pour le bureau de poste, il remarqua, moqueur :

— Dis-moi, Marie-Anna, t'en reçois donc ben de la malle. C'est à croire que t'es la fille la plus populaire du village !

— Arrête de m'étriver de même, Lucien. En tout cas celle-là, elle vient de ma sœur. Ce n'est pas bien grave, une lettre très ordinaire.

Elle était candide Marie-Anna, en cet instant. Son destin reposait entre ses mains. Un tremblement de terre bouleverserait sa vie pour toujours à cause de quelques lignes tracées sur du papier.

IV

LA TOUT-SEULERIE

Pour avoir si souvent dormi
Avec ma solitude,
Je m'en suis fait presqu'une amie,
Une douce habitude.
Georges Moustaki

Alors que l'Amérique et l'Europe vivaient inten-sément l'ère de l'industrialisation, les Marleau retour-naient à la terre, il faudrait plutôt dire à la forêt. Sans argent et couverts de dettes – Baptiste n'avait presque pas travaillé depuis deux ans – ils prirent alors, au lac Georges, une terre en bois debout et en branches, grâce à Monsieur Richer qui, une fois de plus, leur avança l'argent.

Exilda n'arrivait pas à se résigner à ce départ. « Qui prend mari, prend pays » se répétait-elle sans grande conviction. Elle détesta tout de suite cette maison de pièces, pourtant d'une dimension très raisonnable. Le chemin s'arrêtait là, en impasse. La forêt l'enserrait de toutes parts.

Wilfrid ne fit pas long feu en campagne. Il retour-na vivre avec Ovila et Léocadie qui avaient maintenant deux enfants, Aldège et Fleur-Ange.

John lui, se mit à travailler comme un fou, ou un esclave... pour tailler un domaine dans cette terre sauvage. Son premier objectif était de défricher une large bande de terrain en face de la maison, afin de dégager une vue sur le lac juste en contrebas. Les voisins le décourageaient, le trouvant de trop petite taille pour faire ces rudes et ingrats travaux. Animé sans doute par un grand courage, un peu de fierté et beaucoup de désespoir, il persista à la tâche. Son père le gronda maintes fois, trouvant qu'il travaillait trop durement et trop longtemps. L'hiver, afin de tenir la marmite à bouillir, John allait faire le mesurage du bois, pour la compagnie industrielle de Papineauville, sur la Gatineau.

La mère, dans ce temps-là, vantait son bon garçon, car elle avait toujours ce qu'il fallait pour acheter comptant, l'argent de John.

Un jour que la famille s'était rendue à Treadwell pour quelques achats et pour faire ferrer un cheval, le forgeron, Palma Quesnel, parut surpris d'être payé rubis sur l'ongle.

– J'aimerais ça que mes clients soient tous comme vous. J'attends souvent très longtemps après mon argent. Les comptes qui traînent c'est comme les mauvaises habitudes, on finit par les oublier.

Et Palma soupira.

– Nous autres, on a un garçon dans les chantiers. Il fait de *bonnes* gages. Ça nous permet de ne pas laisser attendre les gens, répliqua Exilda, un brin condescendante.

Baptiste se mêlait de moins en moins des affaires domestiques. Son estomac le faisait de plus en plus souffrir. Il évitait les prises de bec avec Exilda. Il n'en était plus capable.

Lizzie et John, toujours sous le titre de petite sœur et petit frère, s'écrivaient de temps à autre. Elle lui donnait des nouvelles de Hull, lui parlait de ses succès à son travail, de ses ambitions, et glissait parfois un mot au sujet de ses amours avec Elzéar. Elle lui répétait de garder l'espérance de sa guérison.

John n'avait guère de choses intéressantes à lui raconter dans ses lettres plutôt courtes. Il lui parlait de la nature et de ses beautés, de la splendeur des couchers de soleil et des merveilleux clairs de lune qui traçaient une voie d'or sur la surface du lac.

Lizzie lui répondait qu'il était un peu poète, ce qui était vrai, et d'une nature rêveuse. Ils échangèrent quelques romans. Malgré son renoncement, ses chers livres manquaient terriblement à John. Il avait apporté ceux du temps de ses études ; c'était si peu ! Lizzie lui envoya également un chapelet qu'il conserva toute sa vie comme un précieux souvenir.

Toutes les bonnes choses prennent fin en ce monde. Les lettres s'espacèrent et finirent par cesser. Un autre lien qui mourait...

À l'automne 1909, l'état de Baptiste s'aggrava cruellement. Cette année-là John, ne partit pas. Un matin de grisaille, après une nuit atroce, Baptiste demanda faiblement à John :

– Va à Plantagenet. Je pense que c'est la fin. Je voudrais voir un prêtre. J'ai peur, perdu ici... fit-il en serrant la main de son fils.

Un soir de novembre, où le ciel était veuf de lumière, Baptiste, le bon vivant, s'éteignit loin de tout ce qui avait fait sa vie, la ville, le bruit, le public, les cris des charretiers, la camaraderie un peu paillarde. Il avait soixante-trois ans et six mois.

On rapatria sa dépouille à Hull. Le 21 novembre 1909, il était mis en terre au cimetière Notre-Dame. Située non loin du Calvaire, une pierre tombale carrée, surmontée d'une croix grise, commémorait son passage sur terre.

La lecture du testament marqua le début d'une lutte latente entre Exilda et son fils. Comme c'était souvent le cas à l'époque, Baptiste léguait tout ce qu'il possédait à son garçon : un peu de bien et beaucoup de dettes.

Au cours de l'hiver qui suivit, Exilda déclara à John :

– Je ne veux plus rester dans ce trou perdu. Je désire retourner en ville. J'ai toujours détesté cette maison.

– Vous n'allez pas me laisser tout fin seul ici. Vous savez bien que ça n'a pas de bon sens !

– Marie-toi alors ! répondit-elle.

Se marier, c'est beau à dire, mais cela ne se fait pas comme ça, surtout pour un garçon qui n'a jamais été intéressé par les filles. Cependant Exilda voulait s'en aller et lui ne voulait pas rester seul.

John se souvint d'une prière à saint Joseph, qu'il avait trouvée vers l'âge de douze ans dans son livre de première communion. Elle s'intitulait *Oraison à saint Joseph pour obtenir la grâce de faire un bon mariage*. Il l'avait apprise par cœur et la récitait tous les jours, même après son accident, tout en étant convaincu de ne jamais réussir à se marier. Qui sait, ça allait peut-être aider à trouver la perle rare. John se mit donc en quête d'une épouse comme d'autres cherchent un cheval doux et compatible. Il ne trouvait pas ça drôle du tout et encore moins romantique.

Pas loin de l'autre côté du lac, habitait la famille Saint-Jean. Ils s'étaient rendus de mutuels services lors du décès des deux pères, et ils allaient parfois en visite l'un chez l'autre. Fred avait une sœur prénommée Rosina. La pauvre petite était loin d'être jolie. Son manque de beauté était compensé par sa bonne humeur et sa belle façon. En plus, elle portait des verres, chose assez rare chez les jeunes du temps, mais ceux-ci n'arrivaient pas à masquer ses yeux brillants, du moins quand elle était en présence de John. Elle avait un caractère gai, aimait rire et ne manquait jamais de jasette. Un jour, il la trouva seule à la maison. Elle le reçut à la place de son frère. Quand John prit congé, elle lui dit timidement :

– Si vous aimiez revenir, vous seriez le bienvenu, cela me ferait plaisir.

John, un peu surpris de l'invitation et très hésitant, répondit :

– Je viendrai dimanche prochain.

Rosina en rosit de contentement. Ainsi s'engagea la première chasse à l'épouse. Rosina l'accueillait toujours avec joie. Elle préparait souvent un petit goûter, question de montrer ses habilités culinaires. Elle appréciait les tête-à-tête avec John.

– Vous savez, je crois que dans le mariage, cela va bien lorsque les deux veulent s'entendre. Qu'en pensez-vous ? demandait Rosina, remplie d'attentes.

Chaque fois qu'elle réussissait à amener la conversation sur le sujet qui l'occupait, le grand Fred surgissait, s'assoyait par terre au grand dam de sa sœur, et demandait à John de lui parler histoire ou politique. John était un fin conteur et Fred n'avait jamais rencontré quelqu'un qui connaisse autant de choses intéressantes. Il ne se lassait pas de l'entendre. Qu'il tombait donc sur les nerfs à Rosina! John savait que Rosina accepterait avec empressement de devenir son épouse. Il revenait au lac et travaillait fort à se convaincre qu'elle serait une bonne compagne. Il prit la décision d'en parler à Rosina à sa prochaine visite. Pourtant il n'en souffla mot. La demande restait bloquée dans sa gorge. Quand il la quitta ce soir-là, à sa question :

– Quand reviendrez-vous ?

Il répondit :

– Je n'en sais rien.

Une fois seule, Rosina mouilla son mouchoir de lin. « S'il allait ne plus revenir. »

La semaine qui suivit fut orageuse au lac Georges.

– John, le printemps s'en vient. Tu sais que je m'en vais. J'ai assez hâte !

– Maman, sans papa et vous, je ne serais jamais venu m'installer ici. Ça fait près de six ans que je trime d'une étoile à l'autre. Je n'ai plus d'avenir en ville. C'est trop tard. Vous n'avez pas de cœur de me laisser ici tout seul. Je vous ai bien fait vivre pourtant.

– Tu ne serais pas venu dis-tu ? Avec tes maux de tête, tu aurais crevé de faim à Hull ! C'est moi qui me suis sacrifiée pour deux malades. J'ai le droit de finir ma vie comme je l'entends. Puis ton sans cœur de père t'a tout laissé! fulmina Exilda.

– Maman, vous savez bien le nombre de dettes que papa avait accumulées.

– En tous les cas, si tu n'es pas marié au printemps, c'est certain que je m'en vais. Ma résolution est inébranlable.

Alors John en vint à penser qu'il serait peut-être mieux de se marier, car la solitude n'est pas bonne à l'homme. Tant qu'à se marier sans amour, une femme en valait bien une autre. Alors pourquoi pas Rosina ?

Le dimanche suivant arriva, sans que John ait pris sa décision. Il n'y parvenait tout simplement pas. Pour se convaincre, il se répétait qu'après tout Rosina n'était pas si mal que ça, que l'amour n'était qu'une maladie imaginaire, c'était peine perdue.

Sa visite à Rosina fut encore plus courte que d'habitude car il était perdu dans ses pensées. Quand il la quitta, il répéta les mêmes paroles que le dimanche précédant.

– Je ne sais pas au juste quand je reviendrai.

Rosina, qui était loin d'être sotte, remarqua avec une pointe d'amertume :

– C'est la deuxième fois que vous me dites cela, j'aimerais savoir ce que vous entendez par là.

– Oh ! c'est tout simple, je m'attends à un changement important dans ma vie très bientôt et alors je reviendrai peut-être vous revoir n'importe quel jour ou soir, je ne sais pas quand au juste.

– Dans ce cas, c'est très bien, dit-elle rassérénée.

Durant les quelques jours qui suivirent, John, animé par la crainte qu'il avait de rester seul, fit de grands efforts afin de trouver une solution à ce problème insurmontable.

Il énumérait toutes les qualités de Rosina, et il y en avait beaucoup. Son cœur restait froid. Alors il ajoutait les avantages que cette union pourrait lui apporter, notamment l'aide de sa famille, la bonne camaraderie avec Fred et bien d'autres encore. Son cœur ne voulait rien entendre. Alors il plaça le dernier atout dans la balance. Au lieu d'être seul, il aurait au moins une compagne qui, bien que pas trop jolie, possédait un caractère enjoué.

À cette idée, son cœur connut un vif mouvement de répulsion et de révolte. « Quoi ! par crainte de la solitude, tu veux l'épouser ? Soit ! Tout ce que je te promets, c'est que tu pourras la haïr un jour... »

Sa décision fut rapidement prise. Il ne retournerait plus voir Rosina. Voilà, il préfère vivre seul. Il ne va quand même pas faire le malheur de cette brave fille et le sien du même coup.

Ce n'était pas celle que saint Joseph avait choisie pour lui. Ce n'était pas leur destinée.

À la maison, les menaces continuaient.

– Marie-toi, John. Ça presse ! J'attends juste le beau temps pour partir.

John frissonnait à l'idée de rester seul et de la solitude incommensurable qui serait son lot. Des regrets poignants l'envahissaient parfois et il trouvait que vivre ou mourir, c'était une grande peine.

Sur les recommandations d'une dame qu'il connaissait bien, il décida d'aller voir une certaine Marie-Louise qui était servante à l'hôtel d'Alfred. Dans une place publique ce n'est pas gênant de rencontrer quelqu'un. La dame arrange le rendez-vous pour le dimanche après-midi suivant et voilà mon John en selle à nouveau.

Marie-Louise était plus jolie que Rosina. Elle était très timide, n'avait aucune aisance pour la conversation et affichait un air maussade.

Dans le salon de cet hôtel se trouvait placée, temporairement sans doute, la centrale du téléphone. Un malencontreux hasard voulut que la téléphoniste soit la cousine de Rosina. Il va sans dire qu'elle avait l'oreille fine et les yeux clairs. Aucune parole, aucun geste des prétendus amoureux ne passèrent inaperçus.

C'est Rosina qui en prit tout un coup. Ainsi donc, son beau John n'était qu'un coureur de jupons. N'empêche, elle en eut les yeux rouges pour une bonne quinzaine.

Cependant, John avait convenu avec Marie-Louise, qu'il irait lui rendre visite chez elle le dimanche suivant. Dans le courant de la semaine, elle lui écrivit de ne pas y aller, qu'elle ne pouvait plus le recevoir. Et la romance finit là. La téléphoniste lui aurait-elle raconté une histoire ? C'est bien possible et Marie-Louise était assez naïve pour la croire. Il faut considérer qu'elle avait un ami régulier et qu'elle l'épousa la même année.

Saint Joseph ne s'émut guère de cette nouvelle tentative avortée.

Donc retour à la case départ. Pas tout à fait quand même. Il était maintenant décidé à demeurer seul, au cas où sa mère s'en irait, plutôt que de se marier avec une femme pour qui il n'aurait aucune attirance ou peu d'estime.

Exilda répétait la même rengaine régulièrement. John ne pouvait s'expliquer cette peur panique qui l'assaillait à l'idée de rester seul dans un endroit aussi perdu. Était-ce le souvenir de ce jour où il avait cru mourir tellement sa boîte crânienne avait été taraudée par la douleur ? Qui lui porterait assistance si jamais cela se reproduisait ? Il avait la sensation terrible que dix ans plus tôt sa vie lui appartenait, alors que maintenant elle lui échappait.

– Maman, je vous supplie de ne pas me laisser seul ici. Vous savez que j'ai encore des accès de maux de tête et ce n'est pas prudent de vivre dans l'isolement total.

– C'est bien ce que je dis ! Tu n'as qu'à te marier.

À bout de patience, John répliqua sèchement :

– Je ne me marierai pas, du moins pas dans un avenir rapproché. Je reconnais que vous avez été bien bonne pour moi et que je vous dois beaucoup. Et moi ai-je été bien méchant ? Au lieu de dépenser mon argent à m'amuser comme la plupart des jeunes de mon âge, ne vous l'ai-je pas tout donné? Et pour me récompenser, vous voulez m'abandonner...

– Je ne tiens pas à rester ici et en plus je suis malade... mais je consentirais peut-être à rester si... si tu voulais me donner la petite terre.

La petite terre se situait de l'autre côté du lac – ce qui posait d'innombrables problèmes – mais c'était de la culture de ce lopin que l'on tirait le plus de bénéfices.

– Vous n'y pensez pas. Vous donner la petite terre ! Ici je n'aurais pas de quoi vivre.

– Donne-moi la petite terre...

La colère est toujours mauvaise conseillère. John, hors de lui, s'écria :

– Vous êtes entêtée ou quelqu'un vous pousse à faire ça. La petite terre, vous ne l'aurai pas, vous ne l'aurai jamais ! Et puisque votre idée est faite, alors allez-vous-en, allez-vous-en et au plus vite.

D'un geste provocateur John ouvrit la porte toute grande pour bien indiquer le chemin à sa mère.

Exilda partit pour Hull par Papineauville, n'emportant que le strict minimum et John passa par Plantagenet et arriva en ville avant elle.

Exilda avait obtenu une vie durante – ainsi disait-on en ce temps-là – dans le testament de Baptiste. Cela signifiait qu'elle avait le droit de vivre dans la maison dont John avait hérité. Elle demanda donc compensation. Devant un avocat, les choses s'arrangèrent, façon de parler. La mère renonçait à ses droits, moyennant une somme d'argent que Monsieur Richer avança à John. Sa dette, qui était déjà importante, devint énorme. Comme pour son bel érable jadis, Exilda jura ses grands dieux que plus jamais elle ne reparlerait à ce fils ingrat et peu compréhensif. Ils étaient brouillés à vie, pour une succession qui n'était, après tout, que des dettes. Est-ce la crainte que le défunt ne les ait pas assez aimés qui rend les gens si mesquins face à un testament qui leur déplaît? Il y a plus que l'appât du gain qui pousse des individus qui se chérissaient hier à se haïr aujourd'hui. Les regrets engendrés par de telles querelles, les colères soigneusement entretenues, mettent en évidence le côté le moins noble de l'être humain.

Ainsi donc, John revint de Hull meurtri, tel un animal blessé retournant à sa tanière pour y lécher ses plaies. Il était abandonné, il avait perdu un brillant avenir, sa santé, son père, sa mère, ses amis. Comment habiterait-il le vide de son cœur, de sa vie? Autour de lui, le silence était audible.

Il se glissa dans son lit, une migraine à l'horizon. Les échecs répétés des dix dernières années défilaient dans son esprit fiévreux telle une suite de photographies cruelles et grotesques. « Fou, qu'il avait été de penser échapper au destin. Les Canadiens-Français sont nés pour un petit pain. Il n'est d'autre vie que celle qu'on a », songeait-il défaitiste. Ces pensées ne le quittèrent plus jamais. Il était un homme fauché, défait et hostile.

Puis la vie reprit ses droits. Les bourgeons éclataient, les violettes se blottissaient derrière la maison, les fleurs de mai étalaient leur nappe blanche sur le tapis vert de la forêt et le lac, dont la vue était maintenant accessible, frissonnait sous l'alizé.

Le caractère de John possédait deux facettes diamétralement opposées. Il avait, depuis l'accident, une faible estime de lui-même et un sentiment d'aliénation, combinés à un esprit de philosophe et à une forte capacité d'adaptation.

Il se remit donc à l'ouvrage. Trop occupé pour avoir le temps de songer à l'ennui et, avec philosophie, il se comptait encore beaucoup plus heureux de vivre seul avec son chien, que d'être mal marié. Parfois, il était plusieurs jours sans entendre parole humaine. Il chantait de sa belle voix grave afin d'entendre une voix, même si ce n'était que la sienne.

Bien qu'il ne songeât guère à se marier, il n'oubliait jamais de réciter sa prière à saint Joseph. Le ciel dut écouter ses suppliques d'une façon ou d'une autre car sa santé s'améliorait beaucoup. Il n'eut pas une seule heure de maladie pendant un an.

Tout l'été, les gros travaux des champs, ceux de la grange et de la maison le fatiguèrent quelque peu ; alors à l'automne, il décida de ne pas faire de labours.

Ses plus proches voisins, les Dulmage, résidaient à quelque huit ou neuf arpents de distance. Ils étaient situés de telle manière que l'on ne pouvait se voir d'une maison à l'autre. Durant l'été, ils entendaient John crier aux vaches lorsqu'il allait les chercher, mais quand celles-ci furent établées pour l'hiver, ce fut le silence. Ils s'inquiétaient de lui et exigeaient qu'il leur donne un signe de vie tous les jours. Quand il y manquait, ce qui arrivait assez souvent, quelqu'un des Dulmage venait voir s'il n'était pas malade ou blessé.

L'hiver avançait et John ne se sentait pas trop malheureux dans sa solitude. Les Dulmage, eux, se tracassaient pour lui. Ils lui disaient :

– Pauvre John, comme tu fais pitié de vivre seul, jour après jour. Tu pourrais être blessé par tes chevaux ou autrement et mourir là par manque de secours. Et qui le saurait ? Personne ne passe par chez vous. Tu devrais faire quelque chose pour remédier à ça.

Ces observations le rendaient songeur. Il en venait à se demander s'il ne serait pas mieux de vendre tout le roulant de la ferme à l'encan au printemps et de s'en aller vivre ailleurs.

Les Dulmage s'opposaient à ces projets.

– Ne fais pas ça. Regarde la belle prairie que tu as défrichée et mise en culture. Tu es trop courageux pour laisser tomber quand le succès est si proche.

Leurs encouragements, ajoutés à la crainte du retour des maux de tête s'il renonçait au travail au grand air, le rendaient hésitant. Néanmoins, le facteur le plus important dans la balance était l'orgueil. Ne pas donner à sa mère la satisfaction de le voir abandonner lâchement sa tâche.

Ce problème menaçait de troubler la quiétude de John, quand au milieu de l'hiver un petit événement aussi étrange qu'inattendu lui fit, du moins momentanément, oublier les dangers de sa solitude. Sans doute toute chose est-elle utile dans la vie et a sa place marquée d'avance.

Ainsi donc, Lizzie avait une petite sœur d'environ cinq ans sa cadette, du nom d'Annie, une petite noiraude aux yeux de charbon, brillants comme des diamants. Elle n'était pas jolie du tout, de très petite taille et assez rondelette. Cependant elle avait une belle voix,

jouait agréablement du piano, était remplie d'espiè-
glerie et de vivacité.

Si John appréciait particulièrement la musicienne
en elle, il l'avait toujours considérée comme une fillette. Ils ne s'étaient pas revus depuis plus de six ans.
Annie avait maintenant vingt ans.

Comment l'idée d'écrire à John est-elle venue à
Annie ? C'est ce que nous ignorons. Avait-elle lu des
lettres que John avait envoyées à Lizzie. Ou entre
sœurs, parlaient-elles souvent de lui ? Ou bien Annie
se souvenait-elle de lui, du temps où John la compli-
mentait sur son chant et sa musique avec tant de sin-
cérité et de délicatesse ?

Un jour que John était allé au bureau de poste
chercher son journal, on lui remit une lettre. Il l'exa-
mine... écriture inconnue. Il l'ouvre et lit ces lignes : *Mon
cher petit frère.* « Voyons aurais-je des sœurs que je ne
connais même pas ? » Vivement, il va à la signature :
Annie. C'était bien la dernière de qui il aurait attendu
une lettre !

> *J'ai gardé de toi un bon et affectueux sou-
> venir. Mes deux sœurs travaillent au service
> civil* et moi je reste à la maison. Je m'ennuie
> beaucoup et afin de m'aider à passer le temps,
> j'aimerais bien correspondre avec toi, mais en
> anglais seulement, car malheureusement, je ne
> sais pas lire le français.*
>
> > *Ta petite sœur affectionnée*
> > *Annie*

---

*   Fonction publique fédérale.

Certains éléments de cette missive étrange troublaient John. D'abord la formule de politesse à la fin était exactement la même que celle que Lizzie utilisait autrefois. Et depuis quand ne savait-elle plus lire ou parler le français, alors qu'autrefois elle le faisait parfaitement ?

Par désœuvrement ou par politesse, il répondit à sa lettre. « Il la trouvait bien gentille de s'être souvenue de lui, depuis si longtemps. Lui non plus n'avait pas oublié le petit rossignol d'autrefois. »

Annie n'en resta pas là. Une seconde enveloppe colorée arriva promptement. Elle contenait une photo. John la regarda à plusieurs reprises. La jeune fille avait le teint si sombre, qu'il faisait douter de sa race. Puis une troisième où celle-ci exprimait son malheur et son ennui d'une façon pressante, le priant de bien vouloir lui répondre. « Ses propos toujours si aimables et sympathiques lui étaient d'un grand secours. »

John, pris au jeu, lui parla du printemps tout proche. « Le soleil, les oiseaux, la verdure et les fleurs ont l'habitude de ranimer les sourires sur tous les visages. » Il ne s'informa même pas des causes de son infortune parce qu'il n'y croyait tout simplement pas.

La quatrième lettre montrait une Annie complètement découragée.

> *Si j'avais la chance de trouver un bon garçon... un bon garçon comme toi... je n'hésiterais pas une seconde à me marier. Je sais qu'il me serait très facile de t'aimer.*

John trouvait cela amusant et prenait le tout à la légère. Comme il avait affaire à Hull, il décida de rendre une petite visite à Annie. Il saurait la dérider et ils riraient ensemble des malheurs imaginaires de celle-ci. Ah! qu'il manquait de flair.

Il la trouva seule à la maison. Elle le reçut avec une joie non contenue. Après les politesses d'usage, sa ferme solitaire, au bout de la route lui apparut soudain. En même temps, la rengaine de sa mère retentit à ses oreilles : « Marie-toi! »

Impulsivement, sans réfléchir, il demanda :

– Ainsi, si tu trouvais un bon garçon tel que moi, tu l'épouserais ?

– Je n'hésiterais pas, je l'épouserais tout de suite.

– Alors, si je t'offrais quelqu'un qui est mon sosie... non pas vraiment, il s'empêtrait, si je te demandais ta main, que répondrais-tu ?

Annie, un peu surprise, le regarda un moment.

– Parles-tu sérieusement ?

– Aussi sérieusement qu'il est possible de le faire.

– Alors, je dirais oui. Mais les gens de par chez vous ne penseront-ils pas que je suis bien petite et bien laide ?

– Oh! Je ne me marie pas pour eux. Cela ne les regarde pas. Je tiens néanmoins à te mettre en garde, j'habite un endroit magnifique, en pleine nature, mais comme égaré, presque oublié. On n'y voit aucune habitation, c'est le bout du monde. Je crains alors que tu t'ennuies à mourir et que tu regrettes ta décision.

– Avec toi, je ne pourrais pas m'ennuyer.

– On dit ça. Tu me connais peu, et la vie sera si différente d'ici. La nature a beau être sincère, elle n'a souvent que le silence à offrir.

– Je crois que je m'habituerais vite. Si la ville me manquait trop, tu me laisserais bien venir à Hull de temps à autre ?

– Soit ! Alors allons au presbytère tout de suite,
afin de savoir ce qu'il faut faire pour nous marier dans
les plus brefs délais. Nous sommes au commencement
du carême, ça risque de compliquer notre projet.

Ils se rendirent au presbytère dans un état second.

– Pouvons-nous parler au révérend père Prévost
s'il vous plaît ? Nous le connaissons bien tous les deux.

– Je regrette il est sorti, répondit placidement le
père portier. Je vais vous en envoyer un autre.

C'était un père nouvellement arrivé à Hull et qui
ne semblait pas connaître grand chose !

– Nous voulons nous marier, déclara John.

– C'est très bien. Mais il faut sûrement attendre à
demain, à la messe.

John, un peu impatient, répliqua :

– Nous savons cela. Cependant, c'est le carême.
Est-ce qu'il est possible de se marier ? Quel est le délai ?
Quelles sont les formalités à remplir ? Elle est de Notre-
Dame, moi, enfant de la paroisse également. Je n'ai
plus de certificat de naissance, il a brûlé en 1888, puis
le double aussi en 1900. Je suis sans papiers et je ne
demeure plus ici, je suis de la campagne, assez loin en
Ontario.

– Je ne saurais vous renseigner correctement. Je
ne suis pas assez au courant des règlements, fit-il piteusement.

– Alors, nous reviendrons.

John reconduisit Annie chez elle. Il promit de revenir le lendemain afin de décider de ce qu'ils feraient.

Ce soir-là, John commença à douter de la sagesse
de sa conduite. En récitant sa prière à saint Joseph
avec une ferveur redoublée, il crut constater que la
figure du grand saint restait froide et qu'il semblait peu
disposé à prêter son concours.

Le lendemain, Annie était différente, comme dégrisée.

– Mes sœurs trouvent que nous ne nous convenons pas du tout. Ma cousine Mary, par contre, me conseille de ne pas laisser passer ma chance de me faire un bon chez-moi.

Ni l'un, ni l'autre ne montraient le même enthousiasme que la veille. Ils décidèrent d'attendre quelque temps. John se sentait mal à l'aise, gêné, et négligea sciemment d'exiger une promesse de mariage. Sa visite fut de courte durée. En la quittant, il lui dit :

– À bientôt. J'espère que tu ne t'ennuieras pas trop à la ferme avec moi dans la maison au bout du chemin !

À bord du train qui le ramenait chez lui, John était songeur. Plus il réfléchissait, plus il croyait qu'il avait fait un méchant coup. Les sœurs d'Annie diraient probablement qu'il l'épousait pour la très modeste somme que son père lui avait léguée. Pourtant jusqu'ici, il n'y avait pas pensé. Cependant, son sens de l'honneur le poussait à tenir sa parole une fois donnée.

John écrivit à Annie une courte lettre en ces termes :

Suis-je bien allé à Hull ou n'était-ce qu'un rêve ? Si c'est vrai, il m'est resté comme une sorte de promesse d'avenir, une lueur d'espérance qui semble briller et flotter dans l'air.

Quelques jours plus tard, une enveloppe portant l'écriture d'Annie lui parvint. En l'ouvrant, il se rendit compte qu'on lui retournait sa propre lettre non décachetée. En bas, à gauche, Annie avait griffonné : *Mon tuteur ne me permet plus de recevoir de lettres de vous.*

Allons donc! Son tuteur, si elle en avait un, ne pouvait pas la forcer à faire cela. Il l'aurait plutôt fait lui-même. John se sentait soulagé, néanmoins il était blessé de la perfidie d'Annie, car il ne croyait pas un mot de son excuse. Elle montrait, avant qu'il ne soit trop tard, que la franchise n'était pas son fort. C'était mieux maintenant qu'après le mariage!

En rentrant du bureau de poste, il jeta les lettres et la photographie d'Annie au feu. Dans l'esprit de John, la figure de saint Joseph sembla retrouver son sourire.

Que s'était-il passé pour qu'Annie change d'idée si vite? Avait-elle simplement voulu s'amuser? C'était pousser la farce un peu loin. Après tout, c'était elle qui était entrée en contact avec lui la première. Ses sœurs l'avaient-elle dissuadée par leurs objections? Avait-elle un autre prétendant en vue ou une réconciliation était-elle survenue?

John se rendit de nouveau à Hull, la semaine suivante, mais ne chercha pas à connaître la vérité. En tant que vieil ami de la famille, il se croyait en droit de recevoir un traitement moins cavalier.

Dans le cours de la même année, Annie épousa, contre la volonté de ses sœurs, un garçon, joueur, qui lui extorquait son argent. Même son salaire de musicienne y passait. Après trois années d'une telle existence, elle laissa son mari à Montréal et s'enfuit aux États-Unis. Puis un jour, elle joua à ses sœurs un tour semblable à celui qu'elle avait joué à John. Elle leur envoya une lettre contenant... une feuille de papier blanc. Puis, elle se volatilisa à jamais. Personne n'entendit plus parler d'elle.

N'empêche que cette aventure n'avait pas augmenté la valeur des filles aux yeux de John.

Wilfrid, le petit Wilfrid d'autrefois, était maintenant un jeune homme aventureux, la tête pleine de rêves. Il vint passer quelques jours avec son frère. Cette visite eut une portée considérable dans la vie de John.

Décidément, le courrier en provenance de Hull était abondant. Une dame Joseph Grandchamps invitait John à venir faire la connaissance de sa sœur en visite chez elle. Elle soulignait qu'elle avait obtenu son adresse par l'intermédiaire de sa mère Exilda.

Joseph Grandchamps avait épousé la cousine de John, alors que celui-ci était encore gamin. Il l'avait vu grandir. Après le décès douloureux de son épouse, celui-ci était resté veuf quelques années. L'automne dernier John avait appris qu'il s'était remarié avec une fille beaucoup plus jeune que lui, originaire de la campagne, un peu au sud de Montréal.

Au reçu de cette lettre John déclara tout de go :

– Ça va faire les filles à marier ! Je viens tout juste de Hull, je ne vois pas l'utilité d'y entreprendre un autre voyage pour rencontrer une demoiselle qui vient de si loin. Je n'irai pas. Celle-là ne sera pas encore celle que je cherche. Au fait est-ce que je cherche vraiment ou est-ce ma mère qui n'a pas lâché prise ?

– Pourquoi n'irais-tu pas ? répliqua Wilfrid. Celle-là, c'est peut-être la tienne ! Heureusement que je suis là. Je peux m'occuper des animaux et tu partirais sans t'inquiéter. Vas-y donc !

– Pour venir de si loin, elle doit être bien en peine, assure John d'un ton aigre.

– Tu ne sais pas. En tous cas, elle a l'air débrouillarde. Elle voyage seule. Tu n'as rien à perdre !

John maugréa pour la forme. Grâce à Wilfrid, il prit le train pour Hull, encore une fois.

Partait-il vers sa destinée ?

V

EN EFFEUILLANT LA MARGUERITE

Voici des fruits, des fleurs, des feuilles et des branches,
et puis voici mon cœur qui ne bat que pour vous.

Paul Verlaine

Corona, quelques mois après son mariage avec Joseph Grandchamps, avait emménagé dans le logis que l'on mettait à la disposition de la famille responsable de l'entretien de l'école Lecompte*. On y accédait par une porte située sous le grand escalier. Le logement comprenait quatre pièces : une cuisine, deux chambres et une vaste salle à l'avant. Il était sombre et bruyant. Les immenses chaudières alimentées au charbon menaient un bruit d'enfer durant les mois les plus rigoureux. Cependant, il offrait en compensation une grande baignoire et des toilettes modernes, luxe non négligeable. Corona avait échangé le vacarme des trains de son enfance contre celui des fournaises. Elle s'en

------

* Selon les registres, l'école Lecompte n'ouvrit ses portes qu'en novembre 1911.

accommodait plutôt bien. Les enfants de son époux étaient espiègles, mais respectueux et d'un naturel charmant. Seule la froideur de son mari à son égard la chagrinait. Oh! c'était un homme exemplaire. Toujours sobre, travailleur, propre, ne jurant point, parlant peu. Tout simplement, il ne la voyait pas. Bien qu'un brin rondelette, elle se savait jolie. Les regards des hommes lui renvoyaient l'image d'une femme désirable. Hélas! pas pour Jos. Même, qu'au Jour de l'an, anniversaire de la mort d'Exilda, il s'était enfermé dans une chambre à coucher avec une photo de sa première femme et elle l'avait entendu sangloter.

Sa nature primesautière reprenait toujours le dessus. Aujourd'hui, elle était vraiment heureuse. Ça faisait longtemps qu'elle ne l'avait pas été autant. Elle et Jos partiraient tantôt, rien que les deux, pour Sainte-Philomène. Jos lui avait dit, la semaine avant :

– Écris donc à ta sœur. On pourrait leur rendre visite et aller fêter les jours gras avec eux autres. Qu'est-ce que tu en penses?

– Ah! ça me ferait tellement plaisir.

– Vois-tu, je connais un bon gars, un nommé Deschêne. Il voudrait se trouver une femme dépareillée. Il est un brin difficile. J'ai pensé que ta sœur lui conviendrait peut-être. On pourrait la convaincre de revenir avec nous autres pour faire sa connaissance.

– Tu sais, Marie-Anna, elle n'est pas en peine avec les cavaliers.

Elle ajouta rapidement, de crainte que Jos ne change d'idée :

– On peut bien essayer quand même.

Le voyage fut agréable. On improvisa une petite veillée le mardi soir. C'était à celui qui pousserait une chanson à répondre, à celui qui montrerait ses talents de gigueur. Et *swing* la bacaisse dans le coin de la boîte à bois. On riait, on s'interpellait, on comptait des histoires. Les douze coups de minuit jetèrent le voile du carême sur la joyeuse assemblée.

Depuis leur arrivée, Corona et Jos n'avaient pas cessé d'*étriver* Marie-Anna au sujet du prétendant de Hull. Celle-ci se montrait peu enthousiaste.

– Voyons Marie-Anna, dis oui. Ça ne t'engage à rien. Puis tu viendrais passer des vacances avec moi. Jos, faut qu'il te trouve ben fine pour vouloir te présenter à quelqu'un.

– Sais-tu de quoi il a l'air au moins ? s'enquit Marie-Anna.

– Non, je ne l'ai jamais vu. Mais ça fait rien. Viarge, Marie-Anna décide-toi donc !

Marie-Anna regarda sa sœur avec réprobation. Pourtant, elle se mit à faire sa valise. Sans enthousiasme.

Dans le train, Marie-Anna, vêtue de ses plus beaux atours, un manteau en pied-de-poule garni de renard, assorti d'un chapeau à aigrette, regardait défiler le paysage immaculé que le soleil printanier allait bientôt transformer en milliers de ruisselets.

Pourquoi avait-elle accepté de rencontrer ce type ? Quelle mouche l'avait piquée ?

Son père le lui avait fait remarquer :

– T'as pas besoin d'aller à Hull pour voir des garçons. Il y en a assez ici qui ne demandent pas mieux que d'admirer tes beaux yeux.

N'empêche, elle était là dans ce wagon et chaque tour de roues la rapprochait... la rapprochait de quoi au juste ? Elle se sentit vaguement angoissée, comme si son avenir allait se jouer durant ce périple.

Mais non! Elle allait rendre une agréable visite à Corona, rire avec les enfants, passer voir Aurore, faire des emplettes au magasin Pharand. Ce serait un agréable congé sans plus. Il n'y avait pas matière à fouetter un chat!

Effectivement le séjour de Marie-Anna se déroulait comme prévu... à un détail près. Le supposé prétendant ne se présenta jamais. Il s'était volatilisé, à la grande indignation de Jos qui n'aimait pas être berné.

Cela faisait déjà deux semaines qu'elle était là. Les enfants l'amusaient, Madame Grandchamps, silencieuse et concentrée dans un coin de la cuisine, semblait faire corps avec son métier à tisser. Elle fabriquait des catalognes aux coloris doux et un peu passés, à son image.

Marie-Anna trouvait que sa visite avait assez duré et se préparait à retourner chez elle.

– Tu sais Marie-Anna, combien l'église Notre-Dame est superbe, ben tu devrais voir ça durant la retraite des jeunes filles. Je te dis, on croirait que le ciel descend sur la terre. La musique, l'encens, le grand calme... la bonne sainte Vierge qui nous appelle. C'est extraordinaire!

– Oui, sans doute. Mais, j'en connais un qui doit m'appeler au dépôt. C'est vrai qu'il faut qu'il apprenne à se passer de moi des fois. Je vais y penser.

Elle finit par consentir faiblement.

Madame Marleau et Madame Grandchamps avaient conservé une excellente relation qui avait survécu au décès de la bru de cette dernière. C'est pourquoi, en ce mardi matin, Exilda Marleau arrêta tout bonnement chez les Grandchamps. On lui présenta Marie-Anna.

Corona, qui n'a pas la langue dans sa poche ajoute :

– Ma sœur, elle sait tout faire et vous savez elle veut se marier.

Marie-Anna la foudroie du regard. « Mon Dieu qu'elle est bavarde ! Qu'est-ce que cette dame va penser ? » songe Marie-Anna en son for intérieur.

– Tiens, tiens, répond Exilda, et dire que moi, j'ai un garçon qui demeure tout fin seul sur une ferme...

– Ça doit être malcommode en grand et ennuyant de vivre seul sur une terre. Qui sait ce qui arriverait s'il rencontrait ma sœur ? Donnez-moi donc son adresse, je vais l'inviter à venir.

Décidément, sa sœur est une entremetteuse infatigable. Cela gêne Marie-Anna.

– Tais-toi donc ! Ne lui écris pas, car je veux m'en aller à la maison. Ma visite a déjà trop duré !

Corona écrivit quand même. Comme par hasard Exilda suggéra à Wilfrid d'aller prendre des nouvelles de son pauvre frère seul, au lac Georges. Marie-Anna, elle, continua sa retraite.

Le samedi, quand John arriva chez son frère Ovila, le sujet de conversation principal fut la fille de la campagne. Quand John apprit qu'elle venait de Sainte-Philomène près de Montréal et qu'elle tenait maison pour son père, il craignit encore une fois d'avoir fait chou blanc. « Même si elle est mignonne, jolie, gentille et tout et tout, son père va sûrement la dissuader. Comment m'y prendre pour la fréquenter à une distance aussi considérable ? Puis, si elle est si bien que ça, pourquoi me suivrait-elle dans une retraite aussi isolée ? Non décidément j'ai encore fait un voyage inutile. » pensa John, un peu contrarié.

Le dimanche, en revenant de la messe de huit heures, Ovila déclara :

– Nous passons à la porte des Grandchamps, nous sommes aussi bien d'arrêter.

Quand Marie-Anna serra poliment la main de John, elle sentit un émoi inconnu l'envahir. Il n'était pas très grand, même qu'elle le dépassait un peu, mais il avait les yeux de la couleur du fleuve, une voix grave et mélodieuse et des manières courtoises. Un vrai monsieur ! Il l'intimida. John la trouva de son goût, avec son teint et ses yeux clairs. Elle était réservée. Vraiment, dans sa quête de jeunes filles à marier, celle-ci dépassait les autres de cent coudées.

Tandis que Corona parlait, posant toutes sortes de questions, Marie-Anna écoutait.

– Vous avez des animaux ?

– Oui, bien sûr. Quatre vaches, trois chevaux, des poules et un chien.

– Hou, hou, tu entends ça, Marie-Anna ?

Celle-ci était comme absente. Pourtant ses grands yeux lumineux montraient son intérêt.

– Et votre terre ?

– Pour dire vrai j'en ai deux. Une à peine défrichée et l'autre, la plus petite, de l'autre côté du lac.

À l'évocation du lac, Marie-Anna s'interposa :

– Parlez-moi du lac, s'il vous plaît, fit-elle en baissant les yeux.

– Le lac, Mademoiselle, c'est le miroir des clairs de lune. Il s'anime sous les rayons argentés et invite à la méditation. Il prend des airs mystérieux quand la brume matinale l'enveloppe délicatement et se dissipe au lever du soleil. Au crépuscule, il revêt les couleurs de l'arc-en-ciel du couchant. La brise lui fait chuchoter mille secrets. Cependant, sous la pluie, il est gris, triste et maussade. Le lac, c'est un peu mon ami et l'œil de la terre.

– J'aimerais le voir, répondit Marie-Anna.

« Ce qu'il cause bien » pensa-t-elle, de plus en plus ravie.

Pendant que Corona pérorait sur les questions d'ordre pratique, qui avaient, avouons-le, beaucoup d'importance, John et Marie-Anna s'observaient à la dérobée.

Quand, dans l'après-midi, on lui offrit un verre de p'tit blanc, il s'excusa :

– Je ne prends presque jamais d'alcool, je vous remercie. Ne vous gênez pas pour moi !

« De mieux en mieux » trouvait Marie-Anna. Elle était lasse des abus d'Émery et aussi, même si elle le niait énergiquement, de ceux de son père qui étaient de plus en plus fréquents.

Après le souper, on les laissa enfin en tête-à-tête. Ils avaient tous les deux le sentiment d'une urgence. Si peu de temps leur était dévolu. Ils habitaient si loin l'un de l'autre. Pourtant, ils avaient tant de choses à se dire. Marie-Anna, hors de la présence de Corona, retrouvait sa langue. Elle raconta la mort prématurée de sa mère, ses responsabilités croissantes alors qu'elle était bien jeune, la vie à la station, son histoire quoi ! John en fit autant. Ses études, ses rêves brisés, le départ de la ville, l'abandon de sa mère suivi de la brouille avec celle-ci, sa solitude dans la maison du bout du chemin. Ils évitèrent néanmoins inconsciemment de parler de leurs projets d'avenir.

Ce soir-là, avant de se mettre au lit, John récita son oraison à saint Joseph. Il s'aperçut soudain que c'était le 19 mars, la fête du grand Saint et qu'il avait la figure toute souriante. Était-ce par rapport à sa fête ? Ou était-ce sa rencontre avec Marie-Anna ? À cette pensée la figure semblait s'illuminer davantage. C'était bon signe !

Marie-Anna, elle, rêva de lacs, d'yeux bleus et de fleuve. Elle se réveilla heureuse à l'idée de la journée qui venait. Elle mit un soin particulier à sa toilette et sourit à l'image que lui renvoya la parcimonieuse petite glace.

Ce matin-là, à neuf heures précises, tel que convenu, John était chez les Grandchamps. Le ciel était bas et gris. Dans l'après-midi, ils allèrent à Ottawa, aux vues animées qui étaient muettes et dont les textes apparaissaient en anglais seulement. Marie-Anna ne connaissait pas un mot d'anglais. John les lui traduisait à mesure qu'ils se présentaient sur l'écran. La jeune fille était ébahie.

Ils étaient là, côte à côte, et Marie-Anna se surprit à souhaiter qu'il lui touche les doigts, lui prenne la main, ce qu'il ne fit pas.

Dehors, le vent avait chassé les nuages et l'air s'était sensiblement adouci. La journée avait tenu ses promesses. Le soir, John constata que non seulement la figure de saint Joseph était sereine mais la sienne aussi. Alors, il décida de parler sérieusement le lendemain.

À Ottawa, sur le flanc de la colline du Parlement, est taillé un petit chemin à travers les arbres, en bordure de la rivière, que l'on nomme le chemin des amoureux. C'est là qu'ils allèrent dans l'après-midi du lendemain. Quelle place idéale pour des confidences, que ce chemin qui a entendu tant de soupirs, d'aveux et de promesses. C'est avec calme et sans hésitations que John fit sa demande.

– Mademoiselle, ce fut un grand plaisir de vous avoir rencontrée. Ces heures passées en votre compagnie ont été particulièrement agréables. Il faut absolument que je retourne chez nous ce soir. Avant de vous quitter, puis-je vous demander si vous croyez que nous puissions nous entendre pour l'avenir ?

Marie-Anna sentit son cœur battre de façon désordonnée. Se décider vite ! L'idée de ne plus le revoir, lui parut intolérable, une brûlure insupportable. Elle s'entendit répondre maladroitement :

– Euh !... Oui, je le crois.

Il avait pris sa main et la serrait doucement.

– Merci. Nous connaissant à peine, je ne pourrais vous dire que je vous aime sans mentir, cependant je puis vous affirmer que vous me plaisez beaucoup. Et vous, qu'est-ce qui vous porte à croire que cette entente est possible ?

– J'ai de très bons renseignements sur vous et votre visage m'inspire confiance.

Elle aurait pu ajouter : « Je vous admire et je veux être avec vous. » Elle jugea ces mots inconvenants et les garda pour elle.

Il fut entendu qu'ils prendraient chacun quelques jours pour y réfléchir et qu'une fois Marie-Anna retournée à Sainte-Philomène, elle lui écrirait une lettre, lui faisant part de sa décision irrévocable.

Elle le reconduisit au train. Avant de prendre sa place dans le compartiment, il lui remit un paquet emballé de papier de soie et ficelé de bleu.

– Pour rendre votre trajet de retour moins long. Ils se serrèrent la main et leurs yeux s'accrochèrent, l'espace d'un éclair. Puis il disparut à l'intérieur du wagon et le train s'ébranla dans la vapeur blanche et la fumée noire. En le regardant s'éloigner, elle sentit qu'une minuscule larme glissait sous sa voilette. Elle trouvait qu'il faisait pitié de s'en aller tout seul dans cette nuit étoilée du 21 mars, pour ne retrouver rien d'autre qu'une maison solitaire et un chien.

Elle ne chercha pas à savoir si c'était de la pitié ou de l'amour. Elle ouvrit le joli paquet. Il contenait un roman, *Moïsette*. Sur la première page, il avait inscrit de sa belle écriture : «*À Marie-Anna de John. 21 mars 1911.*» C'est à cet instant qu'elle sut où menait sa route.

Wilfrid revint à Hull le soir même et John, encore une fois fut tout à fait seul.

Le trajet de Hull à Sainte-Philomène prenait une journée entière avec l'arrêt inévitable à Montréal. Marie-Anna se plongea dans le roman que John lui avait offert. Aux personnages de l'histoire se superposent les images des heures qu'elle a vécues avec John. Une parcelle de son cœur est partie avec lui, elle n'y peut rien.

Le retour à la maison s'avère difficile. Les soins du ménage ont été négligés durant les trois semaines de son absence. Le courrier s'est accumulé depuis plusieurs jours. Elle est taraudée par la crainte de la réaction de son père quand elle lui annoncera sa résolution de le quitter.

Le jeudi 23 mars, alors qu'elle était absorbée par la grosse besogne, le train lui amène un visiteur inattendu, Arthur Lajoie. Il a la face longue et attaque en arrivant :

– Je viens voir ce qui se passe. Ça fait trois semaines que tu ne réponds pas à mes lettres.

Le ton est bougon. Elle se rend compte qu'il se contient à peine.

– J'étais en visite à Hull, chez mes sœurs.

– Et tu ne sais plus mon adresse quand tu es à Hull ? Tu aurais pu m'écrire !

– J'ai été bien occupée, tu comprends.

– Non justement, je ne comprends pas. J'ai entendu dire que ta sœur Corona voulait te présenter un garçon. C'est vrai?

– Oui. J'en ai rencontré un effectivement.

– Il me semblait que toi et moi, nous étions promis l'un à l'autre.

– Ben moi, je n'ai jamais donné mon consentement à une telle entente.

– Est-ce nécessaire que je mette un genou à terre pour te demander ta main, comme sur les cartes postales? C'est ridicule!

Il lui prit les poignets et articula à voix forte :

– Marie-Anna, veux-tu être ma femme?

En une fraction de seconde, elle imagina sa vie à Montréal, examina le visage cramoisi qui la défiait, sentit la forte pression sur ses poignets. Le souvenir des yeux opalins et de la voix grave de John, balaya sa courte hésitation.

– Arthur, je suis désolée mais je ne veux pas être ton épouse.

– Tu ne vas pas me dire que tu me préfères cet individu que tu connais à peine et qui habite en Ontario, par-dessus le marché?

– ...

– Marie-Anna, dis quelque chose!

– Il attend ma promesse.

Arthur suffoquait. C'en était trop.

– Marie-Anna, tu perds la tête. Les Ontariens, ce sont des Anglais. Tu ne sais même pas leur langue.

– Il la parle suffisamment bien pour nous deux. Et puis dans cette région, il y a beaucoup de Canadiens-Français.

Jean-Baptiste, que les échanges animés des deux jeunes gens avaient alerté, entra dans la salle d'attente et demanda :

– Qu'est-ce que vous avez à vous chamailler de même ? Ça pas d'allure. On dirait deux coqs qui se picochent.

Arthur s'empressa de ramener la situation à son avantage. Il était bien informé et comptait sur l'appui du père pour ramener sa fille à la raison.

– Saviez-vous Monsieur Laberge que votre Marie-Anna a dessin d'épouser un inconnu qui habite au diable vauvert en Ontario ?

– Arthur laisse papa en dehors de ça. Tu ne gagneras rien de cette manière.

Jean-Baptiste répliqua abruptement :

– C'est vrai ça Marie-Anna ?

Celle-ci éluda habilement la question :

– Monsieur Lajoie est un peu offusqué. Il vient de me demander ma main et j'ai refusé. J'apprécie beaucoup son geste mais je ne veux pas aller vivre en ville. Je suis certaine de ne pas être l'épouse qu'il lui faut.

Jean-Baptiste ne saisissait pas bien la situation. Il reconnaissait néanmoins à sa fille préférée le droit de choisir son mari, mais il n'était guère pressé de la voir convoler.

– Si Marie-Anna a refusé c'est qu'elle a ses raisons. Je ne vois pas ce que je peux faire pour vous, même si je trouve que vous êtes un ben bon parti.

– Ses raisons, c'est ce garçon de malheur que Corona lui a présenté à Hull.

– Papa, si tu veux, nous en discuterons ensemble, juste toi et moi.

Marie-Anna tourna les talons et retourna à ses chaudrons, laissant les deux hommes en tête à tête.

Une dizaine de minutes plus tard, elle vit Arthur sortir pour aller respirer. La rebuffade passait mal. Elle en fut chagrinée. Elle avait eu bien de l'agrément avec lui. Restait à affronter et à convaincre son père. La culpabilité l'envahissait rien que d'y penser. Ce serait pour lui un cruel abandon. Pourtant, aucun obstacle n'ébranlait sa certitude que son existence se trouvait liée à celle de John.

Arthur repartit pour Montréal fort mécontent. Ils ne se revirent jamais.

Lorsque le train eut disparu, laissant derrière lui l'écho de son passage, Jean-Baptiste, assis dans la berceuse enveloppée de l'ombre naissante, questionna Marie-Anna :

– C'est quoi l'histoire qu'il raconte Arthur ? Il dit que tu lui préfères un étranger que tu as connu à Hull et que tu vas l'épouser. Est-ce que c'est vrai ?

– Papa, d'abord ce n'est pas tout à fait un homme sorti de nulle part. La première femme de Jos Grandchamps était sa cousine.

– Je veux bien croire, mais nous autres, on ne le connaît pas.

– J'ai passé presque trois jours avec lui à Hull. Il a une belle ferme. Il est poli, galant, instruit, ne prend pas un coup et il sait respecter une fille.

Marie-Anna en mettait pas mal !

– Ouais, il en a des qualités. Puis je suppose qu'il est beau parleur avec ça ?

– Il parle très bien en effet. Puis il a besoin d'une compagne. Il vit seul depuis le départ de sa mère.

– Moi aussi j'ai besoin d'une femme dans le dépôt. C'est pas une raison pour embobiner une fille en attirant sa pitié.

– Papa, c'est lui que je veux pour mari. Vous avez toujours dit que je serais libre de prendre le prétendant de mon choix.

– Je l'ai dit, je l'ai dit...

Un silence tomba. La noirceur avait complètement envahi la pièce.

– Marie-Anna, j'aurais jamais pensé que tu ferais un tel mariage. Je voudrais que tu sois heureuse mais pas de cette manière là. Je vais rester seul avec Émery, Marie-Anna...

Sa voix se brisa. C'était l'appel au secours de celui qui sent le terrain se dérober sous ses pieds. Marie-Anna fut touchée par ce vieillard courbé. C'était triste de vieillir. Elle s'approcha de son père et derrière sa chaise, elle posa ses mains sur ses épaules.

– Je sais que je vous fais du chagrin, cependant si mon bonheur vous tient à cœur, vous me laisserez faire ma vie à ma façon. J'ai tâché d'être une bonne fille et je serai une compagne fidèle et dévouée pour lui.

Jean-Baptiste céda. On n'emprisonne pas les hirondelles.

Marie-Anna alluma la lampe qui répandit une clarté glauque. Tous ses sens en éveil, elle regarda la pièce, son père affaissé dans sa berceuse ancienne. Elle faisait provision de souvenirs pour les jours où elle aurait les bleus au cœur.

Dans la soirée, à l'abri dans sa chambrette, elle écrivit à John un court billet lui engageant sa foi de façon solennelle si cela était toujours son vœu.

John l'attend et la redoute à la fois cette réponse. La solitude avec laquelle il est face à face depuis de longs mois lui pèse d'avantage depuis son retour. Une vacillante lueur d'espoir éclaire ses jours et ses nuits. Et si elle allait s'éteindre ! Il revoit la grande demoiselle à la taille fine, aux yeux clairs, pleine de verve du sentier des amoureux. Il se prend à désirer très fort une acceptation. Avec elle, il est prêt à affronter la vie.

Elle est là, dans ses mains, la minuscule enveloppe. Il tremble un peu en l'ouvrant... Elle a dit *oui*! Le soleil est plus chaud, les oiseaux chantent plus fort, le ciel est plus bleu, le lac plus lumineux. Elle a dit *oui*.

Il se presse joyeusement et lui répond promptement :

> *Mademoiselle,*
>
> *J'ai été très heureux de recevoir votre lettre. Je viens donc vous demander officiellement votre main, à vous ainsi qu'à votre père. Je ne possède pas de richesse, mais je suis en mesure de vous offrir bon gîte, bon couvert et un confort modeste mais acceptable. Il est vrai que je n'ai guère eu le temps de vous faire la cour, néanmoins nous nous reprendrons après le mariage et je vous garantis que vous n'y perdez rien au change. Ce sera même beaucoup mieux. S'il était possible de conclure notre union avant les grands travaux du printemps, nous aurions toute la belle saison pour en profiter. J'attends de vos nouvelles avec impatience.*
>
> *John*

La date du mariage est fixée au 25 avril 1911, et les préparatifs commencent... par correspondance. C'est la course aux lettres. Marie-Anna est favorisée, elle reçoit ces dernières directement au dépôt. John lui doit parcourir quatre milles à l'aller et autant au retour pour quérir son courrier à Treadwell, mais tout marche comme sur des roulettes... jusqu'à ce que les tiers s'en mêlent.

Fleur vient rendre visite à son amie :

– Marie-Anna, as-tu bien réfléchi ? Tu connais tout le monde ici, tu as beaucoup d'amis. Pourquoi partir si loin ? Je ne te verrai plus. J'ai tant de chagrin.

Et Fleur sanglote.

Jean-Baptiste rentre du village, il dit que Godfroy n'est pas sorti depuis bientôt dix jours. Il prétend qu'il a la grippe mais on chuchote partout que Marie-Anna l'a désespéré. Jean-Baptiste est plus voûté, plus taciturne que jamais. Il se sent abandonné. Marie-Anna, c'était son poteau de vieillesse. Il ressent la douleur dans sa chair mais n'essaie pas de retenir sa fille. Il sait que se serait inutile. Marie-Anna est partagée entre le bonheur et la mélancolie. Sa décision cependant demeure inébranlable.

John a écrit à Marie-Anna d'aller se choisir un cadeau de mariage à Montréal, un présent qui lui ferait plaisir. Elle a demandé un beau service de vaisselle. Elle se dit qu'elle le choisira de la couleur des yeux de John. Son père, généreux tout de même, veut que sa fille soit belle le matin de ses noces. Elle fera d'une pierre deux coups en allant en ville.

À Montréal, Marie-Anna arrête son choix sur de la faïence blanche ornée d'arabesques et de minuscules grappes de raisin bleu cobalt. Elle rêve à la maison du bout du chemin. Elle est naïve ou romanesque ? Téméraire surtout. Qu'importe ! elle le voulait, son roman, elle le savoure.

Au lac Georges, encore une fois la sauce se gâte. Ovila effectue un voyage spécial, probablement sur les instances de sa mère. Encore sa mère! Elle ne lui parle pas mais ne se prive pas d'intervenir dans sa vie.

– As-tu bien l'intention d'épouser Mademoiselle Laberge?

– Ça en a bien l'air. Pourquoi?

– Il paraît que ce ne sont pas de bonnes filles.

– Et qui dit ça, je t'en prie?

– Eugénie, la femme du cousin. Tu sais, elles portent le même nom. Elle dit qu'elle les connaît très bien, que ce sont des filles comme elle...

– Tiens tiens... quel modèle pour juger les autres. Une buveuse, une courailleuse, un restant de prison. Je ne la crois pas.

Saint Joseph semble sourire.

– Oh! elle n'est pas menteuse, car elle aurait pu éviter la prison en mentant, rétorque Ovila.

– Même sur son lit de mort, je ne la croirais pas!

– Pourtant se marier, c'est assez important...

– Écoute, si tu es venu ici pour me convaincre de changer d'idée, tu fais fausse route. J'ai foi en cette jeune fille et je vais l'épouser, envers et contre toutes les Eugénie du monde. D'ailleurs, maman me l'a assez répété de me marier.

Eugénie chambrait chez Aurore. Dans une de ses beuveries, elle avait peut-être eu quelques mots avec Corona et ensuite, pour se venger, avait raconté son histoire à qui voulait l'entendre. Ovila s'en retourna bredouille.

Le 21 avril, soit un mois jour pour jour après que les deux jeunes gens s'étaient quittés, John prenait le train pour Montréal. Il descendait chez Placide et

Adélard qui devait lui servir de témoin. Ils avaient maintenant deux beaux enfants, Donat et Juliette. Pendant le souper que Placide avait particulièrement soigné, Adélard demanda à brûle-pourpoint :

— Au fait, où et quand as-tu connu cette demoiselle ?

— À Hull, il y a un mois.

— Un mois ! Ma foi, deviens-tu fou ?

— J'espère bien que non. Je t'avouerai cependant qu'en arrivant à Sainte-Philomène demain soir, elle pourrait bien me dire ! « Oui, j'attends quelqu'un, mais ce n'est pas vous puisque je ne vous connais pas ! » Et il se mit à rire.

Sur ce point, John se trompait fortement, puisqu'elle le reconnaîtrait parmi des milliers.

Adélard n'en revenait pas. Placide était un peu scandalisée de tant de légèreté face à une question si grave.

Quand il descendit du train, leurs yeux s'accrochèrent l'instant d'une étoile filante, leurs mains s'effleurèrent telle la caresse du vent et un grand bien-être les envahit tous deux.

La veille du mariage, Marie-Anna ayant mis une dernière main aux préparatifs, alla flâner dans la grande salle où tant de voyageurs avaient défilé. Cette salle d'attente avait été témoin de joies profondes, d'amitiés sincères, de chagrins poignants. Marie-Anna percevait, remontant du passé, une rumeur de tous les bruits confondus et des odeurs multiples qui avaient hanté cette pièce. Elle toucha les longues banquettes de bois, puis éteignit la lampe sur la table au feutre vert. Elle refermait un chapitre de sa vie, impatiente d'ouvrir le prochain. Et c'est sereine qu'elle gagna sa couche.

Elle laissa sa veilleuse allumée. La flamme minuscule faisait danser des ombres sur sa toilette de mariée accrochée au mur. Le chapeau écru orné d'une profusion de violettes dans lesquelles s'étaient blotties deux mésanges, recouvert d'une longue voilette, donnait le ton à l'ensemble : une ample jupe mauve à remplis avec redingote assortie, d'où s'échappait le flot de satin et de dentelle de sa blouse crème. Un petit réticule de même tissu complétait le tout. Elle serait séduisante demain et une sorte de fièvre tendre monta en elle. Elle éteignit et le sommeil la gagna rapidement.

L'église de Sainte-Philomène était un bâtiment en pierre de cent vingt pieds de longueur surmonté d'un clocher à arcades abritant un carillon qui était la voix du village. Le plafond du chœur formait une rotonde. Au centre du maître autel trônait sainte Philomène dans une niche délicate. Les boiseries luisaient sous les rayons du soleil qui jetait un coup d'œil par une fenêtre.

John attendait près de la balustrade l'entrée de sa future. Elle apparut enfin dans les grandes portes. C'était le printemps qui venait vers lui. Il avait fait le bon choix, il en était convaincu. C'était la sienne, saint Joseph était d'accord, tout à fait d'accord.

En ce mardi 25 avril 1911, après avoir écouté attentivement les sages directives du bon abbé Perrault, dans la belle vieille église, à la question sacramentelle, sans aucune hésitation et avec confiance, tous deux répondirent un *oui* sonore. D'inconnus hier, ils devenaient unis pour la vie.

Dans le wagon qui les ramenait au lac Georges, ils se serraient furtivement la main, heureux. Seul petit nuage, ils n'avaient pas eu le temps de se faire photographier ; le souvenir de ce grand jour serait perdu pour la postérité.

VI

LE LAC GEORGES

C'est dans l'homme et dans la femme
Que la paix fera son nid
Seul l'espoir au fond d'une âme
Donne une âme à l'infini !
Gilles Vigneault

Wilfrid, le fidèle Wilfrid, qui une fois de plus avait gardé la ferme, attendait John et sa jeune épousée. Le train entra en gare avec fracas, son gros œil scrutant l'horizon. Wilfrid trouva la nouvelle mariée bien avenante. Hélas ! il reprenait immédiatement ce train en direction de Hull.

Même si Treadwell ne payait pas de mine, c'était à l'époque un village à l'avenir prometteur. Il était desservi par le chemin de fer d'une part, et sa situation géographique en bordure de la rivière Outaouais le favorisait grandement. En effet, plusieurs vapeurs s'arrêtaient au quai. Hertel Duchesne y avait ouvert un hôtel. Treadwell était aussi pourvu d'un magasin, d'un bureau de poste, d'une fromagerie et d'une boutique de forge. En dépit de tous ces avantages, la rue principale suinte la grisaille, malgré le soleil éclatant qui n'a pas encore fini de sécher la boue de la route cahoteuse. Les maisons n'ont guère été choyées par la peinture et forment une masse sombre.

Qu'à cela ne tienne! John et Marie-Anna sont invités chez Palma et Rose-Anna Quesnel où un bon dîner leur est offert. Les Quesnel ont neuf enfants en 1911, toutes des filles, à l'exception de Roland. Les plus âgées sont curieuses de voir la nouvelle arrivante. L'accueil est chaleureux. Le courant passe. Une solide amitié est née.

C'est le départ pour le lac. John prend soin d'envelopper Marie-Anna dans une grosse couverture afin qu'elle n'ait pas froid et surtout pour la protéger des éclaboussures éventuelles. Après les remerciements et les embrassades, le boghei chargé à capacité, entame la dernière étape du voyage. Au passage, John signale à son épouse les noms des habitants des lieux. D'abord, à proximité du hameau, la maison des Sénécal, puis, au tournant celle des MC'Cabe. Sortie de nulle part, la petite école protestante et en haut de la butte, l'église protestante blanche et pimpante, érigée en 1874. Marie-Anna a peine à distinguer un sentier conduisant à la maison des Darlington. Sur la droite, ils ont dépassé la demeure des Lecavalier dont le père est réputé pour traiter ses enfants durement. Puis la forêt, à perte de vue. Une mangeuse d'hommes, une bête dont les pieds sont bruns mouchetés du blanc de la neige qui n'a pas terminé de fondre. Un sentier encore, sur la gauche, conduit à la maison des James, en bas de l'escarpement. Ici c'est le trécarré. Là-bas, isolés du monde, habitent les Beaulne. La jeune mariée se sent oppressée. Enfin une clairière... et la maison de Louis Florent, un peu plus coquette. Au flanc de la côte, on distingue à travers les branches les bâtiments des Cook.

– Est-ce que c'est encore loin ?

Ces mots aussitôt prononcés, Marie-Anna les regrette. Il va croire qu'elle se décourage.

– Nous venons de tourner sur le chemin qui va au lac. Un peu de patience encore et nous y serons ma mie.

Ils descendent, ils descendent et soudain Marie-Anna laisse échapper un cri d'admiration.

– Oh la belle place, on dirait un château.

– C'est ainsi que les gens l'appellent ! C'est la résidence d'Abraham Hughes.

La bâtisse de style victorien, de grandes dimensions, entièrement recouverte de brique rouge, a fière allure avec ses multiples pignons et ses fenêtres cintrées. Une véranda ouvragée la décore. Un terrain bien dégagé l'entoure. L'étable, le poulailler, la porcherie sont à distance de façon à ne pas déparer l'ensemble.

John lève la main vers l'ouest.

– Regarde Marie-Anna, c'est ici que commence ma terre. Je sais, c'est juste du bois, cependant nous en ferons notre domaine. Ce sera dur, mais à nous deux, nous réussirons.

Elle lui sourit et hoche la tête en signe d'assentiment.

Une autre habitation. Encore des Hughes.

– Madame Hughes est ben de service et si énergique. Ils ont quatre enfants. Les Anglais, ils ont moins d'enfants que nous autres. Ils sont peut-être plus intelligents...

– Oui, mais la religion...

– Ah ! on aura tout le temps d'en discuter, n'est-ce pas ma toute belle ?

Marie-Anna rougit. Elle non plus n'a pas envie d'être enceinte à longueur d'année comme sa mère. Cela l'a toujours dérangée. Elle ne désire pas brûler en enfer non plus. C'est compliqué tout ça ! Elle chasse ces pensées comme on le fait d'un insecte importun.

– Et voici les Dulmage, nos plus proches voisins.

Ceux-ci les ont aperçus et leur envoient de grands signes amicaux auxquels John répond avec gratitude. Ils observent Marie-Anna du coin de l'œil. John avait préféré la solitude à une femme ne lui plaisant pas. Celle-ci doit être un peu spéciale.

– La prochaine, c'est la nôtre, ajoute John.

Le chemin se promène maintenant sur des bancs rocailleux où jouent des filets d'eau. Les épinettes et les pins ne semblent pas pressés de livrer le passage. Soudainement, sans crier gare, ils ouvrent la porte sur une vaste prairie et sur le lac pâle, irisé de lumière. À sa gauche, Marie-Anna découvre enfin la maison, d'une bonne dimension, construite comme la majorité des habitations de colons, en poutres équarries à la hache. Une galerie modeste surmontée d'un toit ajoute un peu de commodité.

– Et voilà, Madame, votre nouvelle demeure.

John prend Marie-Anna par les bras et, la regardant dans les yeux :

– Marie-Anne, c'est notre chez-nous, autant à toi qu'à moi. Ici, je serai le maître et tu seras la maîtresse. Tous deux nous aurons les mêmes droits. Je ne m'attends pas à ce que tu sois la servante, et je ne le veux pas. Ce que je désire, c'est une bonne compagne, alors soyons de bons compagnons et faisons-nous confiance l'un à l'autre.

Puis il l'embrasse d'un baiser appuyé qui la fait frissonner.

Confiance... Marie-Anna en avait déjà donné une preuve que John n'oublierait jamais. Elle avait quitté sa famille, ses amis, son beau pays pour venir mettre fin à sa solitude et égayer son existence. La grande aventure de la vie à deux était commencée.

– Je vais aller dételer. Fais le tour pour voir si tu te plairas ici.

John sorti, Marie-Anna remarque la table de bois massive et travaillée. Une toile cirée à carreaux blancs et bleus la recouvre. Wilfrid a pris soin d'y mettre quelques branches et de minuscules violettes sauvages, hâtives cette année. Dans le coin droit, un buffet trapu, à dosseret sculpté occupe l'angle. Une lampe à la base carrée attend l'obscurité. Un poêle noir, que la jeune femme trouve laid, dispense la chaleur. Tout au fond, un escalier raide conduit en haut. Près de l'escalier, adossé au mur, un long banc à la facture grossière. Elle marche vers le salon. Au centre, posé sur un tapis natté repose une jolie table ronde, genre guéridon, recouverte d'une nappe en dentelle. La base est surmontée d'une grosse boule d'où s'échappent trois pieds. Une autre lampe, bourgogne, ventrue et délicate à la fois, trône au centre. Un petit sofa, qui tient davantage du récamier avec ses poteaux en volutes, un fauteuil en velours un peu élimé, une berceuse sculptée mais sans bras complètent l'ameublement. Marie-Anna note les rideaux de dentelle à la fenêtre, sans doute ceux d'Exilda. Ils mettent en évidence un plat sur pied, fragile et original. Un chien ouvragé en guise de poignée sert à soulever le couvercle.

Sur une tablette, une horloge de forme imposante sonne cinq heures. Elle y jette un coup d'œil curieux. Le bas de la porte est orné de verre peint. Un bâtiment important se découpe sur un ciel d'azur pendant que des calèches et des carrosses aux couleurs vives occupent l'avant-scène. Elle lit : *Courthouse, Boston*. Bon, c'est quoi *Courthouse*? Elle continue sa visite quand elle voit son reflet dans une glace au grand cadre doré. Ce soir, elle sera Madame pour vrai. Elle n'a pas peur. Confiance, a dit John.

La première chambre est sans grand intérêt, deux lits simples, dépareillés dont l'un doit être très ancien. Une pile de livres est posée sagement près de ce lit, sur une petite étagère.

Elle revient dans la vaste cuisine et entre dans la chambre principale. De bonnes odeurs s'en échappent. Le lit de fer peint en blanc surmonté de pommeaux en laiton, le matelas de plumes bien rebondi l'attirent, la catalogne bleu tendre particulièrement. La grande armoire dont la porte ferme à clef, le meuble pour les ablutions, avec tous ses accessoires immaculés, deux chaises aux sièges tressés, rien ne manque. En haut du lit, sainte Cécile joue du piano encadrée de bois et de dorures. Marie-Anna enlève son chapeau, ses gants, replace sa coiffure. Elle est chez elle et elle est heureuse. Elle l'avait bien dit à Corona autrefois : « Elle choisirait son époux et ce qui était à lui serait à elle, qu'importe qu'il ne fût pas riche ! »

Elle vit John qui revenait de l'étable, un chien affectueux sautillant autour de lui. Le souper fut vite expédié, Madame Quesnel leur avait donné une tourtière et une tarte.

– Ça vous évitera l'embarras de faire à manger après un si long voyage, avait-elle glissé, un tantinet malicieuse.

La nuit de printemps, remplie du chant d'amour des batraciens, s'était glissée dans la chaumière. Marie-Anna défit ses longs cheveux bruns, enfila sa jaquette garnie de broderie et se glissa dans la plume mœlleuse. John explorait doucement son corps.

– C'est doux et c'est chaud partout.

Elle se rapprocha, s'abandonna à son étreinte. Ses cheveux clairs effleuraient la joue de John et se mêlaient aux siens. Leurs bouches ne firent plus qu'une. Leur lit devint un grand bateau emporté par la vague du désir et plus rien n'exista que la rencontre de leurs corps fougueux. Les étoiles s'imposèrent silence pour mieux regarder.

Le coq chanta trop tôt le lendemain. Le feu couvait toujours sous les draps. Le soleil encore bas faisait scintiller les pommes d'or du lit et les yeux des nouveaux amants. «Au diable les cocoricos», pensa John. Ils apprenaient à devenir amoureux. C'était un jeu facile et fascinant à la fois.

Les tâches essentielles expédiées, John déclara :

– Habille-toi pour aller dehors, je te présente le lac aujourd'hui.

Ils descendirent par un sentier détrempé. Ce matin de fin d'avril avait sorti ses corneilles. Une barque verte était attachée à un arbre.

– Es-tu déjà allée en chaloupe ?

– ... Non... Aïe, ça bouge... J'ai peur...

– Viens, je vais te tenir. Tu vas aimer ça. C'est parce que c'est la première fois.

Marie-Anna prit son courage à deux mains, embarqua et s'écrasa rapidement au fond.

L'embarcation glissait maintenant sur le miroir gris moucheté de taches brillantes. Un poisson sauta pour prendre l'air, laissant derrière lui des cercles à n'en plus finir.

– Je viens assez souvent pêcher. J'arrive à prendre mes repas du vendredi. Il y a de la barbotte, du doré, de l'achigan. Je cueille aussi des huîtres d'eau douce que je fais cuire la plupart du temps. Si tu veux tu pourras m'accompagner.

– Certain, fit Marie-Anna qui avait envie de suivre son époux aussi souvent que possible.

– Regarde, les arbres couverts de boutons verts. Les beaux jours endormis s'éveilleront bientôt et ouvriront les feuilles toutes grandes. Sans compter ceux qui deviennent de grands bouquets floconneux. Les fleurs de mai formeront un grand tapis blanc. Nous la tenons presque, la clef des beaux jours.

Ils se regardèrent, émus. Oui, des jours heureux s'étalaient devant eux, chacun en avait la certitude.

John avait le coup de rames assuré de celui qui a l'habitude.

– Ici, la berge est sablonneuse. On pourra venir s'y baigner, le soir, en cachette, quand il fera chaud. Tu verras, je nage bien. À deux, ce sera bien plus amusant et romantique à part ça !

Marie-Anna pense qu'il en a des idées, ce diable d'homme.

Maintenant que l'hiver a désarmé, des dizaines de sources chatouillent la falaise de telle façon qu'on ne sait plus si c'est l'eau cristalline ou le rocher joyeux qui gazouille.

Ils s'arrêtent à un endroit où s'étale une pierre droit sortie de l'ère mégalithique.

– Voilà la source d'eau salée.

– Comment, la source d'eau salée ? J'ai jamais vu ça de ma vie. Ça ne doit pas être buvable !

– En ce moment non, elle est brouillée. Le lac est trop haut mais d'ici une couple de semaines, tu verras, c'est limpide, très froid et délicieux.

Marie-Anna restait plus que sceptique.

– Cette eau s'est égarée quelque part entre Calédonia Spring et ici, je pense – là-bas, des touristes fortunés viennent faire des cures dans un grand hôtel luxueux –, sinon je ne peux pas voir d'où elle viendrait. C'est très rare un phénomène semblable.

Ils s'étaient assis sur le banc de roc. Juste en face de l'autre côté, un ruisseau reliait le lac à la rivière Outaouais. Ils restèrent blottis l'un contre l'autre, goûtant, la douceur du moment. Une paix ineffable descendit sur eux. La nature chantait, leur cœur aussi.

Le temps passait très vite. Les champs négligés à l'automne attendaient les labours impatiemment. Marie-Anna avait reçu ses gros effets par le fret : la machine à coudre de sa mère, son meuble à bijoux, le coffre contenant son trousseau et son merveilleux service de vaisselle. Pendant qu'elle s'installait, John s'affairait aux travaux de la grande surface située entre les bâtiments et le lac.

Le mois de mai, tantôt roucoulait, tantôt vocalisait à tue-tête l'espoir qui fait gravir les montagnes. Ah ! que les arbres verdissaient. Les outardes se passaient la pointe du triangle à tour de rôle. Les fleurs de mai, cueillies en gros bouquets, formaient un oratoire à la Vierge à l'enfant, toute mignonne dans sa robe de porcelaine.

Le bonheur et la besogne ne pouvaient être dissociés. La petite terre, située de l'autre côté, exigeait son dû. Le jour où John y mena les chevaux et la charrue,

Marie-Anna décida d'apprêter beaucoup de nourriture qu'il serait facile d'y apporter. En effet, sur ce terrain s'élevaient deux minables masures, dont l'une était encore pourvue de quelques meubles étriqués. Elle dépoussiérerait d'abord, puis ensuite elle s'y rendrait régulièrement avec John.

Elle explora le grenier et y trouva une poche de patates suffisant à son projet. Elle se mit en devoir de préparer des pâtés... onze pâtés, rôtis, bien appétissants, comme elle en fabriquait là-bas pour la famille. Elle fit frire un grand bol de lard, couvrit le tout et le mit au frais dans le puits. Elle était prête pour aller sur la petite terre.

Le lendemain, ils partirent alors que le soleil s'étirait encore dans son oreiller rose. John, tout en ramant entonna *Le credo du paysan*, puis la complainte si chère aux Irlandais, *Danny Boy*.

Premier dîner, premier pâté, deuxième dîner, troisième dîner... Devinez le menu? John, qui a les pommes de terre en aversion, n'en peut plus. Comment expliquer ça à sa nouvelle épouse, qui elle, mange de si bon appétit!

— Tu n'as presque pas touché à ton repas, John. C'est pas bon?

— Ah! C'est certain que c'est un repas délicieux, mais il y a un problème...

— Il y a un problème? s'inquiète Marie-Anna, les yeux ronds.

— Écoute Marie-Anne. Tu ne pouvais pas savoir... je n'aime pas beaucoup les patates. J'en mange juste une fois de temps en temps. Ne te fais pas de peine avec ça. Ça paraît que tu es bonne cuisinière.

Marie-Anna a la face allongée.

– Tu verras, plus tard on en rira. Apprendre à se connaître c'est ça. Nous n'en mourrons pas, ni l'un ni l'autre, ajoute-t-il en lui serrant tendrement les mains.

L'incident fut clos et c'est exact que l'histoire fit beaucoup sourire.

Le dimanche, quand il faisait beau, ils se rendaient à la messe à l'église de Plantagenet. C'était loin, près de sept milles. Parfois ils allaient dîner chez Palma Quesnel, et c'était des causeries sans fin. Ils y prenaient leur courrier et le journal. D'autres fois, ils s'offraient le loisir le plus précieux pour un nouveau couple, flâner en amoureux. C'est ainsi que Marie-Anna apprit les histoires et les légendes qui peuplaient le lac.

En marchant vers le sud-est, on grimpait une côte en pente douce. Au beau mitan, les ruines d'une ancienne maison croulaient sous une avalanche de lilas.

– Je peux en prendre, tu crois ?

– Ben certain, Marie-Anne. Quand tu en auras ton comptant je vais te dire ce qu'on raconte sur cet endroit.

Assis sur un tronc d'arbre, ils sont habités par l'odeur du lilas. John, en fin conteur, fait un peu languir son auditrice :

– Au dix-neuvième siècle, des émigrants anglais vinrent s'établir dans la région, près du lac en particulier. On appela ce début de colonisation le *Hughes Settlement*. Ici s'élevait une demeure agréable à en juger par les pierres d'angles et les fleurs qui l'entouraient. Une famille composée du père, de la mère et de cinq filles y habita jusqu'au jour où le malheur frappa. En rentrant des champs, l'homme trouva sa femme sans vie sur le pas de la porte. Les enfants parties cueillir des baies ne purent que joindre leurs pleurs à ceux de leur père.

L'aînée prit la maisonnée en charge et la vie poursuivit son cours. Un soir de Noël, alors que la jeune fille déposait le traditionnel plum-pudding sur la table, elle fut prise d'une violente quinte de toux et son mouchoir se teinta de sang. Elle s'alita et, quelques semaines plus tard, elle s'éteignit doucement. Au printemps, deux de ses sœurs l'avaient suivies dans la tombe. L'été et l'automne passèrent sans chaleur et sans couleurs. L'hiver s'annonçait rude. En novembre, la neige régnait en maîtresse. La benjamine fut mise en bière la veille de Noël. Alors, l'homme se mit à veiller sur la dernière comme un avare sur son trésor. Hélas! la surface du lac n'était pas encore dégelée que la tuberculose avait fauché la dernière. Ainsi, ses cinq filles aux boucles d'or et aux yeux d'azur étaient parties rejoindre leur mère. Un soir de pleine lune, alors que les ombres se promènent aisément, il vit sa femme et ses filles, transparentes et réelles à la fois, courir autour de la propriété en riant de leur voix claire. Il se boucha les oreilles, se sentit abandonné de Dieu et courut vers le lac où il se noya. On ne retrouva pas son corps et plus jamais personne n'habita ici.

John se tut. Marie-Anna regardait en bas vers le lac, les yeux rêveurs.

– Dis moi John, est-ce que c'est vrai cette triste histoire ?

– Oh! je ne sais pas. Les légendes qui se transmettent de génération en génération ont généralement une part de vérité, à preuve l'existence de la maison.

Le retour se fit en silence.

Le jeune couple avait d'un commun accord décidé de passer le plus de temps possible ensemble. Il avait été convenu que John aiderait Marie-Anna au jardin, qui était vaste. Coiffés de leurs grands chapeaux de paille, ils se mettaient tôt à la besogne. Quand le panier de soleil leur tombait trop brutalement dessus, ils se rafraîchissaient au puits et s'assoyaient sous le gigantesque érable qui étendait généreusement ses bras protecteurs et ombragés. Les jours de pluie, Marie-Anna nettoyait la maison et cuisait le pain. Il n'y avait que les jours de lessive où elle restait à la chaumière.

Le soir, le train expédié, à l'heure de paix, quand il ne fait plus tout à fait jour et que le soir prend son temps avant de descendre, ils marchaient souvent jusqu'à la source d'eau salée. La grande pierre plate avait été surnommée leur roche d'amour.

Parfois, à la nuit tombée, ils se reposaient en haut de la falaise, sur les immenses plaques de calcaire qui affleuraient un peu partout. John apprenait les étoiles et les constellations à sa femme : *la Grande Ourse, l'étoile Polaire, l'étoile du Berger*. Ils restaient tranquilles sous le ciel de velours piqué de diamants avant de regagner leur couche pleine de tendresse et de désir.

Au bout du champ, jouxtant la maison, près du sentier conduisant à la plage, se trouvait un solage de ciment de si petite dimension qu'il intriguait Marie-Anna.

– Est-ce que quelqu'un a déjà vécu à cet endroit ?

– Quand nous sommes arrivés ici en 1904, il y avait un homme âgé qui habitait là. Il était en haillons et ne saluait personne. Tiens, je m'en souviens, c'était le Vendredi saint. J'étais venu pour me présenter. Je suis entré. Notre bonhomme était en train de manger... du petit lard, le Vendredi saint! «Vous mangez de la viande aujourd'hui?» que je lui dis. Alors il ouvre sa bouche édentée et me répond : «Mon petit garçon, le soleil se lève à la même place aujourd'hui que les autres jours. Puis va-t-en et ne reviens plus. Je suis un ermite.» Il a laissé échapper un rire satanique. Je suis parti sans demander mon reste. Environ six, sept semaines plus tard, nous sommes allés en ville, chercher le reste de nos biens. À notre retour, la maison était défaite, le bois parti et le vieillard envolé. Je n'ai même jamais su son nom.

Entre les anecdotes, les chansons, les promenades sur le lac et l'amour grandissant, le temps filait à la vitesse du bonheur.

Le soleil tapait dur depuis une semaine, c'était samedi soir; la besogne terminée John, prenant Marie-Anna par la taille, annonça :

– C'est maintenant qu'on va se baigner. On va prendre notre bain dans le lac.

– Es-tu fou John? J'ai jamais fait ça de ma vie!

– Y a toujours une fois pour commencer.

– Je sais même pas comment une femme s'habille pour se baigner.

– Ça n'a pas d'importance puisque personne ne nous verra.

– Es-tu certain de ça?

– Oui, oui. Puis, je vais te montrer comme je flotte sur l'eau. Des fois, je pense que je dors!

– Hein, hein, très drôle!

Il insista tant que Marie-Anna déposa des objets dans un sac, et en route pour la baignade. Ils se déshabillèrent dans les cèdres et avancèrent sur le sable doux. Marie-Anna n'alla pas très loin et s'assit dans l'eau jusqu'aux épaules. C'était plaisant. Plus loin, John faisait la planche, les deux mains derrière la tête, droit comme un fakir.

Marie-Anna, par pudeur avait revêtu une longue jaquette blanche sans manches. Lorsqu'elle voulut se lever, le tissu collé à sa peau lui donnait un air assez érotique, merci. Elle restait figée, pétrifiée tandis que le rire sonore de John déferlait en cascades. Devant son dépit, John la serra fort et susurra :

– Diable, que t'es aguichante !

Elle courut se mettre à l'abri dans les arbres. Elle lui fit jurer de ne parler de ça à personne.

Ce fut une nuit enflammée...

Un jour, Marie-Anna avait découvert dans un champ à moitié défriché deux pommiers sauvages. Elle alla faire une récolte de pommettes pendant que John débroussaillait. Elle en préparerait de la gelée pour l'hiver. Elle hissa les deux grosses corbeilles de bois remplies à ras bord dans le tombereau. Sur le chemin du retour ils firent un crochet par la pinède. Ils se jetèrent sur la mousse tendre, sous les grands pins droits comme des «I» majuscules. Là-haut, les branches trouées de taches bleues, chuchotaient leur mélodie évanescente.

Août tirait maintenant à sa fin. La couleur des jours économisait son temps. Chacun s'affairait à engranger le fourrage des bêtes. Dans la cuisine, des odeurs savoureuses flottaient : marinades, confitures et compotes mêlaient leurs arômes.

À la mi-septembre, les premières gelées blanches dévastèrent les jardins vidés du dernier oignon. Chez le colon, il n'était pas permis de perdre de la nourriture, bien précieux entre tous.

L'érable, tel un phare, brillait de dizaines de couleurs. Puis, ses feuilles s'écrasèrent au sol, en petites missives affectueuses avertissant : «Préparez-vous, l'hiver s'en vient!»

On apprêta le petit salé*, renchaussa la maison, aéra les manteaux et la grande couverture de fourrure : le buffalo, comme on disait.

La neige pouvait venir, elle ne surprendrait pas les habitants du bout du chemin.

Un soir pluvieux où il faisait bon à l'intérieur, Marie-Anna annonça doucement :

– John, j'attends un bébé. Ça fait deux mois que je passe tout droit.

– Blasse de blasse! Un petit Marleau qui s'en vient. Pourquoi t'en n'as pas parlé plus vite?

– Je voulais être certaine, puis je n'ai pas mal au cœur du tout. Je me disais que je me trompais peut-être.

– On va aller consulter le docteur avant les grosses bordées pour être sûrs que tout va bien. Oui, oui. J'insiste.

– Bon, si tu veux. Ensuite, pendant l'hiver, je vais coudre et tricoter de jolies choses.

Elle souriait, rêveuse. Lui, tout en étant fier, pensait que l'argent était bien rare. Un vieux démon qui ne l'avait plus quitté depuis le soir fatidique de l'accident.

Le médecin confirma que l'enfant naîtrait dans la première quinzaine de juin. Il trouva la mère en bonne santé et d'humeur plaisante. John avait demandé au

---

* Petit salé : lard salé.

docteur Gaboury d'assister à l'accouchement, pour plus de sécurité.

Ils profitèrent de leur visite au village pour acheter de la ouate, deux verges d'indienne pastel et deux verges de coton blanc pour les courtepointes. Elle fabriquerait les doublures avec des poches de sucre qu'elle blanchirait, et puis elle trouverait aussi de vieilles couvertures de flanellette qu'elle couperait pour le petit. Elle les broderait avec des restes de fil conservés dans une boîte. Il ne fallait pas trop dépenser, déjà que John voulait qu'elle accouche avec le docteur.

Quel bel hiver elle allait passer !

Le ciel déversa de pleins nuages de neige soufflée par un méchant vent d'ouest. Les sapins décorés de leur parure immaculée pavoisaient devant leurs frères décharnés. Peu importait le froid ou la tempête ; à l'intérieur il faisait chaud et dans les cœurs il faisait beau.

La veille de Noël, ils décidèrent d'aller à la messe de minuit. Des briques chaudes pour les pieds sous la paille dorée, John dans son capot de chat et Marie-Anna enveloppée jusqu'aux oreilles dans la couverture de fourrure, Dolly fut attelée à la carriole et hue ! en route dans la nuit. La lune jetait des reflets argentés de-ci de-là, car quelques cumulus égarés lui portaient ombrage.

La messe les ravit et les Gloria résonnaient encore à leurs oreilles bien après qu'ils se fussent tus. Les grelots se répondaient d'une carriole à l'autre dans une joyeuse cacophonie. De légers flocons tombaient mollement et leur mouillaient les sourcils. Quand ils tournèrent dans le rang du lac Georges, aucune autre voiture ne les suivit. Ils retournaient à la maison du bout du chemin.

La veille du Jour de l'an, John prit un air mystérieux pour apprendre à sa femme qu'il allait à Papineauville. La glace était bien prise à présent, il chausserait ses raquettes et hop! il serait à Papineauville en un rien de temps. Il avait réussi quelques profits sur la vente des œufs et voulait lui faire une surprise.

– Qu'est-ce que tu vas faire à Papineauville le 31 décembre? Ça pourrait pas attendre? Il ne nous manque rien à manger...

– Blasse! Un homme n'a plus le droit de sortir sans la permission de sa femme maintenant.

– Ben non, c'est juste que je suis surprise. Tiens, si tu vas à Papineauville, est-ce que ce serait possible de rapporter de la laine crème pour le châle du baptême, si ce n'est pas trop cher? De cette grosseur-là, fit-elle en lui mettant un bout de laine rouge dans la poche.

– Hein! te voilà contente que j'aille au village.

Il lui déposa un baiser sur le bout du nez et s'en alla.

Cela la chicotait. « C'est drôle pareil qu'il aille à Papineauville aujourd'hui. J'espère qu'il va me raconter ses raisons. Ce serait bien la première fois qu'il me cacherait quelque chose. » Elle ne craignait pas la boisson, John ne buvait pas du tout. Curieuse et intriguée, elle se remit à la besogne sur le petit métier à piquer, spécialement conçu pour les couvre-lits d'enfants. Elle faillit oublier la poule, mise au four pour le lendemain. Elle l'avait déplumée soigneusement et gardait la plume dans un sac de jute, comme elle l'avait toujours fait. C'était utile pour les oreillers et cette fois-ci, pour un minuscule matelas pour le bambin à venir.

La vieille horloge égrena les heures trop lentement à son goût. De temps en temps, elle jetait un coup d'œil du côté de Papineauville. Hélas ! elle ne voyait que la neige scintiller et les écureuils jouer.

Alors que son impatience grandissait, elle aperçut de l'autre côté de la rive une drôle de silhouette, on aurait dit un homme sans tête. « Doux Jésus qu'est-ce que c'est ça ? » Elle se mit à guetter pour de bon. C'était John, sans aucun doute, mais vraiment il avait quelque chose d'insolite. Elle pensa à saint Christophe portant Jésus sur son dos. Cela la fit sourire. « J'en ai des idées bizarres. J'espère qu'il n'a pas oublié ma laine avec cette patente qu'il porte sur le dos. »

John, tout fier de lui, entra et déposa par terre un magnifique berceau d'osier tressé. Dans le fond, un paquet était ficelé.

– C'est ton cadeau du Jour de l'an. Il est à ton goût ?

Marie-Anna fut émue. « Qu'il serait beau son premier enfant dans un lit digne des riches. » Elle se mit à pleurer en se jetant au cou de son mari.

– T'es fin. Tu penses à tout. Je suis assez contente ! J'ai eu de la chance de marier un garçon comme toi.

– Ben voyons donc ! C'est pour nous deux. Puis, Madame, voici votre laine et une bouteille d'odeur pour toi toute seule, Marie-Anne.

L'année 1912 commençait sous d'heureux auspices. Marie-Anna tricotait, cousait, piquait, fouillait des boîtes à la recherche de retailles. John bûchait, jamais trop loin de la maison. Les matins de gros temps, il bricolait dans la cuisine ou dans l'étable. Les jours n'étaient pas longs malgré la dure saison.

Marie-Anna prenait du poids et s'était fabriqué des vêtements à partir d'anciennes robes cachées dans un coffre. Avril avait cassé les glaces qui se fendillaient de partout. L'hirondelle ferait le printemps.

Quand on habite la maison au bout du chemin et que le chemin de fer et la route sont situés à quatre milles de distance, la naissance d'un enfant demande de l'organisation. Le docteur attendait la délivrance vers le 10 juin.

Dès que les chemins furent carrossables, John mit Marie-Anna dans le train avec la promesse solennelle que Jos Grandchamps viendrait l'accueillir à la gare, vu son état. Les deux sœurs se revirent avec plaisir. Corona parlait sans arrêt. Elle semblait vouloir combler un vide. Marie-Anna se sentait un peu envahie par le flot de paroles de son aînée. Quand elle réussit à placer un mot ce fut pour dire :

– John pis moi, nous avons pensé que ce serait ben fin si vous vouliez être le parrain et la marraine de notre premier né.

– Aïe! tu parles. Justement Jos pis moi, on va aller vous donner un coup de main, pas vrai Jos ?

– Ouais ! on ne va pas vous laisser seuls dans votre coin perdu. On va venir une semaine avant l'accouchement, et si ma femme veut rester avec toi pour les relevailles, c'est ben correct avec moi. On trouvera ben à s'arranger, nous autres en ville.

– Ça me soulage gros. J'avais peur un peu. C'est si loin pour appeler le docteur.

– Ton John, il te paie le docteur. Il prend soin de toi en grand ! Puis à part ça, je vais être marraine. As-tu ton *set* de baptême ?

– Non pas encore. J'ai tricoté un châle écru par exemple. Puis, si tu voyais mon ber. C'est le plus joli que j'aie jamais vu.

– L'ensemble de baptême, on te l'offre.

Puis Jos s'étant levé, elle continua à mi-voix :

– Un digne des grosses madames. Ce sera le plus chic, fit-elle avec un clin d'œil. T'es capable de venir choisir avec moi, hein ?

– Certain. Je me sens aussi grosse qu'une baleine, mais en pleine forme.

Elles s'amusèrent autant qu'autrefois, quand Corona travaillait chez sa bourgeoise à Montréal. C'était loin derrière... Corona se montrait difficile, voulait tout voir, comparait, examinait. Finalement elles arrêtèrent leur choix sur un long manteau en flanelle légère, finement doublé, recouvert d'une courte cape ornée de dentelle, le bonnet et la robe assortis.

– Corona, c'est trop ! Es-tu sûre que Jos va être d'accord ?

– Certaine. Puis je mets quelques sous de côté de temps en temps. Ce cadeau, c'est comme si c'était à moi que je le faisais, tu comprends ?

Leurs yeux se rencontrèrent. Les mots étaient superflus.

Marie-Anna revint à Treadwell, son précieux colis sous le bras, et surtout le cœur tranquille de savoir que sa sœur serait près d'elle quand son temps serait venu.

Le mois de mai passa en courant. À peine l'avait-on vu apparaître que déjà il avait fui, laissant derrière lui ses odeurs remplies de promesses, ses feuilles toutes neuves, ses sources vivifiantes.

Le 5 juin, Corona et Jos arrivèrent tel que promis. Marie-Anna se sentait nerveuse, lasse, lourde, impatiente d'être délivrée. Quand elle avait glissé une question à Corona sur les douleurs de l'enfantement, celle-ci l'avait esquivée en répliquant très vite :

– C'est différent pour toutes les femmes.

Le dimanche 9 juin 1912 vers dix heures du matin, les premières douleurs se firent sentir. Vers midi, les eaux crevèrent et John partit pour Treadwell en fouettant Dolly. Chez Palma Quesnel, il appellerait le docteur, qui lui, habitait Plantagenet.

Le médecin était là maintenant. Corona se montrait utile, et Marie-Anna hurlait. John, sur la véranda, ne voyait pas le soleil descendre, il ne sentait pas la fraîcheur venir, le soir s'étendre, il n'entendait que ce cri déchirant qui lui brisait le cœur et les oreilles.

– Maudit ! J'aurais jamais dû lui faire un enfant. Si elle allait mourir...

Il suait à grosses gouttes.

– Non, Seigneur ! On était heureux ensemble, je ne veux pas recommencer ma vie de solitaire.

La noirceur avait maintenant envahi la terre et il n'y avait toujours pas de bébé. Corona avait allumé la lampe de la cuisine et celle de la chambre où Marie-Anna s'épuisait en vain. Le docteur s'était attablé devant le repas que Corona lui avait servi. John se sentit choqué. Il ne réalisait pas que pour le médecin, c'était une journée pareille aux autres. Il rentra tout de même et demanda :

– C'est pour bientôt j'espère ?

– Le travail est très lent.

– Il n'y a pas de danger toujours ? Je ne veux pas docteur...

– Calmez-vous mon vieux ! Tout semble normal, mais c'est le premier et c'est long.

John, qu'on éloignait de la chambre, avait quand même glissé un œil. Marie-Anna, les cheveux défaits, trempés, le visage exsangue, se tordait les mains. Il l'avait entendue murmurer :

– Je vais mourir, et mon petit aussi.

Alors, il était sorti et avait couru comme un fou, en pleurant.

Douze interminables heures après les premières contractions, un beau garçon naissait avec un léger petit toupet noir. Il ressemblait à sa mère. Quand John entendit les premiers vagissements, il s'écorcha les ongles sur le grand érable et fut dans la maison en quatre enjambées.

– Marie-Anne, comment est Marie-Anne ?

– Elle va bien, Monsieur Marleau. Elle est fatiguée, c'est certain, mais très heureuse.

Et badin, il ajouta :

– Pensez-vous que le père va survivre lui ? en lui donnant une petite tape sur l'épaule.

Jos, quant à lui, avait revécu l'épisode de la mort de sa première épouse. Il n'avait pas été d'un grand secours, sauf pour puiser l'eau et soigner les bêtes que John avait oubliées.

– Tiens John, voici notre fils. Regarde s'il est beau !

John, les yeux rouges, embrassa Marie-Anna sur le front et se pencha sur la petite chose plissée qui bougeait dans les bras de sa femme.

– Aie ! Je suis papa. Un vrai garçon à part ça. Blasse, Marie-Anne, je suis heureux !

– Comment va-t-on l'appeler ?

En chœur, ils répondirent :

– Georges, c'est l'enfant du lac Georges.

La Saint-Jean était passée. Corona était retournée chez elle et Marie-Anna s'initiait à son nouveau rôle de mère. Elle se mirait dans ce bébé. C'était la chair de sa chair, son bien, son trésor. Une dépêche avait été envoyée à son père qui avait promis de venir voir cette petite merveille.

Il n'y avait qu'une ombre au tableau. À présent, elle devait souvent rester seule. John avait passablement négligé la petite terre ces derniers temps. Il devait mettre les bouchées doubles et s'absentait souvent. Parfois, elle descendait avec lui et quand elle voyait la chaloupe glisser sur la surface brillante et la main de John s'agiter en signe d'au revoir, une immense mélancolie l'envahissait. Elle remontait vers la maison en serrant Georges dans ses bras pendant que l'écho de la voix de John lui parvenait, assourdi. *Le petit mousse** s'éloignait, et soudain il avait disparu.

Jean-Baptiste vint leur rendre visite au milieu de l'été. La belle saison s'éclipsait encore une fois, trop vite au goût de chacun. Le vin de gadelles était rangé avec les habituelles provisions automnales. Exilda, elle, n'avait pas donné signe de vie. « Qu'avait-elle à voir avec ce garçon ingrat et cette femme à la réputation douteuse ? Georges, un petit braillard de plus sur cette terre. » Pauvre Exilda, tellement aigrie !

En se levant ce matin-là, Marie-Anna se rend compte qu'il neige toujours à plein temps, comme du silence qui tombe. Et plus la neige s'épaissit, plus le silence s'alourdit. Même les vagissements de Georges dans son berceau n'arrivent pas à l'alléger. Dehors, John travaille à se frayer un chemin pour aller nourrir les bêtes. La poudrerie le fait disparaître dans un nuage

---

*   Chanson des *Cahiers de la bonne chanson*, très connue à l'époque.

cotonneux. Machinalement, elle brasse le feu, même
s'il ne fait pas froid dans la cuisine. C'est à l'intérieur
d'elle que les courants d'air se promènent. Dans sa tête,
soudainement, elle entend le sifflement du train, sent
son odeur familière, le brouhaha du quai, les voix qui
s'interpellent, les rails qui s'argentent au loin. Elle
passe de l'eau froide sur sa figure. « Pas de regrets ma
fille ! » Et elle revient à l'enfant qui exige sa pitance,
tout en fixant son homme qui peine à l'extérieur. Le
souvenir des nuits chaudes dans ses bras la console.
Elle sait qu'elle l'aime et se trouve chanceuse malgré
tout. Nulle part elle ne serait mieux qu'ici, avec lui.
Une nausée la secoue maintenant, elle vomit péniblement. Une certitude désagréable s'impose. Georges n'a
pas tout à fait six mois et elle attend un autre bébé.
« J'avais ben besoin de ça ! L'été prochain, le petit
aurait marché et j'aurais été libre de suivre John de
temps en temps. Avec deux ce ne sera plus possible...
jamais, car après, ce sera trois, pis quatre... »

Les larmes lui montent aux yeux. Larmes de tristesse ou de colère ?

Dehors, la neige furieuse se révolte contre tout
obstacle sur sa route. Marie-Anna fait corps avec elle,
l'espace d'une rafale. « Pourquoi, le mariage, c'est faire
des enfants à la douzaine ? »

Malgré tout, elle serre Georges contre son cœur.
C'est un trésor, son trésor à elle. Georges restera toujours le petit garçon à sa maman. Juste prémonition !

John constate en revenant :

– On va être bloqués ici une couple de jours certain.

Marie-Anna se berce en silence. Le marmot dort
dans ses bras.

– Qu'est-ce qui ne va pas ? Tu es toute blême ?

– ...

– Blasse, pourquoi tu ne réponds pas ? C'est la tempête qui te rend triste ?

– Non... j'ai toujours mal au cœur... je suis enceinte John. C'est la volonté de Dieu. Sa volonté à Lui, ce n'est pas toujours la nôtre !

John en son for intérieur est d'accord avec sa femme. Il faudrait remédier à la situation dans le futur. Il fait semblant de rien et ajoute avec bonhomie :

– Tu devrais aller passer les jours gras chez ton père avec le bébé, ça te ferait du bien. Tu reverrais de la parenté et des amis. Puis ton père serait content en grand !

– Ben oui ! Puis toi tu resterais fin seul ici. J'aime pas ça te laisser de même.

– Voyons Marie-Anne, c'est pas cinq ou six jours en solitaire qui vont me faire du tort. J'ai tellement connu ça, la solitude. Je vais m'ennuyer de toi par exemple.

– Moi aussi. Je sais pas, faut que j'y pense.

– Tut ! tut ! tut ! C'est décidé, c'est un ordre, achève-t-il en blaguant.

Ce qui fut dit, fut fait. Jean-Baptiste sur le quai de la gare attendait les visiteurs avec un bonheur non dissimulé.

Marie-Anna fut heureuse de retrouver l'animation de la gare. Cela fit diversion à son angoisse. Étrangement, cependant, ce n'était plus ici son chez-elle. Cent fois par jour sa pensée, tel un oiseau léger, s'envolait vers la maison du bout du chemin.

L'hiver s'avéra rude et long. Contrairement à sa première grossesse, celle-ci la laissait nauséeuse et languissante. John était plus soucieux. Une idée l'obsédait de plus en plus. L'endroit qu'il habitait était-il propice pour une jeune famille? Ses enfants iraient à l'école un jour. Même en envisageant l'école anglaise et protestante, une mauvaise solution, la distance à parcourir serait trop grande pour des bambins si jeunes. De plus, une crise de migraine l'avait terrassé durant l'absence de Marie-Anna. La jonglerie qui l'accaparait présentement lui en occasionna une deuxième. Si jamais il lui arrivait quelque chose, que deviendraient Marie-Anna et les enfants, coupés du monde extérieur?

Un autre détail se faufilait dans son esprit, détail auquel il n'avait pas prêté attention d'abord. Marie-Anna semblait de plus en plus inquiète de rester seule à la maison. Peut-être que si les voisins demeuraient plus proches, elle aurait moins peur.

John décida d'en parler à Monsieur Richer, qui avait toujours été un conseiller averti. Il en jaserait aussi avec Wilfrid et Ovila.

Néanmoins, ce n'était pas une mince affaire que de déménager à l'autre bout de sa terre. Les dépenses l'effrayaient; il disposait de bien peu d'argent. Il regarda le lac, encore gelé. Même sous le paysage immobile, figé, il était beau et utile à la fois. Il servait de route l'hiver pour atteindre Papineauville, il dispensait nourriture et fraîcheur l'été, sans compter la source d'eau salée gazouillante et unique qui courait là-bas dans le rocher d'ardoise. S'il le quittait, il perdrait un ami.

La fille Dulmage avait marié, durant l'hiver, un certain Dick Hughes. Comme il ne possédait rien, il était venu grossir la maisonnée de l'épousée. John lui demanda de prendre soin des bêtes. Ils passeraient Pâques à Hull.

Comme chaque fois que John rendait visite à sa famille, Exilda trouvait un prétexte pour s'absenter.

– Je vais passer quelques jours chez ma cousine. Je n'ai pas envie de coucher sous le même toit que John et sa dévergondée qui se prélassent dans mes biens.

Léocadie, en sainte femme qu'elle était, pinça les lèvres, se mordit la langue et se tut. Wilfrid n'en fit pas autant.

– Vous y allez un peu fort en traitant la belle-sœur de dévergondée. Vous ne la connaissez même pas. La vérité c'est que vous êtes enragée parce qu'il a choisi sans votre avis !

Il n'eut pas le temps de finir.

– La vérité c'est que Corona, sa sœur, est une grande langue et la cousine Eugénie, une traînée.

Wilfrid sentit la moutarde lui monter au nez. Sa mère devenait acariâtre en vieillissant. Les injures au sujet de Marie-Anna refaisaient surface régulièrement. Malgré les exhortations de Léocadie, les rebuffades de Wilfrid – Ovila se tenait à l'écart – Exilda continuait à déblatérer contre sa bru... inconnue.

Cette fois-ci, Wilfrid, exaspéré, haussa le ton, sa mère aussi. Le vinaigre pissait de partout quand Exilda lâcha :

– C'est comme toi avec ta Catherine de malheur. On ne sait même pas d'où elle sort. En as-tu honte pour ne pas me l'avoir présentée ?

Wilfrid blêmit. Sa figure devint méchante. Il marcha vers sa mère, l'œil noir :

– Touchez pas à Catherine, jamais, vous m'entendez ? Ou je vous frappe !

Léocadie s'étant interposée, le jeune homme prit son manteau, sa casquette, et claqua la porte.

Monsieur Richer discuta longuement avec John. Selon lui, la partie la plus plane, donc la plus susceptible d'être la plus productive pour le futur, se trouvait à l'extrémité sud de la terre. Néanmoins, les embarras occasionnés par un tel changement étaient à considérer. Encore une fois, Monsieur Richer offrit un support financier pour les travaux si nécessaire.

Au souper de Pâques, où Exilda ne parut pas, Wilfrid déclara :

– Je m'en vais dans l'Ouest. C'est le pays de l'avenir. À Hull, je n'aurai jamais la vie que je veux. Catherine m'a donné sa promesse de m'attendre le temps que je gagne assez pour nous installer là-bas. Puis j'ai besoin de changer d'air. Maman, avec ses manières de critiquer tout le temps m'énerve assez! J'ai envie de mettre du chemin entre elle et moi.

Tout le monde à table fut secoué. Les deux frères posaient des questions, curieux des projets de Wilfrid. Il y avait de l'émotion dans l'air. Pour dérider l'atmosphère, Wilfrid lança a brûle-pourpoint :

– Aldège, je te laisse ma traîne sauvage. Elle n'est plus ben bonne, mais c'est mon souvenir d'enfance le plus précieux.

– J'en prendrai soin mon oncle. Quand vous reviendrez, elle sera toujours là. Merci d'avoir pensé à moi.

Wilfrid prit congé de bonne heure. Il avait ses bagages à préparer. Une brume humide voilait son regard lorsqu'il serra la main de John. Qui sait quand ils se reverraient? Leurs deux vies se séparaient à jamais.

La petite famille prit le train du retour tôt le lendemain matin. Chemin faisant, John parla de son projet à Marie-Anna.

– Tu sais, les meilleurs terrains cultivables sont situés à l'autre bout de la terre. Je devrai les défricher si l'on veut vivre. L'été dernier j'ai essouché deux champs pas trop loin de la maison. Désormais ce ne sera plus possible. Je partirai des journées entières. Toi, tu resteras seule avec les enfants dans la maison du bout du chemin. Là-bas, il y aurait des voisins, je serais plus souvent proche.

– J'aime bien la demeure au lac mais je déteste rester seule. J'ai peur. Au dépôt je n'étais pratiquement jamais seule. Là, avec deux petits, ce sera pire il me semble.

Ils en discutèrent encore et encore. Finalement, Marie-Anna écrivit à Émery afin de lui exposer leur projet et lui demander s'il viendrait mettre ses talents d'ouvrier à leur service après les semences du printemps. Elle invita aussi son père qui, malgré ses soixante-douze ans saurait sûrement se rendre utile.

Marie-Anna aurait voulu que l'on reconstruise la maison telle qu'elle était en y ajoutant des chambres à l'étage. Ce ne fut pas possible. Ils n'en avaient pas les moyens. Le bois de l'actuelle maison servirait pour la grange. La nouvelle reposerait sur une fondation de ciment avec une cave bien fraîche, mais serait de plus petite dimension que l'ancienne, vingt pieds par dix-huit. On y trouverait trois pièces à l'étage, bâties sous des combles français avec une lucarne à l'avant. On utiliserait le bois récupéré de la maison de la petite terre pour la nouvelle construction. De l'autre maisonnette fortement décrépite, on prendrait le meilleur pour la laiterie et les imprévus.

Cette décision fut-elle la bonne ? Certainement déterminante.

VII

L'HOMME QUI REPOUSSAIT LA FORÊT

[...] les gens admirent [...] ceux qui ouvrent
un nouveau chemin,
ceux qui ont le courage d'aller de l'avant.
Erich Fromm

La lune de miel était finie. La dure réalité les rattrapait. Au printemps 1913, la situation se présentait comme suit : là où il n'y avait qu'une clairière, il fallait construire une ferme. Après avoir démoli les bâtiments qui fourniraient le bois, on devrait le transporter sur une distance d'au moins quatre milles. De plus, Marie-Anna attendait un autre enfant pour la fin août et Georges n'avait pas tout à fait un an. Et, il fallait compter les sous.

Et les semences et le jardin ne pouvaient être négligés. Les froidures reviendraient, elles revenaient toujours.

Heureusement, Émery et Jean-Baptiste arrivèrent pour passer l'été.

Le va-et-vient entre le lac, la nouvelle ferme et la petite terre était incessant. Jean-Baptiste avait décidé de s'occuper du roulant tout en restant avec Marie-Anna.

Il s'amusait aussi avec Georges qui risquait ses premiers pas. Il lui confectionnait, avec son canif, de minuscules jouets de bois qui faisaient la joie du garçonnet.

Émery et John travaillaient d'une étoile à l'autre. C'était un labeur dur, exténuant, surtout pour John, assez frêle. Émery, comme la majorité des Laberge, était un gaillard bien planté, plus grand que la moyenne.

Le solage était coulé, le ciment bien durci, on était prêt à élever les murs, quand un assez sérieux différend survint entre les beaux-frères. Émery voulait que l'escalier conduisant à l'étage soit installé au centre de la maison, vis-à-vis de la porte d'en avant. John disait qu'il avait dessiné ses plans et qu'il voulait un escalier tournant dans le coin ouest de la maison. De cette façon, un passage donnerait accès à chacune des chambres qui seraient privées. Si l'escalier s'élevait au centre, il faudrait traverser une chambre pour entrer dans l'autre. Avec des gars et des filles, aucune intimité. Inacceptable.

– Le beau-frère, t'as beau être instruit, c'est moi l'ouvrier. Ça ne se fait pas un escalier d'après ton plan.

– Voyons donc Émery, j'ai tout calculé et c'est ainsi qui va être.

– John, t'as une sacrement de tête de pioche !

Ignorant l'insulte – il avait besoin d'Émery, puis en général ils s'entendaient plutôt bien –, John persista :

– Écoute on va essayer... tiens, mieux que ça, je vais te faire une maquette.

– C'est quoi ça, une maquette ?

– Je vais en faire une, disons, trois à quatre pouces chaque marche pour te montrer.

– Pour me montrer que tu joues comme un enfant d'école quand on a de l'ouvrage par-dessus la tête.

– C'est ça !

Émery s'éloigna en marmottant que les gens instruits, ça connaissait rien.

Le soir, il sortit son petit blanc qu'il but jusqu'au
fond.

– Je l'ai ben mérité... certain... une tête de pioche.

Pendant qu'Émery noyait sa colère, John, la règle
et le crayon en main dessinait sur une planche. Quand
il eut terminé, il demanda à Jean-Baptiste de lui couper ça avec une grande exactitude – c'est très important – pour le lendemain soir.

Et l'escalier fut construit dans le coin au grand dam
d'Émery.

– Tu te penses *smatte*, hein le beau-frère ?

John partit d'un grand rire, un tantinet moqueur
et donna une tape sur l'épaule d'Émery.

– Une chance que tu es là, parce que sans toi, je
ne sais pas ce qu'on ferait.

Il était sincère.

À la toute fin juillet, la maison était non pas terminée, mais habitable. L'accouchement approchait. La
jeune mère se sentait perdue, ignorée dans tout ce
brouhaha. On fixa le déménagement au lundi 4 août.
Les objets les plus fragiles étaient emballés depuis plus
d'une semaine. Ce matin-là, Marie-Anna était dehors
au lever du soleil. C'était la dernière fois dans cette
maison. Elle regardait la demeure qui avait abrité ses
amours. Une larme glissa sur sa joue et vint s'écraser
sur son corsage. Elle aurait voulu emporter une image
avec elle, puisque la maison allait être démolie. Elle
revit dans sa tête les faiseurs d'images de Montréal et
regretta son éloignement. Pas un seul de ses enfants
ne connaîtrait la maison du bout du chemin, le grand

érable, le petit arbre aux gadelles blanches. Cette fois, c'est un sanglot qui l'étreignit. John, qui venait de se lever, la surprit ainsi.

– Ça te fait tant de peine que ça ?

– On a été si heureux ici. C'était notre nid d'amour.

– C'est vrai. Puis c'est ici que mon père est parti. J'y ai été bien seul aussi. Tu verras, là-bas, ce sera chez-nous pour longtemps. Nous serons toujours ensemble.

Ils descendirent au lac une dernière fois. Sitôt le déjeuner et le train expédiés, la charrette chargée se mit en route, suivie du boghei. Marie-Anna regarda la maison tant et aussi longtemps qu'elle le put. Un méandre de la route la fit disparaître à jamais.

Les Dulmage étaient tristes de leur départ. Violette vint embrasser Marie-Anna et lui souhaiter bonne chance.

Cahin-caha, le cortège avançait. Avant le château, ils obliquèrent à l'ouest et la chétive habitation apparut sur le terrain jonché de souches et de bran de scie. Elle avait cependant les pieds bien ancrés sur sa fondation de ciment et la lucarne à l'avant était un œil, si étroit fût-il, posé sur l'horizon. Ici on voyait des maisons au moins, celle des Cook sur le versant faisait face à la vallée et, entre les branches, l'imposante demeure d'Abraham Hughes.

On disposa les meubles, trop nombreux, de la manière la plus efficace possible. Ceux en surplus trouvèrent refuge en haut, dans les chambres pas encore finies. Ici point de salon pour l'instant. La bassinette de Georges occuperait cette pièce contiguë à la chambre principale. La cuisine était moins vaste mais bien éclairée. John avait promis à Marie-Anna qu'il lui bâtirait une grande cuisine un peu plus tard. Puis, une fois l'étage terminé, ils seraient bien confortables. Sauf que pour l'instant il fallait la foi, beaucoup de foi... et du courage.

Jean-Baptiste repartit vers Sainte-Philomène. Achille ne pouvait pas s'occuper de la station indéfiniment. John et Émery s'attaquèrent à la construction de la grange. La chère maison du lac n'existait plus et Marie-Anna l'avait sur le cœur.

La température était de plomb, les cigales à deux doigts d'une laryngite. Marie-Anna se sentait lourde du dedans comme du dehors.

Le jeudi 28 août 1913, entre 4 heures et 5 heures du matin, elle réveilla John, qui de toute façon allait se lever pour les vaches.

– Va chercher Madame Beaulne, puis va appeler le docteur. L'enfant s'en vient.

John se vêtit en un tournemain. Georges, dérangé par le bruit, pleurnichait dans son lit. John l'apporta à sa mère avec un biberon d'eau sucrée.

Cette fois-ci, ils étaient seuls. Point de réconfort de la famille. Marie-Anna avait peur, beaucoup plus que la première fois. La famille Beaulne habitait le trécarré, endroit morne et isolé. Madame Beaulne allait assister Marie-Anna pour l'accouchement. Ensuite, son mari Johnny et elle seraient parrain et marraine. Pour les relevailles, Marie-Louise, leur fille, qui n'avait que douze ans, donnerait un coup de main.

Le docteur Gaboury arriva un peu après sept heures. Il trouva que le travail avançait bien et s'attabla devant un copieux déjeuner. John partit pour l'étable. Il n'avait pas faim. La vieille horloge qui comptait le temps égrena midi lorsque la minuscule petite fille fit son entrée dans la nouvelle maison.

– C'est une fille ! On a le couple maintenant, déclara John, s'efforçant d'être enthousiaste.

– Elle pèse à peine six livres, mais semble en bonne santé, assura le médecin.

Marie-Anna la trouvait tellement petite. Et soudain sans raison, elle pensa à sa mère, partie si vite et trop tôt. L'envie de perpétuer le nom de sa mère monta en elle impérieusement. Les yeux mouillés, elle affirma :

– Je veux qu'elle s'appelle comme maman. Marguerite c'est joli, hein John ? En souvenir de ma mère.

– Ben oui, c'est une bonne idée.

Et Marguerite Marleau fut baptisée le lendemain.

Madame Rolly Hughes, la dame serviable dont John avait parlé deux ans auparavant, s'offrit pour venir donner le bain du bébé, pendant que Marie-Louise s'affairait à la besogne.

Si l'on a maintes fois mentionné les inimitiés entre les Anglais et les Français, avec raison d'ailleurs, une sorte d'accord tacite, de complicité entre femmes s'établit entre Madame Hughes, qui ne connaissait qu'une base restreinte de notre langue, et Marie-Anna qui ne comprenait pas un traître mot d'anglais. Toute leur vie, elles nourrirent un grand respect l'une envers l'autre et réussirent toujours à se comprendre.

Avant Noël, John et Marie-Anna eurent une conversation des plus sérieuses. Ils étaient d'accord sur un point : impensable d'engendrer un poupon chaque année. Il deviendrait impossible de les faire vivre. John proposa un truc secret à Marie-Anna qui servirait à éloigner les naissances.

– Ben oui ! puis le curé et l'enfer, qu'est-ce que t'en fais ? s'objecta Marie-Anna.

– Le curé, on ne lui en parlera pas, même à confesse. Puis l'enfer je prends ça sur mes épaules. Tu le fais pour m'obéir, donc tu n'es pas coupable.

– Mais je ne veux pas que tu ailles en enfer non plus. Nous serions séparés.

– Tu trouves que je parle bien, alors je lui expliquerai au bon Dieu. Il va sûrement me comprendre.

Ils finirent par se mettre d'accord.

Les saisons succédaient aux saisons. Chaque année, on augmentait le troupeau d'une ou deux vaches avec les veaux nés au printemps. L'essouchement, fastidieux, éreintant, interminable, continuait. La forêt reculait et de beaux champs apparaissaient, mais si lentement, si douloureusement.

Ce jour-là, la chaleur posait un poids sur les épaules humaines. Le soleil accablait John qui poursuivait son travail de défrichage. Depuis le matin, les chevaux s'esquintaient sur une malheureuse souche qui ne cédait pas d'un pouce. John jouait de la bêche, du pic et du marteau, la souche affirmait qu'elle était là bien avant lui et qu'elle y était pour rester. Quand l'orage éclata vers trois heures, les racines vigoureuses n'avaient toujours pas lâché prise. John s'assit sur une pierre et une mauvaise colère l'envahit. Pourquoi diable était-il venu se fourrer dans une situation d'enfer ? Toutes les rancœurs d'autrefois remontaient à la surface : sa carrière brisée, ses rêves éteints avant d'avoir vécu, le rejet de sa mère et cette sale terre en bois debout. Soudain, il eut besoin d'un bouc émissaire. Il se leva d'un bond. Ces stupides chevaux qui ne tiraient pas assez forts, c'était leur faute. Il voyait rouge, ne se contrôlait plus, presque de la folie ! Il prit le marteau et se mit à frapper les chevaux furieusement.

Marie-Anna l'aperçut par la fenêtre et n'en crut pas ses yeux. «Il est malade certain pour faire une affaire de même. » Elle sortit en courant. Il était temps. Les pauvres bêtes menaçaient de s'écrouler. Marie-Anna, d'un geste brusque, lui arracha l'instrument des mains.

– T'es vraiment pas dans ton assiette, certain ! Es-tu en train de perdre la tête ? J'ai pas marié un tortionnaire d'animaux, moi.

Marie-Anna tenait le marteau à bout de bras, l'air mauvais. La pluie s'était mise à tomber plus abondamment tandis que les éclairs zébraient le ciel. Marie-Anna avait froid dans le dos.

John s'effondra et se mit à pleurer de rage, d'impuissance, de désespoir, de honte.

– J'étais pas fait pour cette vie-là. Rentrons. T'as raison, j'ai perdu la tête.

Le lendemain, il était au lit et geignait péniblement, l'attaque étant particulièrement sévère cette fois-ci. Marie-Anna dit à Georges et Marguerite :

– Tenez-vous bien tranquilles. Votre père est malade.

Les enfants étaient trop jeunes pour comprendre, mais, d'entendre papa gémir, ils se tenaient sages de toute façon.

Dans ces moments-là, un grand voile gris s'étendait sur eux tous. Il ne se dissipait que la crise passée.

Malgré ses déboires, John va maintenant porter son lait à la fromagerie de Treadwell, il y prend son courrier et son journal chez Palma Quesnel. Le journal arrive avec un jour de retard. C'est ainsi qu'un matin de juillet 1914 on apprit la catastrophe : « L'Europe est en guerre. » Bien que dans la vie de tous les jours des cultivateurs cet événement ne changeât pas grand-chose, l'idée que les vieux pays s'entre-tuaient en bouleversait plus d'un. Certains jeunes s'enrôlèrent et Doué Fredette y laissa sa peau.

À part les visites aux Quesnel, les distractions étaient rares. Georges avait maintenant quatre ans et Marguerite en aurait bientôt trois, et pas de grossesse à l'horizon... Monsieur le curé lors de sa tournée de paroisse intervint :

– Ils ont quel âge vos enfants ? Il serait temps d'en avoir un autre, ma bonne dame, à ce qu'il me semble !

John répliqua avec un sourire narquois :

– Les voies de Dieu sont insondables. Nul n'y peut rien changer.

Le prêtre changea de sujet, bénit la petite famille et continua sa visite paroissiale.

Soudain, en août, une bien triste dépêche arriva de Sainte-Philomène. Zénon, le frère de Marie-Anna, qui travaillait dans les chemins de fer aux États-Unis, avait été victime d'un accident. Il était mort. Il fallait que le corps soit identifié. Or, l'accident avait eu lieu à Escanaba, petite agglomération située au nord-ouest du Michigan. C'était le bout du monde. Aucun Laberge ne parlait anglais. Jean-Baptiste, dans son désarroi, suppliait presque son gendre de l'accompagner. Tout était payé par la compagnie.

Ce n'était pas simple pour un agriculteur de s'éloigner pour longtemps. Gédéas Lecavalier, un tout jeune homme qui aimait bien les Marleau, fut choisi pour s'occuper des animaux et du bon fonctionnement de la ferme pendant l'absence de John.

Quand celui-ci descendit sur le quai de la gare le surlendemain, Jean-Baptiste lui donna l'accolade. Il n'était plus une jeunesse, Jean-Baptiste. Il n'avait jamais voyagé. Il était triste et démuni.

– Avec toi John, je vais me sentir en sécurité. Tu vas tout comprendre, tu es bilingue. Il y aura sûrement des papiers à signer. C'est déjà assez triste de même. Mon pauvre Zénon, il est mort d'une façon horrible. Ses vêtements sont restés accrochés à un wagon en marche. Le train est passé près d'une bâtisse; l'appui de la fenêtre avait la largeur d'une tablette. Ça lui a écrasé le corps à la hauteur de l'estomac. C'est terrible, John!

Jean-Baptiste, d'habitude toujours droit comme un chêne, était voûté. On voyait qu'il était ébranlé. Ils prirent le train suivant. Après diverses correspondances, ils rejoignirent Sault-Sainte-Marie. Ils passèrent les douanes, longèrent le lac Michigan que John trouva superbe, et atteignirent enfin Escanaba en bordure de Green Bay. Le voyage avait été long et épuisant malgré les couchettes mises à leur disposition.

L'identification du cadavre fut particulièrement pénible. Restait à refaire le trajet en sens inverse avec le corps mutilé à bord. Zénon revenait chez lui pour son dernier repos.

Marie-Anna prit le train avec Georges et Marguerite pour aller rejoindre John à Sainte-Philomène. La dépouille de Zénon était exposée dans la grande salle de la gare, exactement à la même place que celle de sa mère quatorze ans plus tôt, sauf qu'il y avait quelques absents. Il reposait dans un imposant cercueil en bois de rose. La revanche de la famille canadienne-française pauvre qui, pour une fois, pouvait offrir à un des siens de partir dans le luxe. Cependant, aucune compensation pour mort accidentelle ne serait versée. Les ouvriers n'étaient que les instruments des grosses entreprises qui s'en servaient pour s'enrichir.

Toute la campagne vint offrir ses sympathies à la famille éprouvée. La salle d'attente ne désemplissait pas. Parfois, tôt le matin, quand il y avait moins de monde, Georges et Marguerite couraient sur les grands bancs qui faisaient le tour de la pièce. John les rappelait vertement à l'ordre.

Le matin de l'enterrement, le corbillard ne fut pas assez grand pour contenir l'énorme bière. Un très ancien carrosse, conservé au village, dépoussiéré en vitesse, servit à transporter le cercueil. Le 28 août 1916, le corps de Zénon Laberge fut mis en terre, à l'ombre de l'église paroissiale.

Durant le voyage de retour, John glissa une boîte mince dans la main de sa femme.

– J'ai pensé à toi à Escanaba. C'est pour toi.

Marie-Anna ouvrit le paquet soigneusement fermé. Il contenait une broche étroite, en or. Ainsi, malgré leur peu de moyens, il trouvait toujours une façon de lui faire plaisir.

– John, tu es exceptionnel. Je t'aime tant !

Ils se serrèrent l'un contre l'autre, les yeux dans les yeux.

Gédéas les attendait à Treadwell. Il s'était bien acquitté de sa tâche. Tout était en ordre.

– Combien je te dois ? demanda John.

– Oh ! à moi rien. Vous vous arrangerez avec le père.

Au milieu de la cuisine, Gédéas tortillait sa casquette, l'air gêné.

– Vous savez, je vous apprécie beaucoup tous les deux. Vous vous souvenez l'hiver passé quand j'étais gelé, vous vous êtes occupés de moi. J'ai pas oublié. Si Madame Marleau voulait me tricoter des bas de laine, je serais ben content. Je les cacherais comme il faut pour que personne s'en serve.

– Certain Gédéas, je vais t'en tricoter deux trois paires, ben chaudes. Tu viendras faire un tour avant les grands froids, ils seront prêts.

Gédéas, durant l'hiver, passait le rouleau sur les chemins afin de durcir la neige. Un jour, l'année d'avant, où le mercure était resté sous zéro toute la journée, il était venu frapper à la porte des Marleau :

– Est-ce que je peux entrer. Je pense que j'ai les pieds gelés. Je ne les sens presque plus !

John l'avait fait entrer. Il ne chaussait que des bottes en caoutchouc et des bas en lambeaux.

– Marie-Anne apporte vite de l'eau froide. Le jeune a les orteils mal en point.

John l'avait massé, lui avait trempé les pieds, et finalement l'adolescent s'en était remis.

Marie-Anna lui avait donné les paires de chaussons les plus épais qu'elle avait.

– Tiens, prends ça, puis fais attention à toi mon petit garçon.

Ce n'était plus un enfant, cependant il leur avait gardé une grande reconnaissance pour leur bonté. Là, près de la porte, il remerciait déjà Marie-Anna, alors que le travail accompli valait dix fois plus. Il salua et s'en alla, heureux.

Il fallait maintenant se hâter de terminer les travaux laissés en plan. John pensait qu'une grosse journée passée sur la petite terre lui suffirait pour ramasser les quintaux d'avoine abandonnés à son départ, fermer le vieux hangar, rapporter les outils laissés là-bas. Puis la petite terre reprendrait le grand somme de l'automne et de l'hiver.

Pendant son travail, John réfléchissait à la mort récente de Zénon, expatrié pour gagner sa vie et, par association, la pensée de Wilfrid s'imposa à lui. Trois ans depuis son départ. John ne l'avait pas revu. Il était revenu au Jour de l'an 1915 pour chercher sa Catherine. Il avait réussi à s'installer là-bas. On avait dit à John qu'il avait construit une modeste maison, sans doute semblable à la sienne, dans les prairies. John n'avait pas beaucoup de détails. Wilfrid avait peu correspondu avec sa bien-aimée, ni avec personne d'ailleurs. Il écrivait mal et il détestait ça. Lorsqu'il se présenta au domicile de Catherine, le 2 janvier, pour fixer la date du mariage, la mère de la jeune fille lui avait annoncé sans ménagements :

– Catherine, elle s'est mariée le lendemain de Noël avec un bon gars de par ici. Elle s'est tannée d'attendre.

Wilfrid avait été blessé à mort. Léocadie en avait parlé :

– Il est revenu livide. Il a été malade, il a vomi à deux reprises. Puis il a donné un grand coup sur la table.

– Plus jamais une garce ne se jouera de moi. C'est fini le mariage et l'amour pour moi. Sacré fou ! J'ai travaillé quasiment jour et nuit avec son image dans ma tête tout le temps. Quand je souffrais trop, c'était son sourire qui me faisait avancer. Là, j'ai plus rien qu'un cœur mort. Je ne reviendrai jamais plus. Les femmes sont hypocrites et menteuses. Je vais vivre en ermite. Non, je ne reviendrai jamais... Maudit soit cet endroit !

Il avait rempli son grand sac de toile et s'était sauvé tel un voleur, alors que c'était lui la victime. John songeait, qu'à sa façon, il était presque aussi défunt que Zénon et cela le rendait triste.

Ses vieilles rancunes contre les femmes ressortirent de son inconscient où il les avait soigneusement refoulées. « J'ai été ben chanceux de rencontrer Marie-Anna. C'est ma récompense, mon printemps à l'année. »

Il était surpris de ses réflexions profondes qui ne gênaient pas ses gestes, justes et rapides. Il revint à la brunante, mission accomplie.

Ils besognèrent doublement et finalement, quand l'hiver arriva précocement, ils étaient prêts à l'affronter.

Noël était, à cette époque, la fête chrétienne par excellence et la messe de minuit, son point culminant. Corona et Jos Grandchamps avaient décidé de venir célébrer Noël à la campagne. Le Jour de l'an avait conservé son air de veillée funèbre. Ils arrivèrent le 23 décembre, les bras chargés de friandises : une boîte en bois remplie d'oranges, des bonbons à profusion, que l'on cacha dans le foin jusqu'au 25. Ce sont les enfants qui allaient être contents !

La grande sleigh rouge à deux sièges, à laquelle John avait attelé Minnie et Dolly, faisait une tache joyeuse sur l'océan de neige. Les deux sœurs avaient pris place à l'arrière avec la petite Marguerite au milieu. Celle-ci gloussait de plaisir. À l'avant les hommes, avec Georges au centre qui tenait un fouet bien inutile et se pensait grand ! Les foulards, les fourrures, les lainages s'entremêlaient, ne laissant paraître que le nez et les yeux. C'est dans les rires que les chevaux s'élancèrent au son des grelots qui chantaient leur refrain d'hiver.

Au retour, les hommes avaient entonné des cantiques et les femmes ainsi entraînées avaient suivi. Marguerite s'était endormie et ballottait doucement entre sa mère et sa tante. C'était la première fois depuis 1911 que Marie-Anna assistait à la messe de minuit.

La lune avait étendu une immense nappe bleue sur la neige où brillaient des diamants.

Revenue à la maison, Marie-Anna coucha les enfants. Jos réanima le poêle de bon bois sec et Corona mit les tourtières et la tarte à la farlouche à réchauffer. John et Jos prirent même un verre de blanc, un seul. Ce n'était pas leur habitude, ni à l'un ni à l'autre. Les bas de Noël, de simples sacs blancs, brodés en rouge au nom de Georges et de Marguerite, furent remplis à capacité d'oranges, de *klondikes,* de lunes de miel, d'arachides, et Jos ajouta dans chacun, cinq gros sous noirs qui mesuraient un pouce de diamètre. On les suspendit au poteau de chaque lit.

Ce fut un si beau Noël, une éclaircie dans la suite des jours.

Corona était de retour à Hull. C'était la veille des Rois. Elle se sentait toujours mélancolique à ce temps de l'année. Trop de souvenirs revenaient la hanter. Elle regardait par la fenêtre basse du sous-sol les enfants qui glissaient quand Antonio, le plus jeune des fils Granchamps, entra :

— Il fait assez beau dehors, j'ai eu envie de me mettre à jouer avec les jeunes, mais je pense que je suis trop grand.

— Ah! si ça te tentait, tu aurais dû.

— Je les écoutais parler puis rire. Tu vois le petit blond avec la tuque rouge? Il racontait que ce serait sa fête le 7 janvier et qu'il allait avoir sept ans. Il dit qu'il est le seul enfant chez lui, que ses parents vont lui donner un beau train électrique, puis qu'il habite une grande maison de brique, je n'ai pas compris où. Il est pas mal fendant, mais il parle, il parle... y en avait qui l'agaçaient. C'est la première fois que je le vois ici.

Antonio s'éloigna pour aller prendre une galette à la mélasse dans le garde-manger. Il avait toujours faim celui-là.

Corona se sentait mal. Elle dévisageait la fenêtre pour mieux voir le bambin à la tuque rouge. Même âge, même date de naissance que son petit, fils unique, famille aisée... Pas de doute, c'était lui. « Mon Dieu, s'il pouvait donc s'approcher que je le voie mieux. » Corona pleurait sans s'en rendre compte. Le temps était suspendu, immobile. « J'avais les cheveux blonds autrefois, comme lui. Pourquoi je ne peux pas lui dire que je suis sa vraie mère ?... Câlisse de vie. »

Elle regardait à s'en sortir les yeux de la tête. Elle emmagasinait l'image fugace et son cœur éclatait. Soudain, le petit ramassa ses affaires, bifurqua de l'autre côté, son traîneau derrière lui, et disparut de sa vue.

« Puis peut-être qu'il est plus heureux de même, » se dit-elle sans conviction, pour tenter de refermer la plaie béante.

Tout l'hiver, elle guetta son retour. En vain. Il s'était volatilisé. Et pour cause ! L'enfant était décédé quelques mois plus tard d'une méningite. Elle écrivit une lettre à sa sœur, lui racontant l'aventure. Elle lui décrivit ses états d'âme et la supplia de n'en parler à personne. Elle terminait en disant : « Tout de même, on a passé un Noël pas battable. Tu restes trop loin, mais t'es chanceuse quand même. »

Marie-Anna replia les feuilles de papier mince et les rangea dans son meuble à bijoux. Ses maigres possessions dormaient toutes là et jamais personne n'y touchait.

Marie-Anna était certaine d'être à nouveau enceinte, quoique parfois, elle avait de légères pertes. Ils attendirent quatre mois avant de voir le médecin. Celui-ci se montra soucieux. Il demanda de revenir deux mois plus tard. Le fœtus était trop petit, mal placé. Il craignait une naissance prématurée.

– Au moindre symptôme, vous me faites signe.

L'enfant naquit avant terme, par une journée glaciale d'octobre 1917. C'était un garçon. Le docteur eut juste le temps de l'ondoyer près du poêle où on l'avait amené pour lui donner un peu de chaleur. Son cœur fragile ne battit guère plus de trente minutes.

Quelques larmes sur l'oreiller, une boîte en bois blanc surmontée d'une croix, un petit cadavre enveloppé d'une courtepointe propre, c'est tout ce qui resta du bébé perdu dans une fosse commune du cimetière de Plantagenet. Par un accord tacite, on ne parla plus de ce petit.

Le mois d'avril étalait ses chemins boueux pendant que les arbres préparaient leurs feuilles à ouvrir. John venait de vendre une taure pour laquelle il avait obtenu un bon prix. Tout en prenant son déjeuner, il glissa à Marie-Anna :

– J'aimerais ça aller chez Dollard, juste une couple de jours.

– Puis moi, je vais rester ici, toute seule comme une dinde !

– Ben, je demanderais à Gédéas pour le train. Puis tu sais, il y a cette Madame Cadieux qui reste maintenant en haut de la côte. Ubald puis Noëlla sont de l'âge de nos enfants. Vous pourriez faire plus ample connaissance. Tiens, je vais aller voir Louis, son frère, et tâcher de l'inviter.

Madame Cadieux, veuve depuis peu, accompagnée de ses cinq enfants, était venue vivre chez son frère Louis Florent, vieux garçon, qui possédait une grande maison et trouvait parfois le temps long. Chez les Marleau, on s'était réjoui de cette arrivée qui mettrait de l'animation dans le coin.

Marie-Anna accepta de mauvaise grâce.

– Tu ne le regretteras pas, tu vas voir.

La remarque tomba à plat.

Le voyage de John fut de courte durée. Cependant il revint les mains vides. Ce n'est pas ce qu'il avait laissé entendre. Elle n'en souffla mot. Le surlendemain, John prit la grande charrette :

– Je m'en vais au train, Marie-Anna.

– Dis-moi donc, t'es toujours parti de ce temps-là! Une vraie girouette.

– Ouais, c'est vrai, mais souvent la girouette apporte du vent bien agréable, assura-t-il tout souriant.

Marie-Anna regardait bringuebaler la grosse voiture et maugréa : « Pourquoi est-ce qu'il n'a pas pris la petite charrette ? Je ne le comprends pas depuis une semaine. »

La locomotive entrait en gare, haletante. Les wagons de marchandises étaient lourds. Les préposés descendirent quelques colis, puis s'attelèrent à une grosse caisse :

– *What is that goddam box? It's so heavy.*

Les deux hommes s'esquintaient. John avait fait reculer la charrette de façon à ce qu'il soit facile de glisser l'assemblage de bois sur la plate-forme. Il solidifia le tout avec des câbles et repartit vers la maison en sifflotant. Gédéas, assis à ses côtés, buvait l'air printanier avec délice.

Marie-Anna aperçut l'attelage qui avançait dans l'entrée : «Qu'est-ce que c'est que ça?» Puis, «Ça doit être une machine pour la terre et John ne m'en a pas parlé. C'est drôle.» Elle continua à pétrir sa pâte. Les enfants posaient des questions :

– C'est quoi ça, maman? On veut aller voir.

Gédéas et John forcèrent à s'en casser les reins pour hisser le mastodonte dans la cuisine où il semblait prendre toute la place. La fesse de pâte gisait, abandonnée à son sort.

– Regarde ma femme, regarde avec tes deux yeux. C'est pour célébrer notre anniversaire de mariage!

Ils déclouèrent les planches, puis s'attaquèrent à la boîte de carton. Marie-Anna cria comme une enfant, en battant des mains :

– Un poêle, un beau poêle émaillé. Ah! que je suis contente.

Il était vraiment magnifique. Le réchaud blanc était bordé de chrome. Un miroir formait un petit dôme, tandis qu'une poignée décorée ouvrait la porte du fourneau émaillé. Les pattes joliment recourbées et ouvragées complétaient le tout. Il égayait le dénuement de la pièce. Marie-Anna tournait autour, le touchait. La joie de celle qui possède peu!

– J'en rêvais depuis longtemps, murmura-t-elle, ébahie.

Elle embrassa John devant Gédéas.

Restait à sortir le vieux. Il n'était pas léger non plus!

– Tu peux le jeter, quant à moi.

– Ben non Marie-Anna, je vais te la construire ta grande cuisine, et à ce moment-là nous aurons besoin de deux poêles, fit remarquer John, pratique.

Cette nuit-là Marie-Anna se leva pour venir l'admirer encore, à la lueur des étoiles. Elle avait le goût de cuisiner.

Marie-Anna était encore enceinte, mais se sentait légère. Elle attendait l'enfant pour la fin septembre. John avait, à temps perdu, chaque hiver, travaillé dans les chambres en haut. Celle à la lucarne était terminée et la grande du côté ouest également. Elle installerait Georges et Marguerite en haut bientôt. Elle avait espoir, l'espoir qui nourrit, d'avoir un salon en bas d'ici un an ou deux. Il fallait de la patience. Elle en avait, et son mari tenait ses promesses. La confiance du début ne s'était pas effritée.

Le mois de juin était à son mitan. John était parti passer la journée sur la petite terre. Vers une heure de l'après-midi, des nuages se formèrent et le soleil disparut. Vers deux heures, ils étaient devenus foncés et montraient des formes étranges. De longues effilochures pendaient lamentablement. Elles s'allongeaient comme les frusques d'un mendiant. À trois heures, le firmament était d'encre, zébré d'or. Le tonnerre cognait fort et dru. Sans crier gare, un gigantesque tourbillon de vent tordit les arbres. Deux érables, au bas de la côte, tombèrent, déracinés! Alors Marie-Anna, terrorisée, son chapelet dans la poche de son tablier, prit Georges et Marguerite par la main.

– Suivez-moi, leur dit-elle d'une voix altérée.

Ils grimpèrent l'escalier quatre à quatre, elle ouvrit la porte de la garde-robe de la grande chambre, y poussa les enfants et s'y blottit elle-même, malgré son ventre rond. Elle était au bord de la crise de nerfs. «John, là-bas, j'espère qu'il est en sûreté», pensa-t-elle.

– Priez, les enfants pour que Dieu protège papa et qu'il nous protège aussi. J'ai peur !

Marguerite se mit à pleurnicher.

La tempête dura longtemps. Elle sembla s'apaiser puis reprit de plus belle ! Les dégâts étaient importants. Plusieurs arbres avaient été endommagés, la ligne téléphonique allant à Treadwell était coupée. John revint trempé mais sain et sauf. La remise lui avait servi d'abri, à lui et aux chevaux.

Georges fut très empressé de raconter à son père l'aventure de la garde-robe.

– Blasse, Marie-Anna, pourquoi tu te mets dans des états pareils ! Je comprends que ça soufflait très fort, mais la maison est solide. Ce n'est pas bon pour toi.

Elle se mit à pleurer.

– J'ai peur. C'est pas de ma faute. J'haïs ça rester toute seule.

– Pleure pas. C'est passé. Tu te fais du mal pour rien.

La ligne téléphonique resta plus d'une semaine en dérangement. À Treadwell, on avait cessé d'utiliser le télégraphe, pourtant si commode, puisque la majorité des cultivateurs ne possédaient pas le téléphone. Le 25 juin, une enveloppe bordée de noir attendait John au bureau de poste.

Jean-Baptiste, le père de Marie-Anna, avait rendu l'âme le 21 juin et avait été mis en terre trois jours plus tard. Marie-Anna était désolée de ne pas avoir pu revoir son père une dernière fois.

– Papa est mort et je ne l'ai même pas su. Je suis restée si longtemps avec lui. Je pense que j'étais un peu sa préférée. Il a eu de la peine quand je l'ai quitté. Et je n'étais même pas là pour lui dire au revoir.

Marie-Anna ressassait de vieux souvenirs et le cœur lui faisait mal. Elle mesurait l'impermanence des choses et des gens. Le chagrin la couvrait de son ombre...

– Pourquoi maman est si triste ? demanda Georges.

– Tu sais, grand-papa Jean-Baptiste, il est parti voir le bon Dieu.

– Il ne reviendra plus faire des sifflets de bois ? ajouta Marguerite.

– Quand on est chez le bon Dieu, c'est pour toujours.

– Ben moi, je ne veux pas y aller d'abord, s'entêta Marguerite.

Un morne silence s'étendit sur la maison. On récita une prière pour l'âme du disparu, le seul parmi les grands-parents que les enfants aient connu.

L'été se traîna lourdement. Marie-Anna cuisinait sur son nouveau poêle et John essouchait. De grands champs bien lisses apparaissaient un peu partout.

Un lundi matin que Marie-Anna était allée à l'étable donner un coup de main, les deux enfants s'étaient levés tôt. Ils cherchaient un amusement quelconque, désœuvrés, attendant leur mère. Le chapeau melon que leur père s'était acheté à Montréal le printemps dernier était resté bien en vue sur la grande armoire. Georges grimpa sur une chaise et l'agrippa sans difficulté.

– Regarde ce que j'ai trouvé, Marguerite.

– C'est le chapeau de papa !

– Ouais ! Mais imagine que c'est un ballon, on va se le lancer. Tiens attrape ! Et vlan ! le chapeau par ici, et vlan ! le chapeau par là. Le jeu battait son plein quand Marie-Anna revint.

– Aie ! les enfants. Qu'est-ce que vous faites là ? Donnez-moi ça tout de suite. Seigneur ! Le feutre est tout cabossé. Qu'est-ce que votre père va dire? Allez vous asseoir immédiatement et sans bouger. Attendez le retour de papa.

Les deux coupables obéirent, la mine basse et le cœur battant. Une dizaine de minutes plus tard John apparut dans la porte. Le couvre-chef à moitié défoncé gisait là, bien en vue au milieu de la table.

– As-tu vu? questionna Marie-Anna.

– Blasse, qu'est-ce qui s'est passé? Mon beau melon défoncé. On dirait que quelqu'un a joué au football avec!

Son regard tomba sur les deux petits pétrifiés.

– C'est vous autres qui avez fait ça?

– Oui...

– Vous êtes fiers d'avoir brisé mon chapeau neuf? Vous devriez avoir honte!

Il tapa la table du plat de la main avec fracas. Les bambins sursautèrent. Papa ne les frappait jamais mais il avait l'air bien fâché.

– Je ne veux que sous aucun prétexte vous touchiez à mes effets personnels, sinon il y aura une grosse punition. Vous m'avez bien compris?

– Oui papa.

Marie-Anna, enleva le ruban de la coiffure assassinée et le posa sur l'ancienne. John, qui ne pensait que rarement à lui, dit adieu à cette modeste coquetterie qu'il s'était permise.

Les deux comparses se le tinrent pour dit et respectèrent à l'avenir les biens de leur père.

Le 21 septembre, Marie-Anna, aidée de Madame Cadieux et du docteur Gaboury, mit au monde une fillette toute ronde avec un duvet léger sur le crâne. Elle semblait sourire aux anges. Monsieur et Madame

Lecavalier furent parrain et marraine. On l'appela Madeleine.

Les journaux du mois d'octobre annonçaient la victoire des troupes alliées sur la plupart des fronts. L'armistice était imminent. Les soldats commençaient même à rentrer à la maison, le cerveau meurtri par toutes les horreurs dont ils avaient été témoins, le corps ravagé par tant de souffrances. On parlait aussi d'une mystérieuse grippe qui avait pris naissance en Espagne et se propageait à la vitesse de l'éclair.

L'été des Indiens battait son plein. On se croyait presque au mois d'août. Madeleine dormait à poings fermés. Les deux autres enfants jouaient à la marelle près de la maison. Marie-Anna enfila un tricot et décida d'aller prendre l'air. Tandis qu'elle marchait lentement dans l'allée qui conduisait de la maison au chemin, un détail la surprit soudain. Elle se prit à examiner le firmament. Jamais encore il ne lui était apparu de cette façon. Un voile jaunâtre, ténu, recouvrait la voûte céleste. Il semblait encercler la terre d'une toile singulière, un peu effrayante. La jeune femme observa longtemps. Nul vent. Tout était immobile, figé, en attente... Quand elle retourna à la maison, elle questionna John.

– As-tu remarqué la couleur du ciel dehors ?

– Oui. C'est bizarre, on dirait qu'il y a du soufre en suspension dans l'air, mais c'est impossible parce que l'odeur serait insupportable. Il y a tant de phénomènes qu'on ne comprend pas.

Une semaine plus tard, la grippe espagnole fit son apparition, puis ses premières victimes. À cause de la contagion, on ferma l'école. Le fléau était partout dans les campagnes, les villages et bien sûr dans les villes. Il

était surtout chez le voisin, l'ami, le parent. L'inquiétude régnait dans tous les foyers. Personne n'était à
l'abri. Les médecins travaillaient vingt heures par jour
et cela ne suffisait pas. Bientôt les cadavres, trop nombreux, furent mis en terre avec une simple prière, les
prêtres étaient débordés. En 1919, quand la vague
d'influenza fut enfin passée, on estima le nombre de victimes dans le monde à vingt millions. La moitié du globe
avait été touchée. L'envergure du fléau avait désorganisé
la vie sociale dans plusieurs endroits.

Pour le moment cependant, les gens de Plantagenet
et des environs se fichaient pas mal des statistiques.
C'était le quotidien effroyable qui les préoccupait : leur
propre sort et celui de leurs proches.

Dans un rang menant à Alfred, le père et la mère
décédèrent tous les deux à quelques jours d'intervalle,
laissant une ribambelle d'orphelins. Les histoires cau-
chemardesques se succédaient les unes aux autres.

La paix n'arrêta pas pour autant la maladie. Néanmoins, au début de 1919, dans la région du moins, les
nouveaux cas se firent de plus en plus rares. Cette épi-
démie laisserait des souvenirs indélébiles à ceux qui
l'avaient vécue. Vingt ans après, ils en parlaient encore.

Le bureau de poste de Treadwell ferma en août
1918, laissant la place à la livraison rurale. Il ne serait
plus nécessaire d'aller chercher le courrier à Treadwell.
Le progrès avançait.

John décida de changer de fromagerie pour celle
des Watson dans le rang numéro 4, du côté d'Alfred,
celle-ci étant beaucoup moins loin.

Les petits seraient en âge de fréquenter l'école en
septembre 1919. Trois milles à marcher matin et soir,

dont une partie en plein bois, c'était beaucoup demander à de frêles petites jambes. En plus des études, évidemment. Maigre consolation, trois des petits Cadieux
seraient leurs compagnons d'infortune. Marie-Anna confectionna à chacun de ses enfants un trousseau élé-
mentaire et ils prirent à regret le chemin des écoliers.

Marie-Anna regardait les deux silhouettes fragiles
s'éloigner. Marguerite avait glissé sa menotte dans celle
de son frère. Puis la grande côte les happa et ils dis-
parurent de sa vue. La vie était dure ! Elle pensa à son
école de l'autre côté de la voie ferrée, si proche, et regretta la situation de ses enfants.

John aussi était préoccupé. Il y avait bien une
école protestante anglaise à mi-chemin, mais ce n'était
pas une solution. En philosophe, il se dit : « On verra
bien. »

Avant les premières neiges, la famille se rendit au
magasin général de Monsieur Gauthier à Plantagenet.
Il y avait une multitude d'objets sur les tablettes ou
dispersés un peu partout. C'était excitant et triste à la
fois. Tant de rêves, de désirs qui ne seraient pas comblés. Habituellement, cependant, les enfants repartaient
avec un *klondike* qu'ils laissaient fondre très lentement
pour en apprécier la douceur plus longtemps.

Cette fois-ci, c'était plus sérieux. Il fallait les chausser pour l'hiver, pour les longues marches sur de
mauvais chemins. Georges se promenait fièrement, les
pieds à l'aise dans des *rubbers*, et paraissait satisfait.
Marguerite regardait ces chaussures avec horreur. Son
cœur battait la chamade. Elle, était une fille. On n'allait
sûrement pas l'affubler d'aussi vilaines chaussures ! Il
y avait celles-là garnies de fourrure, et celles-ci en cuir
doublé de mouton qui feraient cric-crac à la messe le

dimanche. Monsieur Gauthier mesura son pied et prit une paire de ces affreuses bottines en caoutchouc noir.

— Maman je ne suis pas bien dans ça. Je trouve ça laid !

— Comment tu n'es pas bien ?

Monsieur Gauthier vérifia.

— Avec de gros bas de laine c'est ce qu'il lui faut.

Marguerite, dans un ultime effort, supplia sa mère :

— Maman, j'aime mieux celles avec de la fourrure là, ou les brunes en cuir.

— As-tu vu le prix ? Non ! Des *rubbers*, c'est tout à fait ce qu'il te faut.

Marguerite se sentait misérable, honteuse. Peut-être n'avait-elle jamais été aussi malheureuse. Même quand le grand-père Laberge était mort.

Marguerite ne s'habitua jamais à porter des *rubbers*. Elle se promit que quand elle serait grande, elle s'achèterait toutes sortes de vêtements magnifiques... avec de la fourrure. Certains événements marquent les enfants pour la vie sans que les parents s'en doutent.

Par jours de grandes tempêtes, ils manquaient l'école. En janvier et février, ils restèrent à la maison. L'apprentissage s'en ressentait.

Un après-midi, au début de l'été, Ovila arriva de Hull à l'improviste. Monsieur Duchesne, l'aubergiste, avait trouvé quelqu'un pour le conduire. Il paraissait fébrile. À peine prit-il le temps de descendre une minuscule valise écornée. Il salua rapidement sa belle-sœur.

— J'ai vu John dans le champ. Faut que je lui parle. C'est urgent. Excuse-moi !

À grande enjambées, il rejoignit son frère. Sans préambule, il entra tout de suite dans le vif du sujet.

– John, maman est très malade. En fait, elle est à l'article de la mort. Le docteur lui donne quelques jours à vivre. Elle veut te voir.

– Elle veut me voir ou elle désire recevoir les derniers sacrements en ayant pardonné à son vilain garçon ?

– John, ne soit pas mesquin. C'est vrai ce que tu dis, mais elle désire vraiment une réconciliation. Je te le jure. Elle veut te revoir avant de s'en aller pour l'éternité. Tu ne peux pas lui refuser ça.

John réfléchit un instant. Il gardait de bons souvenirs de sa mère. Oui, il devait y aller, sinon il se le reprocherait le reste de sa vie. Il détela les chevaux et rentra à la maison avec Ovila. Il expliqua la situation à Marie-Anna. Celle-ci ne souffla mot. Il voulait y aller, c'était son choix, sans doute le bon. Néanmoins, une grand-mère qui refusait de connaître ses petits-enfants, c'était sans cœur dans la tête de Marie-Anna.

Léocadie avait installé un lit dans le salon contigu à la cuisine, où reposait Exilda. John n'avait pas revu sa mère depuis dix ans. «Que de temps perdu», pensa-t-il. La tête lui faisait mal. Il pénétra dans le salon sur la pointe des pieds. Exsangue, amaigrie, les yeux creux, sa mère reposait sur les draps blancs, le souffle court.

– Est-ce qu'elle dort ou est-elle dans le coma ? demanda John à voix basse.

– Je crois qu'elle s'est assoupie. Nous la veillons depuis quelques jours, Aldège, Fleur-Ange, Ovila ou moi.

John approcha une chaise sans bruit et s'y assit lourdement. Il sentait une boule dans sa gorge. L'horloge sonna. «C'est là que le temps se cache, on ne le voit pas passer, et soudain on est vieux, on est mort.» Les idées, les sentiments se bousculaient pêle-mêle.

Exilda avait ouvert les paupières et fixait John d'un regard légèrement voilé. D'une voix faible elle murmura :

– C'est toi John ? Tu es venu. Je suis contente. C'est charitable de ta part.

Elle esquissa un geste pour rapprocher sa main. Elle ne réussit pas. John la lui prit avec douceur. Malgré sa faiblesse, elle insista pour parler :

– Je vais mourir John. Il faut que je t'explique et que je te demande pardon. L'entêtement c'est mauvais.

Elle respirait péniblement. Pourtant, elle continua :

– Quand ton père est mort, j'ai été blessée qu'il ne me laisse rien personnellement. J'avais ma vie durante* dans la maison mais je détestais vivre aussi isolée. Je voulais la petite terre parce que j'espérais que peut-être Ovila, Léocadie et les enfants seraient venus s'y établir avec moi. J'ai été injuste envers toi. Ma punition ça été de ne plus te voir, de ne pas connaître tes enfants. Je t'aimais tant. Les jours heureux ont été rares dans ma vie. Je suis devenue aigrie. Je m'en vais John. Je regrette. Dis-moi que tu me pardonnes.

Soudain elle étouffa. Cela dura peu et parut une éternité. Puis elle se remit, mais ne prononça plus un seul mot.

– Maman, je vous pardonne. Partez en paix. Pensons au temps d'autrefois où vous étiez si fière de moi. Vous avez tout fait pour me sauver après mon accident. Moi aussi je vous aime. Je suis heureux de vous tenir la main en cet instant. Reposez-vous. Tout est comme avant quand nous habitions au 112, rue Lake. Le temps n'existe plus.

---

* Disposition légale par laquelle une personne lègue une propriété à X tout en assurant à Y le droit d'y demeurer jusqu'à sa mort.

Dans la soirée, le prêtre lui administra l'extrême-onction. Elle s'éteignit aux premières lueurs de l'aube et le soleil levant éclaira son visage enfin paisible.

John revint à Plantagenet en vitesse, chercher sa femme et ses enfants afin qu'ils gardent au moins une image de sa mère. Ils s'embarquèrent sur l'Empress au quai de Treadwell. Les petits étaient très excités. Un voyage sur un gros bateau ! Marguerite, revêtue d'une jolie robe blanche à taille basse, et Georges avec son habit matelot, se tenaient sagement près du bastingage et regardaient le paysage défiler comme au cinéma, sauf qu'eux, ils n'avaient jamais assisté à un spectacle de vues animées.

Adélard et Placide étaient descendus de Montréal avec Donat, Juliette et Cécile. Il y avait un grand absent, Wilfrid. Personne n'en avait plus jamais eu de nouvelles.

Exilda se reposait enfin. Elle semblait calme et sereine. Son cercueil avait remplacé le lit dans le salon. Marie-Anna contemplait cette femme aux traits encore fins, qui avait sûrement été coquette comme en faisaient foi les frous-frous de dentelle qui s'échappaient du tailleur sévère. Dans ses mains elle tenait un chapelet blanc de modeste facture surmonté d'une croix noire entourée d'argent.

L'épouse de John était blessée d'avoir été totalement écartée pour des vétilles. Elle en éprouvait aussi un peu de regret.

Les enfants ne comprenaient pas. C'était une grand-mère qui ne l'avait pas été pour vrai.

– Papa, pourquoi on ne la voyait jamais ta mère ? Elle ne nous aimait pas ? demanda timidement Georges.

John ne savait pas quoi répondre, mal à son aise.

– Elle vous aimait peut-être de loin, je ne sais pas vraiment.

– Moi, j'aimais mieux grand-père Laberge, répliqua Margot.

– Chut! ordonna Marie-Anna.

Puis Exilda quitta le 135, Laval – la rue Lake avait changé de nom – à deux pâtés de maisons de son ancienne demeure.

Le matin des funérailles, il pleuvait des clous. Les grands parapluies noirs formaient un cortège au cimetière où on la déposa, aux côtés de Baptiste, sous la froide pierre grise.

VIII

LE CHOC DES IDÉES

Vis
de façon à n'avoir jamais
honte si n'importe lequel de tes actes
ou paroles est exposé
à la face du monde
Richard Bach

La terre de Louis Florent était séparée en deux, une section sise en haut de la côte, l'autre dans la partie inférieure s'étendait jusqu'au lac. Dans la ferme suivante, en bas du promontoire, s'était installée la famille d'Omer Lamarche. Les Lamarche, parents et enfants, et les Marleau avaient d'excellentes relations. À Noël 1919, lors d'une visite, Marguerite était tombée en extase devant leur sapin, pourtant chichement décoré. C'était la première fois qu'elle voyait un arbre dans une maison.

L'année suivante, dans sa tête d'enfant, elle se dit qu'elle aurait un sapin. Dès le mois d'octobre, elle prépara son plan. Le papier crêpé, ça ne coûtait pas cher. Un jour qu'elle était allée au village, elle réussit, non sans mal, à se faire acheter trois rouleaux du précieux papier : un rouge, un vert et un blanc.

– Qu'est-ce que tu veux faire avec ça ? avait demandé Marie-Anna, suspicieuse.

– Des choses pour décorer la maison pour les fêtes. Puis ça va m'amuser tout l'hiver.

– Achète-lui donc, avait dit John.

Et de ses mains habiles, elle avait confectionné des guirlandes, des fleurs avec des boutons or au milieu. Elle avait trouvé une boîte de carton au couvercle doré et, la langue sortie, à force de concentration, elle avait fabriqué une étoile. Puis elle avait fait cabale auprès de Georges.

– Si tu demandes et obtiens deux boules de Noël, je vais chercher les vaches pour toi deux fois.

Elle avait finalement obtenu cinq boules. Restait à convaincre leur père de couper et d'entrer un sapin dans la maison. Il le fit de bonne grâce, les enfants étaient si excités.

– C'est salissant sans bon sens cette affaire-là, avait déclaré Marie-Anna.

Ils l'avaient installé dans le petit salon et décoré. C'est Georges qui avait accroché l'étoile tout en haut. Puis, ils s'étaient assis, ravis, devant leur chef-d'œuvre. Même Madeleine tapait des mains en répétant :

– Beau ! Beau !

Le matin du Jour de l'an, Georges trouva son train à deux wagons sur un cercle de rails, Marguerite, un carrosse de poupée en toile cirée noire avec un minuscule poupon, et Madeleine, une sorte de bonhomme avec une tête souriante, rose et beige, qui faisait un bruit joyeux quand il bougeait. Ils étaient comblés. Le sapin devint une coutume.

La grande cuisine promise à Marie-Anna fut construite par Émery durant l'été 1922. Elle doublait presque la superficie du bas de la maison. Un seul inconvénient, c'était une cuisine d'été, très répandue à cette époque. Pour être plus juste, elle servait presque durant trois saisons. Le sol, en planches brutes pour l'instant, attendait le bois franc qui le couvrirait. C'est aussi cette année-là que la maison fut couverte de *clapboard*. On aurait dit une nouvelle demeure.

Aline naquit le dimanche 19 novembre, à l'aube, après une longue nuit de douleurs. Les enfants avaient mal dormi, les mouvements et les bruits s'étant glissés partout. La gracieuse Madeleine, vêtue de sa robe de velours rouge garnie de boutons de verre assortis, de ses bas blancs et de ses souliers de cuir verni, s'arrêta dans l'embrasure de la porte en voyant le docteur Larocque attablé pour son déjeuner.

– Dis-moi donc, t'es ben belle toi! dit le docteur en souriant.

Madeleine fit signe que oui et se glissa sur le grand banc près du mur, le petit doigt dans la bouche.

Émery et Jeanne avaient fait le voyage pour être parrain et marraine. Jeanne se montra toujours généreuse envers sa filleule.

Madame Cadieux, qui devait assister Marie-Anna pour les relevailles, était malade. Marguerite, qui n'avait que neuf ans, donnait le bain au bébé. Elle prenait mille précautions. Elle la trouvait si jolie avec ses grands yeux bleu foncé et son duvet nacré sur le crâne. Puis, elle la ramenait dans son berceau, toute fière. Ensuite elle rangeait le bol, l'essuie-mains et le reste. Chaque jour elle balayait la cuisine avec le balai plus gros qu'elle et, par jeu, jetait la poussière dans les larges craques du plancher rudimentaire. Marguerite eut des responsabilités très lourdes dès son jeune âge, contrairement à son frère.

Madame Hughes, qui avait su, venait faire un tour tous les jours et rapportait de la lessive. John s'occupait des repas avec l'aide de l'infatigable Margot.

Autour du hameau de Treadwell, les fermes s'étaient multipliées. Cependant, les catholiques devaient toujours se rendre à Plantagenet pour pratiquer leur culte. Certains d'entre eux habitaient jusqu'à huit milles de l'église. En cette année 1922, un mouvement s'organisait pour l'obtention d'une église à Treadwell. En octobre de cette même année, on adressa une requête à Monseigneur Joseph Médard Émard, Archevêque d'Ottawa, pour la construction d'une nouvelle église. Cette pétition était signée par l'ensemble des résidents catholiques de Treadwell.

Au printemps 1923, Monseigneur Émard accorde son assentiment à l'érection d'une église sous le vocable de Saint-Léon-le-Grand. Dès que les plans et devis sont approuvés par le diocèse, le contrat est accordé à Ubald Labelle. Cependant une grande partie des travaux de l'église sont accomplis par corvées. Les paroissiens ne lésinent pas sur leur temps. Monsieur l'abbé Bazinet est le premier curé nommé en 1923. Il n'occupera la cure qu'une année. Au début, le presbytère n'étant pas encore construit, il n'a pas de logis pour s'abriter. Il demeure un certain temps chez Palma Quesnel, son beau-frère, puis il déménage chez Hertel Duchesne en attendant que le presbytère soit habitable.

Les pionniers sont souvent des innovateurs qui font beaucoup avec peu dans des conditions difficiles. Le conseil des marguilliers se réunit avec Monsieur le curé une fois par mois. Ce soir-là, le conseil siège dans la sacristie, pas tout à fait terminée. Une table ronde et des chaises y ont été installées. John, est assis le dos à la porte. Monsieur le curé lui fait face. On discute les différents sujets à l'ordre du jour. Une question d'ordre financier n'est pas claire. John demande des explications qui tardent à venir. Au lieu de s'éclaircir, le litige devient plus nébuleux. Le ton monte entre John et Monsieur le curé. Celui-ci dit :

– C'est moi qui incarne l'autorité ici. Je suis le représentant de Dieu parmi vous. Ne l'oubliez pas.

Les autres se taisent tandis que John griffonne sur une des feuilles posées devant lui. Doucement, il pousse sa chaise, dépose le feuillet au milieu de la table. C'est sa démission. Il se dirige lentement vers la porte. Puis, la main sur la poignée, il se retourne et de sa voix grave déclare :

– Sans la transparence, le bleu du ciel est une illusion.

Et telle une ombre, il referme silencieusement la porte derrière lui.

Palma s'inquiète de le voir partir si tôt. Il sort.

– Qu'est-ce qui se passe, souffres-tu d'une de tes vilaines migraines ?

– Non. J'ai démissionné avant d'en avoir une.

Les deux amis devisent un quart d'heure dans la cour. Palma rit dans sa barbe. Rose-Anna, elle, battra froid à John pendant un certain temps.

Comme par exprès, John croise deux automobiles sur le chemin du retour et Dolly, sa jument, devient incontrôlable à chaque fois. Elle panique. D'habitude, John est patient, ce jour-là, il rage.

Le mal de tête qui le terrasse après cet événement fut un des plus violents depuis plusieurs années. Il pensait qu'il allait mieux, ce n'était qu'une rémission.

Les voisins pouvaient être d'une aide précieuse en cas d'urgence alors que, privés de moyens de communications rapides, ils accouraient les premiers. Après le dur labeur, on aimait bien socialiser avec certains d'entre eux, à l'occasion.

Parfois, les Lamarche et leurs enfants arrivaient à l'improviste faire un brin de jasette. Quant à Lucille et Hélène, de temps à autre elles coupaient à travers champs pour venir. Marguerite était très liées avec ces dernières. Ensemble, elles inventaient mille jeux.

Omer Lamarche, l'hiver, allait travailler dans les chantiers. Son épouse restait seule à la maison avec ses quatre petits. Elle en attendait un cinquième pour le mois de décembre. Pour aggraver la situation Lucille, qui était de santé fragile, tomba gravement malade. Température très élevée, puis rigidité dans le cou.

Élodia, sa mère, était très inquiète. Georges, qui avait maintenant onze ans, et sa sœur, allèrent coucher chez elle quelques soirs. Ensuite, l'état de la fillette s'aggravant, c'est John et Georges qui assurèrent la relève. Élodia, à bout de force, envoya John quérir le docteur Larocque. Celui-ci, après un long examen, diagnostiqua une méningite. Lucille, à moins d'un miracle, était condamnée. Il reviendrait le lendemain.

– Il faut absolument rejoindre Omer. Il voudrait sûrement revoir sa fille une dernière fois, implora la mère.

Élodia faisait tous les gestes qui confortent mais des larmes silencieuses coulaient sans arrêt sur ses joues comme une pluie d'automne.

Retrouver Omer était une tâche difficile. On ne le localisa pas à temps. Quand la pauvre enfant rendit l'âme le lendemain midi, c'est John qui était au côté d'Élodia grisée de chagrin. Le médecin revint pour rien. La petite était partie. Elle allait avoir dix ans.

Marie-Anna, bouleversée, se rendit auprès de sa voisine pendant que John insistait auprès de la compagnie pour qu'elle avertisse le père. Il entreprit également les démarches pour les funérailles.

Georges et Marguerite gardaient leurs petites sœurs. Ils avaient le cœur gros. Ils ne croyaient pas qu'à leur âge on puisse mourir.

Omer arriva la veille de l'enterrement, qui se fit dans la grisaille, un peu avant la fête des morts. Lucille était la première personne à être inhumée au cimetière de Treadwell. En quittant cet enclos vide, quelqu'un murmura :

– Y a pas à dire, elle est vraiment seule.

C'était sinistre !

La vie continua son cours, tant il est vrai que plusieurs joies et plusieurs chagrins sont les lumières et les ombres qui couronnent l'existence de chacun.

Le mois de mars avait pointé son nez sans que l'hiver décolère. Gédéas Lecavalier était maintenant marié et sa sœur Clairina attendait son promis, Delphis, pour le lendemain. Celui-ci habitait Rockland. Il n'était pas convenable que de futurs époux couchent sous le même toit, alors Clairina était venue passer sa dernière nuit de célibataire chez les Marleau. Quand elle descendit l'escalier vêtue de sa toilette de mariée, Margot en eut le souffle coupé. La robe de satin gris perle était ornée d'un large drapé de dentelle. Un col plissé encerclait le cou. Un chapeau de même couleur disparaissait sous un nuage de tulle qui descendait jusqu'à la taille. Clairina allait épouser celui qu'elle aimait, en ce 3 mars 1924. Elle était heureuse. L'avenir cependant ne tint pas ses promesses.

John, pour une fois, avait consenti à aller aux noces. Il avait même dansé un set carré, à la surprise générale. Invariablement pourtant, il refusait ces invitations. Il ne s'était même pas rendu au mariage d'Émery au mois de janvier précédent. Sa femme en avait été fort contrariée et avait fait la tête quelques jours.

Il détestait ces réunions où l'alcool coulait à flots et surtout... surtout où il y avait beaucoup de bruit. Car il avait un secret, une infirmité qu'il avait soigneusement cachée depuis son accident. Il était sourd d'une oreille. Quand il s'assoyait avec un interlocuteur, il prenait toujours place de façon à pouvoir entendre correctement. En fait, il y mettait tellement de discrétion que jamais personne ne s'en aperçut. Seule Marie-Anna était au courant. Or, dans les réceptions, le tintamarre des voix, de la musique, des chants, de la danse l'assourdissait et l'empêchait de bien comprendre. Outre qu'il n'y prenait aucun plaisir – il ne buvait pas, ne dansait que rarement – ces festivités l'incommodaient.

Marie-Anna, au contraire, qui avait couru les veillées avant son mariage, se sentait frustrée et lui avait déclaré après les épousailles d'Émery :

– Bon là, on a manqué les noces d'Émery et je ne sais pas combien d'autres. T'aimes pas ça, d'accord, mais moi à l'avenir, je vais y aller toute seule !

John ne protesta pas, bien au contraire :

– C'est une bonne idée ma femme. De cette façon, moi je garderai les enfants et toi tu pourras t'amuser à ton gré.

N'empêche que Marie-Anna était contrariée.

– Ben c'est ça, je serai comme une veuve dans les partys.

Pour le mariage de Clairina, il avait fait exception.

L'année scolaire 1924 tire à sa fin. Georges et Marguerite ont obtenu de fort mauvaises notes à cause de leurs nombreuses absences. L'institutrice s'est plainte d'ailleurs de leur présence en dents de scie.

– Ils sont intelligents, pas de doute puisqu'ils réussissent à obtenir de justesse la note de passage, mais ils n'iront pas bien loin de cette façon là.

John et Marie-Anna se sentent humiliés. Ce n'est pas tout. Madeleine va commencer l'école à l'automne. Subira-t-elle le même sort ? John n'arrive pas à se décider. L'école anglaise protestante est moitié moins loin. C'est une école publique. Cependant, l'Église est carrément opposée au paiement des taxes scolaires à ces institutions.

Monseigneur Duhamel n'a-t-il pas écrit en 1892 : «Je me persuade aisément qu'il n'y aura personne qui voudra rester à supporter de ses impôts l'école publique. Pour obvier à toute éventualité, je rappelle à ceux qui refuseraient de soutenir l'école séparée qu'ils sont indignes des sacrements...»

Évidemment, ça fait plus de trente ans que ces lignes ont été rédigées. En y pensant bien, les positions du clergé n'ont pas changé depuis. John ne connaît personne ayant été excommunié pour ça, mais quand même... Cependant, ce n'est pas la religion qui l'inquiète le plus, c'est la langue. Il y a eu tellement de luttes en Ontario pour que les enfants puissent être instruits en français. Il se sent comme un transfuge, un traître. Pourtant ce n'est pas humain, pour des enfants, de marcher six milles par jour. Il va en parler à Marie-Anna, pour la forme car sa décision est prise. En septembre, ses trois gosses prendront le chemin le plus court et fréquenteront l'école à l'année. Vaut mieux apprendre l'anglais que rien du tout.

Anathème, renégat! Remontrances, menaces! Rien n'y fait, John est entêté. Puis il écoute la voix de sa raison. Mais il lui répugne, il lui fait mal de penser que ses enfants n'apprendront pas le français, puisque les écoles publiques sont anglaises en Ontario.

C'est l'été des changements tant majeurs que mineurs. Marie-Anna n'a plus le temps ni le désir d'entretenir ses longs cheveux. Pensant également faire diversion aux soucis de son mari en changeant d'apparence, elle décide d'adopter la coupe garçonne, tellement en vogue. Cette coiffure ne lui va pas, pas du tout! Néanmoins, c'est plus pratique avec quatre enfants et un cinquième en chemin, et John la trouve différente.

Au mois d'août, Jeanne vient voir sa filleule avec son petit frère Clément. Georges et Clément s'entendent comme larrons en foire. Elle a apporté son appareil photo. Les filles font toilette. C'est un événement. Sur l'image, Margot et Madeleine apparaissent vêtues de la même façon. Gilets tricotés par Margot avec des pompons au côté, jupes similaires cousues par leur mère. Marguerite, coquette, a ajouté un collier. Tous leurs vêtements sont faits maison sauf ceux de John. Aline, blonde et bouclée, est blottie entre son père et sa mère et regarde un livre posé devant elle. Georges fait un peu la grimace derrière un Clément à la chemise dernier cri, ornée d'une grosse boucle de soie.

L'odyssée à l'école anglaise commença en septembre. Madeleine s'adapta facilement; tout était nouveau pour elle. Les deux aînés étaient perdus. Ils avaient abandonné leurs compagnons. De plus, ils ne pouvaient être classés avec les élèves de leur âge; ils ne connaissaient pas la langue. C'est pourquoi ils se désintéresseront tôt des études. Georges était particulièrement doué pour la menuiserie, et se révéla plus tard habile pour la mécanique. Marguerite avait des doigts de fée.

Le petit frère Jean arriva avec le mois de décembre. Il était blond lui aussi. Un deuxième garçon, quel bonheur ! Madame Cadieux et son frère Louis Florent, furent parrain et marraine.

Dans le même mois, Eugénie, l'épouse de Gédéas, et Clairina, accouchèrent chacune d'un fils, à quelques jours d'intervalle. Trois jeunes vies commençaient avec trois destins divergents. Attention cependant, un ange noir menaçant s'était caché dans un repli du temps et guettait, attendant son heure...

Les années 1925 et 1926 furent sans histoire. Le défrichage s'achevait, une grande remise à deux étages fut construite et on profita de l'été pour planter un verger : quatre pommiers, trois pruniers et deux cerisiers de France. C'était de jeunes arbres qui donneraient des fruits quelques années plus tard.

John, dont la santé s'améliorait tout de même, eut envie d'un nouveau défi. L'intellectuel d'autrefois refaisait surface de temps en temps. Depuis déjà quelques années, des voisins, des connaissances, venaient le consulter quand ils recevaient des papiers importants. Certains ne savaient pas lire, d'autres demandaient simplement un avis, voire un conseil.

À l'automne 1926, il y avait élection municipale à Plantagenet Nord. John décida de faire le saut en politique. Il était connu, il était bilingue et en général respecté. Il se savait toutes les capacités voulues pour remplir le poste. Il fut élu conseiller sans difficultés. Marie-Anna était fière de son homme !

Monsieur Raphaël Lalonde dirigeait les destinées du conseil, secondé par quatre échevins, trois francophones, un anglophone. John, beau temps mauvais temps, se faisait un devoir d'être présent à chacune des réunions où il était des plus actif. Il lui arriva parfois, lorsque les chemins étaient impraticables à cause de la boue à la fonte des neiges, de s'y rendre à pied.

Un des premiers soucis de John fut de soumettre une proposition afin que le docteur Edmond Larocque soit engagé en tant que médecin des pauvres pour l'année 1927, au salaire de cent dollars par année. Beaucoup de gens mouraient faute de soins. La fierté de certains démunis les empêchait d'appeler le médecin, sachant qu'ils ne pourraient pas le payer. Qui saurait dire combien de comptes les médecins de cette époque ont tout simplement jetés ou déchirés sans qu'ils soient acquittés? Par cette mesure, John espérait à la fois aider les pauvres et dédommager le praticien pour son travail. Le projet fut adopté sans opposition.

Cette charge avait ragaillardi John. Il se sentait utile et retournait, si peu soit-il, dans un monde qui était le sien.

Au mois de mars 1927, à moins de trente-sept ans, Marie-Anna mettait son dernier fils au monde. Les Quesnel, amis des premiers jours, furent dans les honneurs.

Cela faisait maintenant huit bouches à nourrir. C'était trop... Pourtant, les Marleau n'avaient que six enfants, alors que la plupart des familles en avaient bien davantage. Ils s'enlisaient dans un manque d'argent chronique, bien que les sommes empruntées à Monsieur Richer aient été remboursées en entier avant son décès survenu deux ans plus tôt. Vendre la petite terre? Cela apporterait du comptant mais moins de revenus ensuite. C'était un pensez-y bien.

John en a parlé avec Palma Quesnel. Il va beaucoup de monde chez les Quesnel. Justement, Palma connaît un acheteur sérieux. Et John vend. Désormais, il n'a plus pour vivre que sa ferme, défrichée à la sueur de son front, et un brin d'économies.

John a donc un peu de liquide en main. Il ne s'est pas payé le moindre luxe depuis des années. Il a envie d'avoir le téléphone, ce serait bien utile pour sa fonction de conseiller. Il cède à la tentation. Marie-Anna est ravie. Elle téléphone à Edmond et à Corona pour leur annoncer l'événement.

Au début de juin 1928, la nouvelle brutale du décès d'Ovila arrive. Il laisse une veuve avec six enfants, dont trois sont encore dépendants, une maison construite de bois papillon en bordure du parc Flora – le lac a été comblé – et beaucoup de dettes. John assiste tristement aux obsèques de son frère qui, à cinquante et un an, va rejoindre son père et sa mère près du calvaire. Il ne reste plus qu'Adélard et lui. Wilfrid s'est volatilisé.

Aldège est parti travailler aux États-Unis. Seule Fleur-Ange gagne sa vie et Jean devra trouver un emploi. Léocadie ne s'apitoie pas longtemps sur son sort. Les enfants vont se tasser un peu. Elle ouvrira une maison de pension pour subvenir aux besoins des siens. Elle accueillera des personnes venues de l'extérieur travailler à Hull, et surtout à Ottawa. Chacun dans la maison fera sa part. C'est la seule façon de subsister.

John revient chez lui abattu. Sur les entrefaites, la poste apporte une lettre toute chiffonnée. Marie-Anna l'ouvre avec un mauvais pressentiment. Elle regarde la signature. *Eugénie et Gédéas.* Puis elle lit :

Chère Marie-Anna, cher John,

C'est la troisième fois que je mets la main à la plume pour vous écrire. Cependant, je pleure tellement que je n'y arrive pas.

Un grand malheur nous a frappés. Notre petit Gédéas chéri nous a quittés pour rejoindre les anges. Un accident! Je me sens si coupable. Je sais que ce n'est pas ma faute mais c'est plus fort que moi. J'étais en train de laver. J'ai vidé l'eau bouillante dans la cuve. Le temps de me retourner pour replacer le grand chaudron, il était tombé dans le liquide brûlant. Je ne me souviens pas bien, j'étais comme ailleurs. Je sais que j'ai sorti son petit corps de l'eau. Il était inconscient et tout mou. J'ai couru chercher son père.

Nous avons galopé tout le long pour rejoindre la maison du docteur. Quand nous sommes arrivés, le médecin a dit qu'il était trop tard.

Ah! Marie-Anna, ses grands yeux figés qui nous fixaient, son visage n'avait pas été touché, ses cheveux frisottants tout autour et ses chairs en lambeaux. C'était épouvantable! Le soleil s'est éteint tout d'un coup. Gédéas est comme fou. La nuit parfois, il veut aller le déterrer pour le revoir. Moi, je le cherche, j'entends son rire, ses cris, je caresse ses jouets. Il a emporté la meilleure partie de notre vie. il n'y aura pas de suite pour nous puisque je ne peux plus avoir d'enfant.

Vos amis dans la peine
Eugénie et Gédéas

Le papier était souillé, froissé. Il parlait de lui-même. John et Marie-Anna firent le long trajet en voiture pour tenter de consoler les inconsolables.

À la fin de l'année scolaire, Georges et Marguerite disent qu'ils ne veulent plus retourner en classe. Marie-Anna serait contente d'avoir sa fille à la maison. Elle trouve la tâche lourde. Quant à Georges, il veut aider son père à la ferme. Au fond cependant, c'est la menuiserie qui l'intéresse. Il l'a toujours dit.

— Te souviens-tu maman, quand mon oncle Émery est venu construire la cuisine, il cherchait toujours son marteau ?

Si elle s'en souvient ! Il criait à tout bout de champ :

— Georges, t'as encore pris mon marteau. Petit vlimeux tu me fais perdre mon temps.

La mère et le fils rient de connivence. Georges sait qu'il a beaucoup de pouvoir sur sa mère. Il en use et en abuse !

Madeleine se rend maintenant seule à l'école. Elle a peur dans la grande forêt, surtout quand il fait sombre. Elle guette le loup-garou qui rôde malicieusement et une grande froidure envahit ses membres. Après la classe, elle fait un bout de chemin avec les petits James. Cela la réconforte un peu. Son père lui a expliqué que les loups-garous, ça n'existe pas, que c'est une invention, une superstition. Elle veut bien le croire, mais pourquoi Madame Lamarche dit-elle qu'elle a déjà vu un loup-garou ? Si papa n'en a jamais rencontré, c'est que l'animal est rusé. Il se cache, en attendant son heure...

À part cela, elle aime bien étudier. Elle a hâte qu'Aline soit avec elle, l'an prochain. Elle ne lui parlera pas du loup-garou et à deux, elles seront plus braves.

Tiens ! Elles chanteront pour l'éloigner *Oh my darling, oh my darling Clementine...*

John, pour l'instant, est en pleine campagne électorale. Il travaille fort, est présent partout à la fois.

Le conseil a bien changé. Lui et Barney Hamilton sont les seuls réélus. C'est Égésippe Gauthier qui est maire. Monsieur Gauthier est un homme à l'aise financièrement, John ne l'est pas. Ils se découvrent quand même de nombreuses affinités.

L'église de Treadwell reste privée d'autels latéraux. Depuis qu'il est conseiller, John est rentré en grâce auprès du clergé. Il propose à l'abbé Brosseau la construction de ces autels qui rehausseraient grandement l'intérieur de l'église. Il peut dessiner les plans et les lui soumettre, Georges, son fils, les construira gratuitement. Il aurait besoin d'un petit budget pour les finitions et la peinture, quelques dollars seulement. Le projet plaît au curé. Et Georges s'installe un atelier en haut de la remise. C'est l'hiver, le frimas suinte à travers les murs. Georges a seize ans, bientôt dix-sept. Il est fier de cette tâche qu'on lui a confiée. Chaque jour il passe quelques heures à travailler dans un froid polaire.

Marie-Anna grogne :

– Tu aurais pu attendre l'été au lieu de risquer ton coup de mort par des températures pareilles.

– Voyons maman, mon *mackinaw* est bien chaud, mes bottines de feutre aussi. Le travail ça réchauffe. J'ai juste un peu l'onglée. Puis, t'es pas contente ? Quelque chose de moi restera dans l'église pendant des générations.

– C'est vrai que t'es ben *smatte*. Mais je ne veux pas que tu tombes malade. Je suis inquiète.

– Ben non maman. Après, je suis si confortable dans la berçante près du poêle qui ronronne.

Pendant que Georges fignole ses autels, les autres enfants trouvent l'hiver long. Un matin de mars, Aline a déniché un vieux paquet de cigarettes qu'un visiteur a sans doute laissé en partant. Elle explique a ses frères que c'est son appareil photo. Elle tire la partie intérieure, puis la repousse et clic! le portrait est pris. Jean fait la vedette, mais Luc, beaucoup plus jeune veut prendre sa place. Il pousse violemment Jean dans le dos. Par quel hasard la porte d'en avant est-elle ouverte? Toujours est-il que Jean perd l'équilibre et tombe directement sur une plaque de glace. John avait toujours négligé la construction d'une véranda. L'enfant se met à hurler haut et fort, le visage crispé par la douleur.

– Maman, maman, viens vite. Jean s'est fait mal. Il ne peut plus se relever.

Marie-Anna le soulève précautionneusement. Les cris redoublent. John est allé voir Georges dans la remise. Elle va le chercher. Il palpe le membre endolori et appelle aussitôt le médecin.

Jean a une jambe fracturée. Il faut lui faire un plâtre.

Au mois d'avril, Georges a fini son travail. John lui donne un coup de main pour la peinture, du bleu ciel et du blanc. Il a réussi, le jeune. Il est doué pour ce métier. C'est le premier mai, pour le début du mois de Marie, que les autels sont installés à l'église.

Des nuées d'oiseaux voguent dans le ciel, les hirondelles courtisent la toiture de la grange pour y bâtir leurs nids, la neige s'est entêtée inutilement, le printemps a gagné. L'abbé Albert Routhier est devenu curé de la paroisse. C'est un homme qui aime les enfants.

Quand il fait sa visite paroissiale, il apporte une provision de bonbons qu'il offre aux petits.

Chez les Marleau, il commence par les plus jeunes. Luc en prend un, Jean fait de même en disant merci. Quand arrive le tour d'Aline, elle plonge la main dans le sac, en retire une poignée. Le curé sourit.

– Toi, ma petite, tu deviendras riche un jour, lui dit le prêtre avec bonhomie, passant sa main dans les boucles d'or.

Même les grands ont leurs friandises. Puis c'est la bénédiction. L'abbé a conquis la maisonnée.

Les feuilles dans le flanc de la montagnette offraient un dernier feu d'artifice avant de disparaître pour l'hiver. Madeleine et Aline, sac au dos, vont à l'école ensemble et Madeleine n'a plus peur du loup-garou... sauf quand Aline manque l'école parce qu'elle est malade. Le soir en rentrant, elles cueillent le courrier et le journal, qui arrive toujours une journée en retard. La boîte aux lettres est située en haut de la côte, le facteur n'emprunte pas ce vilain chemin pierreux.

Quand les filles déposent le journal de la veille sur la table de cuisine, en date du 24 octobre 1929, un titre en lettres gigantesques attire leur attention.

– Pourquoi c'est écrit si gros maman ? demande Aline.

Marie-Anna lit : krach boursier à New-York.

Elle ne comprend pas.

– Papa t'expliquera ça tout à l'heure, quand il va rentrer.

John lit attentivement et tous les jours qui suivent. Beaucoup de millionnaires se suicident, totalement ruinés. John a des notions de finance et un excellent jugement. Si de riches propriétaires font faillite, des

usines fermeront forcément. Si l'on met le cadenas aux
portes des entreprises, les employés perdront leur emploi. Si les gens n'ont plus de travail, les commerces vont
péricliter. C'est un enchaînement inexorable. Puis, sans
doute, les fermiers ne seront pas épargnés. Dès 1930,
les effets néfastes de la crise se font cruellement sentir.
Dans les villes, certaines gens sont sans aucune res-
source. Ils comptent déjà sur la Saint-Vincent-de-Paul
pour manger, avant que ne soient mises en place les
mesures du secours direct auquel le peuple ne recourra
qu'avec humiliation.

À la campagne, les produits se vendent plus difficilement. On n'a pas d'espèces sonnantes, mais la
nourriture, bien que frugale, ne fait pas défaut. On tue
deux porcs, une vache, une poule de temps en temps,
le jardin fournit les légumes et le verger commence à
produire timidement. Quand c'est possible, on va pêcher
quelques poissons au lac. Même Marguerite réussit à
en attraper. Pour l'achat des autres aliments indispen-
sables, sucre, farine, mélasse, et le reste, on puise dans
le vieux gagné. C'est préoccupant.

Pour l'instant John est occupé à bien autre chose.
En juillet de l'année précédante, Monsieur Élie-Oscar
Bertrand a été élu député de Prescott à la Chambre
des communes lors d'une élection partielle. Il avait été
maire de l'Orignal de 1922 à 1929. De plus, en 1928, il
fut nommé vice-président de l'association canadienne
française d'éducation de l'Ontario. John, étant conseiller, avait déjà eu l'occasion de le rencontrer. Il l'admirait en secret. Aussi, dès qu'il apprit qu'il y aurait
élection fédérale au mois de juillet 1930, il envoya son
curriculum accompagné d'une lettre à Monsieur Bertrand, lui proposant de faire campagne avec lui. Celui-
ci accepta avec empressement.

Alors commença une belle aventure. Les assemblées se tenaient le soir dans les différents villages. John se rendait à Alfred ou à Plantagenet, où une automobile venait le cueillir. Ils formaient un petit groupe – ils montaient tous dans la même voiture – et allaient prononcer des discours à Embrun, Curran, Bourget, Vankleek Hill, Hawkesbury, Saint-Eugène, Treadwell. Ils faisaient la tournée des villages, ne laissant rien au hasard. John remplissait ses allocutions d'anecdotes humoristiques qui plaisaient. Il passait du français à l'anglais, ce qui surprenait. Il s'amusait beaucoup et du fait même obtenait du succès. Quand Monsieur Bertrand prenait la parole en dernier, l'auditoire était mûr. Le soir des élections, le 28 juillet 1930, Élie-Oscar Bertrand était élu par une majorité de quatre mille deux cent quarante-six voix sur le docteur Mooney, conservateur. C'était la plus grosse majorité remportée dans le comté de Prescott. John était heureux. Il revenait à la vie.

Quand à son poste de conseiller, il s'y maintint sans trop d'efforts l'automne suivant.

Marie-Anna vivait par procuration, si l'on peut dire, comme la majorité des femmes. John lui racontait avec verve, mimiques à l'appui, ses soirées pleines d'intérêt. Elle s'en régalait. Elle avait une vie routinière, c'est vrai, mais un mari différent des autres. Elle pouvait marcher la tête droite. Jamais elle n'avait regretté son choix. Pour le meilleur et pour le pire...

À la fin de 1930, les fêtes s'annonçaient sous le signe de l'austérité. À part les bas de Noël bien remplis, les cadeaux étaient rares. John avait décidé d'acheter une petite radio à piles qui nécessitait une paire d'écouteurs, de sorte qu'une seule personne à la fois captait l'émission. C'était pour la famille. Dans les faits, ce furent surtout John et Georges qui s'en servirent. Aline, comme chaque année, avait été gâtée par sa marraine. Celle-ci lui avait envoyé un service à thé en faïence blanche peinte en turquoise et rose, importé d'Allemagne.

Pour égayer un peu la jeunesse en ces temps moroses, Marie-Anna avait suggéré d'organiser une veillée le soir des Rois. Les trois plus vieux avaient applaudi à cette initiative. Il fallait s'assurer la présence d'un bon violoneux. Eugène Séguin promit d'être présent avec Dora et Ida. On invita les Lamarche, les Cadieux, les Saint-Jean, les Beaulne, les Bédard et bien d'autres. La cuisine d'été était chauffée et Marie-Anna, secondée de Madeleine et de Margot, avait disposé des bancs de fortune recouverts de courtepointes tout le tour de la pièce.

Les parents aussi bien que leur progéniture avaient dansé des sets carrés jusqu'aux petites heures du matin. Georges avait dansé toute la soirée avec Noëlla. Marie-Anna ne s'était pas amusée autant depuis des lunes. Entre les danses, Ubald Cadieux et Omer Lamarche avaient poussé des chansons à répondre. Dans un moment d'accalmie, John entonna *La chanson des blés d'or*. Un frisson courut le long des échines.

Johnny Beaulne et Fred Saint-Jean avaient *steppé* à en perdre haleine, pendant que l'auditoire applaudissait et riait. Finalement, Johnny avait abandonné, fourbu, et Fred avait gagné. Quand les derniers grelots s'éteignirent dans la nuit, il passait cinq heures du matin.

L'année qui suivit ne fit qu'empirer la misère. Le bonheur ne visitait plus certaines chaumières. Dans la famille, on souffrait bien un peu du manque d'argent, de l'éternel lard salé plus présent qu'avant, cependant les membres restaient unis et en paix. C'était l'essentiel.

Il neigeait maintenant sur la campagne, de gros flocons couvraient les branches, le ciel se dispersait. Les enfants faisaient leur premier bonhomme de neige. Jean en profitait pour mettre des boules blanches dans le cou d'Aline qui criait. Madeleine, la grande, le grondait sans beaucoup de succès.

Il existait une coutume fort intéressante à l'école anglaise. Chaque année, on y organisait un concert de Noël. Dès l'âge de cinq ans, Aline avait été invitée à y réciter un petit compliment. L'assistance l'avait chaudement applaudie. Elle était si mignonne. C'était « boucle d'or » des contes de fées avec des yeux saphir en prime. Cette année, Celestine Seeney, l'institutrice, avait mis le paquet. Elle avait convaincu les parents de se joindre à elle pour monter une comédie intitulée *The Ghost Story*. Comme l'école n'était pas chauffée le soir, les répétitions se tenaient chez les parents qui pouvaient les accueillir : les Keough, les Darlington, les Marleau et les James.

La fournaise avait été allumée pendant l'installations des décors. Les parents s'étaient mobilisés pour les costumes et les accessoires. Le soir de la représentation, la petite école blanche du rang du lac Georges était pleine à craquer. Tout le voisinage était présent, francophones et anglophones confondus.

John jouait le rôle du fantôme qui perpétrait toutes sortes de facéties. Au plus fort de la pièce, il apparaissait à Monsieur Darlington, couché sur un lit improvisé et peu solide. Monsieur Darlington, réveillé dans son sommeil, devait faire semblant d'avoir une peur effroyable. Il joua si bien son rôle que le lit versa.

Le pauvre acteur se retrouva à quatre pattes sur le plancher pendant que John continuait ses bouffonneries comme si de rien n'était. La situation était hilarante. Un éclat de rire général se fit entendre. Il ne finissait pas de s'éteindre. Finalement, ce qui aurait pu gâcher le spectacle en devint le clou. Des années plus tard, on en parlait encore.

Ces petits bonheurs ne coûtaient rien et remontaient le moral de tout un chacun.

Un pont de glace sur l'Outaouais permettait de traverser en berlot pour aller chercher les visiteurs à la gare de Papineauville. Les trains ne s'arrêtaient plus à Treadwell.

Corona rendit visite à sa sœur pour les jours gras. Jos Grandchamps était décédé en janvier 1928 et son épouse s'était remariée deux mois plus tard avec Étienne Monette. Marie-Anna avait trouvé inconvenant de remplacer un défunt mari aussi rapidement. Leur relation en avait un peu souffert.

Corona avait beaucoup épaissi. Il ne restait plus grand-chose de la belle fille d'autrefois. Jos n'était plus là pour lui imposer un peu de retenue, son langage était souvent parsemé de gros mots qui faisaient sursauter sa sœur.

Elle avait apporté des babioles et des bonbons. Les enfants l'aimaient bien et elle le leur rendait. Elle avait toujours été bonne avec ceux de Jos comme elle l'était aussi avec ceux de son nouvel époux.

Georges se rendait de plus en plus souvent chez les Cadieux. En montant le long du chemin caillouteux, des souvenirs lui revenaient. Combien de fois Margot et lui, accompagnés de la tribu Cadieux, avaient-ils glissé ensemble ? Leurs rires clairs entremêlés s'égrenaient alors comme des clochettes joyeuses que l'écho reprenait.

Souvent, à l'heure de paix, ils allaient marcher, mais il était rarement seul avec Noëlla. En juin 1932, il eut vingt ans. Son amour pour Noëlla, qu'il gardait comme un trésor caché, ne faisait que grandir. Il se décida à demander à la mère de la jeune fille s'il pouvait la fréquenter.

Joséphine s'était empressée d'accepter :

– Ça me ferait plaisir mon jeune. Peut-être aussi que ça lui ferait le plus grand bien d'avoir un prétendant. Elle a parfois des idées qui me contrarient.

Quand on a vingt ans et qu'on est amoureux, certains détails nous échappent. Il n'avait donc pas relevé les dernières paroles de la mère, tout à son bonheur.

– Justement Stella se marie le 12 juillet. C'est en plein le bon temps de se faire un cavalier, avait ajouté Joséphine.

Ils dansèrent tout leur soûl. Louis Florent avait bien fait les choses. Il en avait les moyens.

Au début, néanmoins, Noëlla avait gardé des distances polies. Puis petit à petit, il l'apprivoisa. Ils empruntaient différents itinéraires. Un soir, ils allèrent cueillir des roses sauvages et parfumées à mi-chemin de la fromagerie. Georges en avait glissé une dans les cheveux de sa belle. Ceux-ci, très soyeux et coupés à la garçonne, ne retenaient pas la fleur. Alors, elle l'avait glissée dans son corsage, tache rose sur sa robe blanche.

Ils se rendaient également à la vieille maison abandonnée face à l'étang romantique. Ils s'assoyaient près de la pièce d'eau et, selon la saison, écoutaient la mélodie des grenouilles, ou admiraient la nappe de nénuphars. Une atmosphère de mystère et de présence régnait à cet endroit. Quelqu'un avait abandonné son âme ici. Quand les moustiques étaient moins voraces, les deux jeunes gens marchaient dans le trécarré ou bien faisaient le tour des côtes. En effet, deux chemins s'offraient à eux : l'un étroit, pierreux, presque impraticable, puis quelques arpents plus loin, un autre plus large, mieux aménagé.

Un dimanche après-midi, ils avaient pris le boghei et s'étaient rendus au lac. Ils avaient bu de l'eau salée à la source, avaient jasé sur la roche des amoureux. Il lui avait raconté sa naissance, montré l'emplacement de l'ancienne maison et le majestueux érable. La carcasse délabrée de la vieille chaloupe gisait, abandonnée et triste. Elle avait fait son temps. Maintenant elle était crevée.

Noëlla ne parlait guère de la mort de son père et de leur déménagement. Elle était fermée comme une huître. Quand Georges l'interrogeait, elle répondait invariablement :

– Mon oncle Louis a été bien bon de nous prendre, Ubald et lui s'entendent très bien. Je m'efforce de me rendre utile.

Ou bien encore :

– Je sais cuisiner, tricoter, coudre, mais ce que je préfère c'est me retirer dans ma chambre et réciter le rosaire. J'ai l'impression de communiquer avec le ciel.

Georges faisait des projets d'avenir. Un soir, il avait tenté de lui prendre la main. Elle l'avait retirée sans brusquerie. Souvent ils restaient silencieux. Georges n'en avait cure. Elle était son paysage, sa douceur, son amour.

À l'aube, quand Georges allait quérir les vaches, l'odeur de l'automne remplissait la prairie. La lumière commençait déjà à se faire chiche en soirée. Il songeait que ses apartés avec Noëlla finiraient bientôt. Il prit la résolution de lui parler le soir même.

Ils avaient marché en direction des rosiers visités au printemps, avaient trouvé une large pièce de bois pour siège. Ici, il n'y avait plus traces de roses, seulement des épines.

Noëlla, enveloppée d'un grand châle, regardait le firmament où les couleurs s'interpellaient. Georges décida d'entrer tout de suite dans le vif du sujet, pendant qu'il en avait encore le courage.

– Noëlla, j'ai passé le plus bel été de ma vie. Pour le moment je n'ai rien à t'offrir que mon amour pour toi. Je te demande de devenir ma femme aussitôt que je gagnerai assez pour nous installer. Je t'aime Noëlla. Tu es la première dans ma vie.

Il avait réussi à poser sa main sur la sienne. Un petit croissant de lune s'était montré timidement. Son creuset semblait rempli de promesses à venir. Noëlla ne paraissait ni troublée, ni émue, plutôt impassible.

– Donne-moi ta promesse de m'attendre. Avec toi, je serai heureux n'importe où.

Noëlla regarda Georges droit dans les yeux. Elle hésita le temps d'un battement d'aile, puis affirma :

– Georges, je ne serai jamais ta femme, ni celle de personne d'autre. Je serai l'épouse de Dieu. L'année dernière, j'ai voulu entrer au couvent, ma mère me l'a défendu. Maintenant que je suis majeure, j'ai entrepris des démarches auprès d'une communauté religieuse, mais pour le moment, il semble que mes nerfs soient trop fragiles. Religieuse ou pas, je ne servirai que Jésus.

– Mais Noëlla, ça ne se peut pas. Si tu ne peux pas entrer en religion, pourquoi me refuser ? Je te laisserai prier, ne crains pas. Je t'aime tellement.

– Georges tu es mon ami et le resteras. Néanmoins seul Dieu compte pour moi. Inutile d'insister. Je ne me marierai pas.

Elle se leva d'un bond et se mit à courir. Le temps que Georges reprenne ses esprits, elle avait disparu de sa vue. Alors il pleura à gros sanglots déchirants. Il n'avait jamais regardé d'autres filles qu'elle. Elle habitait tout son être. Dans tous ses rêves d'avenir, elle était présente. Elle ne pouvait même pas entrer chez les bonnes sœurs et elle le rejetait.

Il avait quitté la clairière aux épines et avançait péniblement sur le chemin poussiéreux. Il frissonna. La vie n'avait plus de saveur. Le vent ne bougeait que sur la pointe des pieds, de crainte d'emporter les morceaux de son cœur brisé.

Il mit ses mains dans ses poches vides... toujours vides. Soudain une grande colère succéda à son chagrin : « Baptême, quelle époque écœurante ! Jamais vingt-cinq cents dans mes maudites poches. Si j'avais eu un peu d'argent pour la sortir, peut-être qu'elle aurait pris goût à la vie, plutôt que de s'enfermer avec ses bondieuseries. »

Il se trompait. Louis Florent, son oncle, en avait de l'argent. Elle était plutôt bien habillée et pourtant...

Il pleura longtemps. Que serait sa vie sans Noëlla ? Il ne voulait pas le savoir. Il se moucha bruyamment avant d'entrer dans la maison, ne salua personne et gagna sa couche.

– Voyons, quelle mouche le pique ce soir ! On dirait un chien enragé, railla Margot.

– Parle pas de même de ton frère, trancha Marie-Anna.

Marguerite haussa les épaules et se fit la remarque : « On sait bien, il a toujours raison, celui-là. »

John n'avait pas soufflé mot. En fin observateur, il se rendait compte qu'un événement sérieux s'était passé. Il préféra temporiser. Il finirait bien par savoir.

Le lendemain matin, Georges ne se leva pas pour les vaches. Il se fichait de la terre entière. Marguerite était frustrée : «Pourquoi ça retombe toujours sur moi?» Elle rêvait de mariage et de prince charmant. Fuir Georges, les vaches... et tiens tant qu'à y être, ses vieux *rubbers* d'autrefois! Pauvre Marguerite, ses attentes étaient bien hautes pour une fille en 1932.

Georges n'est plus le même. Il est taciturne. La plupart du temps, il se réfugie en haut de la remise et s'adonne à la menuiserie. Il a commencé la construction d'un cabinet vitré pour sa mère. Ça demande toute son attention et le distrait un peu de son chagrin.

Cet automne-là, les élections reviennent. John est un peu lassé de la politique municipale qui présente souvent une succession de sujets répétitifs. Il ne fait pas campagne. Égésippe Gauthier non plus. Ils sont défaits tous les deux.

Marie-Anna est furieuse :

– Tu as fait exprès pour être battu. Si, au lieu, tu avais démissionné, tu aurais quitté honorablement. Tandis que là, tu n'as pas été élu. T'as l'air fin!

– Blasse, Marie-Anne, ce n'est pas si grave que ça. Ce que les autres pensent ce n'est pas important, c'est ce que je suis qui compte. Pendant qu'il songe avec nostalgie à la période de 1930, passée dans tout le comté avec Monsieur Bertrand, il dépose un baiser distrait sur le front de son épouse rétive.

Parfois, il se prend à espérer, en cette période où la plupart désespèrent!

IX

LES OUTARDES

Quand tu seras grand-père, tu seras tout ému [...]
Me reconnaîtras-tu ? J'étais, je suis, serai.
Félix Leclerc

La famille d'Omer Bédard et de Rosina Fredette était venue s'installer quelques années plus tôt dans la ferme jadis habitée par les Lecavalier. Quand on pénétrait dans leur salon, ce qui attirait tout de suite l'attention, c'était une photographie de mariage vraiment exceptionnelle prise plus de vingt ans auparavant. Elle montrait un jeune homme d'une rare beauté, grand, costaud et bien fait. Rosina dans sa robe grise, ouverte sur un chemisier à jabot rose tendre, était l'image de la jeune fille modèle : cheveux abondants tirés vers l'arrière, bijoux délicats, tenue impeccable.

Hélas ! Cette photo n'était plus qu'un mirage. Omer avait aujourd'hui le cheveu clairsemé, le dos voûté et le caractère détestable. Rosina avait pris du poids mais on notait quand même une lointaine ressemblance avec la jeune épousée du cadre. Elle portait toujours le chignon, maintenant parsemé de fils argentés. Les peines et les malheurs de sa vie n'avaient pas tué sa propension à la bonne humeur.

Si les Marleau ne fraternisèrent jamais avec les parents, leurs rejetons nouèrent rapidement des relations amicales.

Pour se rendre à l'école, ils passaient toujours devant la barrière des Bédard. Madeleine avait pu poursuivre ses études au secondaire avec Irène Keough. La nouvelle institutrice, Mademoiselle Knowles, était qualifiée pour enseigner la neuvième et la dixième année, ce qui était rarissime dans les écoles de rangs. Rosario Bédard, chaque fois qu'il le pouvait, lui envoyait la main. Si son père n'était pas aux alentours, il arrivait qu'il vienne échanger quelques mots. Aline attendait en trépignant, Jean et Luc, eux, passaient leur chemin.

Quant à Marguerite, depuis qu'elle avait rencontré Henri un soir de mai, elle recevait souvent sa visite. Celui-ci trouvait des raisons d'aller passer la veillée chez les Marleau, parfois accompagné de sa sœur Noëlla, pétillante et pleine de vie. Les jeunes en mal de distractions, se fréquentaient souvent en groupes, selon la coutume de l'époque.

En cet hiver 1934, plus précisément le 31 décembre, Henri partit pour les chantiers avec la *team* de chevaux de son père. Le froid cassant brûlait la figure et se faufilait partout avec violence. Henri nourrissait un projet qu'il gardait jalousement. Il voulait un peu d'argent, et peut-être que Marguerite...

Pendant qu'Henri bûchait, Ubald Séguin qui habitait près du ruisseau du lac Georges faisait des visites de plus en plus assidues à Marguerite. Celle-ci n'avait pas engagé sa parole.

Quand les glaces se brisèrent avec grand fracas, libérant lacs et rivières, Ubald Séguin s'alita avec les fièvres typhoïdes. C'est à ce moment qu'Henri revint des chantiers. À son grand désespoir, son père réclama son dû parce que ses chevaux et sa sleigh avaient été mis à contribution durant l'hiver. Henri avait tant sué pour ce misérable pécule.

Néanmoins, au retour d'une promenade en boghei, il se hasarda à demander Margot en mariage.

Pourquoi Marguerite accepta-t-elle? Pour fuir une existence où elle trouvait qu'elle avait évolué dans l'ombre de son frère? Ou, simplement parce que c'était ça la vie, rien de plus? Inévitablement, un jour on se mariait, on avait des enfants et plus tard, beaucoup plus tard on s'éteignait, chandelle vacillante dont la mèche s'épuisait avec les années. Les princes charmants n'existaient pas plus que les loups-garous et les feux follets. Alors Henri en valait bien un autre.

John accepta la demande d'Henri avec une certaine indifférence. Sa fille était majeure, il respectait son choix qui n'était pas le sien. Restait les dépenses à absorber. Il faudrait puiser dans le vieux gagné. Car les produits de la ferme ne se vendaient plus, les œufs, la crème, étaient devenus des denrées de luxe pour la plupart.

Avec les quinze dollars que son père lui donna pour se vêtir, Margot commanda par catalogue trois verges de satin ivoire, un chapeau et des souliers blancs, du crêpe et de la dentelle pêche pour la soirée. Sur son unique photo de mariage, elle apparaît l'air désabusé, tenant un magnifique bouquet de delphiniums – cadeau du curé – à côté d'Henri portant chapeau mou et gants gris pâle, les souliers brillants tel un miroir. En toile de fond, l'auto rutilante d'Ubald Cadieux. Geraldine Keough jouait le rôle de bouquetière.

Noëlla Cadieux, de plus en plus lointaine, avait quand même accompagné Georges, et Rosario pavoisait au bras de Madeleine qui n'avait pas encore dix-sept ans. Celle-ci avait un sourire enjôleur, des coiffures seyantes, des formes superbes, une douceur qui émouvait. Elle n'avait pas fini d'en faire battre des cœurs...

Faute de ressources, le couple s'installa chez les Bédard. L'acclimatation fut pénible. Si Marguerite s'amusait avec Noëlla, s'entendait plutôt bien avec sa belle-mère, c'est l'atmosphère générale de la maison qui la dérangeait. Le calme ici n'existait pas. Parfois, le père partait en virée pour une couple de jours. Quand il revenait, il était impérieux que tout le travail de la ferme soit accompli selon ses exigences. Elle s'était trouvée enceinte immédiatement. Finalement, sa situation était loin de s'être améliorée.

La turbulente Noëlla, qui allait chercher les vaches en souliers de toile les jours de pluie, qui jouait des tours à la cantonade, prit mari à son tour et laissa un vide derrière elle.

John, pour sa part, fut fort occupé cet automne-là. Des élections générales se préparaient pour le 14 octobre. Monsieur Bertrand faisait face à Joseph Saint-Denis, conservateur, ainsi qu'à un libéral indépendant. Il y avait danger qu'une division du vote se produise. L'équipe travailla fort, et le soir du scrutin, le député sortant était reporté au pouvoir. On fêta dans l'allégresse, malgré la crise, malgré la misère. Pour un soir, ils avaient vaincu tous ceux qui les voulaient soumis, dociles, rampants ; le lendemain viendrait bien assez vite.

Un jour bas et pluvieux, où le cœur est lourd à l'unisson du ciel, Marguerite vint chercher le peu de biens qu'elle avait laissés chez ses parents. John coupait du bois avec Georges. Les trois plus jeunes étaient en classe et Madeleine était en visite chez les Keough. Marguerite était donc seule avec sa mère.

– Maman, je suis venue chercher mon couvre-pieds blanc. J'ai travaillé tout un hiver pour le broder. Il ferait bien sur mon lit. Puis je vais prendre mon manteau d'hiver. Je l'aime tellement.

– ...

– Je peux monter?

– Ben, le manteau c'est pas vraiment à toi que la cousine Lucille l'avait apporté. J'ai décidé que je le garde. Il va très bien aller à Madeleine. Quand au couvre-lit, c'est toi qui l'as brodé, mais c'est moi qui l'avais acheté pour que tu t'amuses avec. Je n'ai pas d'affaire à te le donner.

Les chagrins de Margot remontèrent en raz de marée. Un sentiment d'injustice indicible la pénétrait jusqu'aux os. Elle avait tant travaillé, tant aidé. Sa mère ne pouvait pas la traiter ainsi. Pourtant elle le fit. C'est un oiseau blessé, dont la cicatrice ne disparaîtrait pas, qui partit de la maison paternelle sous la pluie froide comme son cœur.

En revenant chez son époux, elle se réfugia dans sa chambre, ouvrit le coffre au pied du lit. Elle en extirpa sa vieille poupée, un gros bébé joufflu vêtu de tissu à carreaux blancs et rouges, reçue en cadeau pour son douzième anniversaire. Elle la berça pour calmer sa douleur et retrouver un peu de chaleur dans son corps. Puis, elle la remit soigneusement à sa place. «Est-ce qu'un jour j'ai été aimée? Oui, je pense que papa m'aimait, lui.»

L'hiver immobile se reposait encore sur un océan de neige attendant patiemment les petits sillons d'eau qui l'assailliraient de partout et le feraient disparaître, quand Henri vint annoncer à John et Marie-Anna qu'ils étaient grands-parents.

– Margot a mis une toute petite fille au monde cette nuit. Elle s'appellera Denise.

– Blasse, rentre un peu mon gendre. Comme ça, je suis grand-père! As-tu entendu Marie-Anna?

– Est-ce que ça bien été? Margot est correcte?

– Un peu faible mais bien. Elle fait demander si Madeleine voudrait être marraine avec Lucien.

– Si je veux être marraine? enchaîna Madeleine. Je pense bien. Hé! ma première nièce. Ça me fait tellement plaisir.

C'est avec l'élégant manteau bleu au col de renard noir que Madeleine assista à la cérémonie du baptême de Marie Henriette Denise. Dans les jours qui suivirent, John reçut une lettre au sigle de la Chambre des communes. Il n'avait plus le téléphone. Il avait fallu couper dans les dépenses et c'est la mort dans l'âme que la famille l'avait sacrifié. La lettre donc, annonçait une nouvelle inespérée. On avait besoin d'un employé bilingue, pour un emploi saisonnier-permanent – le temps de la session – au bureau de poste du Parlement. Monsieur Bertrand, qui avait conservé le curriculum de John, s'était permis la liberté de le présenter au maître de poste. Celui-ci s'était montré fort intéressé. Il priait John de le rencontrer dans les plus brefs délais. Il était urgent de combler la vacance. John prit le train le lendemain et fut embauché sur-le-champ. C'était la Providence. Quelques mois encore et la terre aurait été hypothéquée.

Restait une avalanche de questions courantes à régler. D'abord, se séparer de Marie-Anna, ne fût-ce que pour une partie de l'année, s'avérait difficile. Comme il l'écrivait lui-même : « Ils étaient les compagnons de tous les hasards de la vie ». Celle-ci accepta sans sourciller, malgré l'immense tristesse qui la tenaillait. C'était la seule solution.

– Ça me fait de la peine de te voir partir. Mais penses-y, alors que les autres ne travaillent pas, on t'offre un emploi et un bon à part ça. C'est inespéré.

Georges devrait aussi s'occuper de la ferme pendant les mois tranquilles de l'année. Quand la session serait finie, John reprendrait la terre en main.

Marie-Anna mit en état ses vêtements propres – il en avait peu –, les déposa soigneusement dans la valise et John quitta les siens pour prendre pension chez Léocadie.

On accédait au bureau de poste de la Chambre des communes par une porte percée juste en dessous de la tour de la paix. On marchait le long d'un couloir et il se trouvait là devant soi.

John s'occupait exclusivement du courrier des élus. Des messagers allaient et venaient chercher ou porter les lettres et les colis. Il arrivait parfois qu'un député lui-même apporte une missive de dernière minute.

Derrière un grand comptoir, sur le mur du fond, étaient posés une multitude de minuscules casiers qui ressemblaient à des maisons d'oiseaux. Sous chaque boîtier, un nom était inscrit : celui d'un député ou d'un ministre. Sur le comptoir, un énorme cachet était posé pour l'oblitération des lettres en partance.

Chaque fin de semaine, John revenait à la maison. Alors que lui s'était rapidement habitué à son nouveau style de vie, à la ferme, son absence était vivement ressentie. Aline venait de tomber malade. Le médecin avait diagnostiqué une scarlatine. Aline manqua le reste de l'année scolaire. En outre, le printemps précédent, un mal mystérieux l'avait terrassée pendant plusieurs semaines. Un garçonnet du village, atteint lui aussi, avait succombé à la maladie non identifiée. Ajoutez à cela les règles de l'adolescente qui s'avéraient difficiles et trop abondantes. Aline se tailla une place dans la famille, celle de la pas forte, de la maladive qu'il fallait protéger.

L'été ramena John à Treadwell pour quelques mois. Sa vie serait réglée non plus par le rythme des saisons, mais par celui des sessions parlementaires. Les soucis financiers s'estompaient et seraient bientôt chose du passé.

Margot, dont la vie était devenue impossible chez les beaux-parents, avec le bébé en plus, avait déménagé. Henri avait obtenu de son paternel la location d'une terre qu'il possédait sur le rang du bord de l'eau. Ils s'y installèrent avec soulagement et en peu de temps se sentirent chez eux.

Au début novembre, la sémillante Noëlla Bédard fut emportée par la tuberculose; la jeune femme de vingt-deux ans laissait derrière elle un nourrisson de quelques mois.

– Je ne veux pas mourir! avaient été ses dernières paroles.

Rosario, son frère, était au sanatorium à Brantford, en Ontario, depuis près d'un an. Il avait été tellement chagriné de ne pas être présent au baptême de sa nièce, pour être parrain, avec Madeleine, la marraine. La maladie était en train de tuer ses rêves. Il était si loin et si malade. Madeleine pensait parfois à lui avec l'insouciance de la jeunesse et de la santé. Tout de même, il était gentil, le beau Rosario.

Depuis quelque temps, les garçons qui venaient passer la veillée à la maison étaient plus nombreux. Si aucun ne se déclarait ouvertement, c'est que Mado ne marquait pas de préférence. Les frères Fredette étaient de bons partis ; Lionel Séguin avait de l'humour et la faisait rire. Elle n'avait que dix-huit ans, elle était constamment conviée dans les soirées et sa vie lui plaisait bien ainsi.

À mesure que les problèmes financiers disparaissaient, le progrès fit lentement son apparition. Le premier achat d'importance, une nécessité depuis longtemps, fut une machine à laver manuelle. La ligne électrique ne passait pas encore dans le rang du lac Georges. Puis, une grosse radio rutilante, au bois fin et au son joyeux, changea l'atmosphère. La musique faisait maintenant partie du quotidien. On piquait les courtepointes en écoutant Tino Rossi, Maurice Chevalier, la Bolduc ou Bing Crosby. Le soir, Georges ne manquait pas *Nazaire et Barnabé*, Jean lui, préférait la musique western et Luc, quand on diffusait du hockey, essayait de s'approprier l'objet de convoitise, le temps d'apprendre le pointage.

Georges avait un bon violon. Il s'exerçait beaucoup. Cependant ses progrès étaient lents. Il confiait à son instrument de musique toute l'amertume causée par le départ de sa Noëlla pour un couvent d'Ottawa où elle avait réussi à se faire accepter comme postulante.

Marguerite, qui avait passé près de deux années paisibles dans la ferme près de la rivière, fut assommée quand, un matin de février 1938, son beau-père fit irruption dans la cuisine en maître du logis.

– J'ai vendu ma terre. J'ai obtenu un bon prix. Vous avez deux semaines pour vous trouver une autre place.

Les nouveaux propriétaires prennent possession de l'emplacement à la fin du mois.

Henri, qui se berçait l'instant d'avant, s'était immobilisé.

– Voyons le père, vous nous aviez promis de ne pas nous déranger. Nous, on était bien à l'aise ici. Puis j'aurais fini par l'acheter, votre bien. Ma femme pis moi, on comptait bâtir notre vie ici.

– Ben vous la ferez ailleurs, parce que le 28, vous devez être partis.

– Monsieur Bédard, où voulez-vous qu'Henri trouve du travail l'hiver, en deux semaines ? Puis il y a la petite aussi. On va quand même pas s'en aller dans le chemin ! implora Marguerite.

– C'est votre problème. Moi j'ai dit ce que j'avais à dire.

Il reprit son casque à oreilles et se dirigea vers la porte sans ajouter un mot.

Le 28 février, il gelait à fendre les clous. Un froid pesant, étouffant tombait du ciel d'acier. Des naseaux des chevaux s'échappaient des nuages volatils et blanchâtres. Henri avait entassé leur maigre avoir dans le traîneau double. Comme il ne possédait que deux bêtes, il avait attaché la carriole à l'autre voiture avec mille difficultés. Margot avait tellement emmitouflé Denise, que seuls deux grands yeux noirs apparaissaient entre les étoffes bariolées. Henri conduisait l'attelage et Marguerite, la fillette et le chien Mousse, se partageaient la deuxième voiture. Ils quittaient le seul endroit où le bonheur les ait visités.

Ils se réfugièrent chez John pendant quelques semaines. Puis, Henri dénicha un emploi d'ouvrier agricole dans le rang numéro 4 d'Alfred. Le salaire était de quinze dollars par semaine, le lait fourni. Le logement était compris également, un taudis innommable rempli de courants d'air, sans toilette, et sans puits. Deux pièces étaient disponibles au rez-de-chaussée. Quant à l'étage, son utilisation était risquée, vu l'état des planchers. Marguerite se mit courageusement à la tâche : peinture, papier peint bon marché, prélart, rideaux pour les fenêtres. En peu de temps, elle avait transformé la masure en un endroit habitable.

Personne n'a oublié l'année 1939. Elle commença pourtant comme les autres : Jour de l'an, bénédiction paternelle, étrennes, réjouissances. La famille était réunie autour de la table. John, sous la pression des garçons, et répondant aux vœux de Marie-Anna, avait promis d'acheter une automobile au printemps. Ça discutait ferme. Les filles aussi étaient enchantées. Seul Georges était en âge de conduire. Qu'importe ! Elle serait là pour tous, comme la belle radio finalement.

– Ce serait si commode John. Puis, je pourrais aller en ville plus souvent.

Ces courtes phrases de Marie-Anna avaient vaincu les dernières hésitations de son mari. Chacun avait hâte d'arriver au printemps et rêvait de sorties différentes. Ils anticipaient le plaisir.

Seule Margot restait les deux pieds sur terre. Elle attendait un autre enfant pour le mois de mai. Dans leur situation précaire, ce bébé à naître représentait tout au plus une bouche supplémentaire à nourrir. Aujourd'hui, néanmoins, ils vivaient dans l'exubérance générale.

Dès la fin mars, Georges proposa à son père d'aller marchander les autos avec lui. Il avait des connaissances de base en mécanique que les fils Hughes lui avaient inculquées, et Ubald Cadieux lui avait appris à conduire. Il était prêt.

Leur choix s'arrêta finalement sur une Hurskin 1929 qui paraissait très bien conservée. L'extérieur noir mettait les chromes abondants en valeur. Les marchepieds étaient larges et les miroirs latéraux solides. Des voyageurs improvisés pourraient y monter sans danger sur les chemins de campagne. L'intérieur beige était vaste. Un petit store à gland de soie pouvait soustraire les passagers aux regards indiscrets. Elle entra à la ferme sous les bravos !

Le mois de mai n'avait pas encore réussi à éclore les feuilles quand Marguerite sentit que le bébé s'engagerait bientôt dans la vie. Le docteur Edmond Larocque arriva passé minuit. La fillette vit le jour aux environs de une heure trente. Quoique minuscule, Lise avait le cri vigoureux. Elle protestait déjà haut et fort contre les vicissitudes de ce monde qu'elle n'appréciait pas.

Marie-Anna et John se penchèrent ensemble sur les fonts baptismaux. John avait été heureux d'être grand-père trois ans plus tôt. Cependant, cette fois-ci – était-ce parce qu'il promettait de veiller sur sa filleule –, il se sentait profondément ému, comme une grande chaleur réchauffait ses os vieillissants.

Aline vint passer le temps des relevailles avec sa sœur. En une semaine le mois de Marie, de sa baguette magique, avait parachuté de la verdure partout, tandis que les sous-bois étaient couverts du tapis blanc des liserons sauvages.

L'été avançait. John suivait dans les journaux les événements inquiétants qui se déroulaient en Europe.

Sur notre planète terre, il y a les terribles drames collectifs en toile de fond et, plus près de nous, les catastrophes personnelles. Le 3 septembre, la France et l'Angleterre déclarent la guerre à l'Allemagne qui avait envahi la Pologne deux jours auparavant. Le 10 septembre, le Canada se joignit à l'Angleterre.

Au même moment, Marie-Anna, qui a gardé Denise, a trouvé celle-ci mal en point et conseille à sa fille de consulter le plus vite possible. Elle lui glisse même un billet dans la main pour payer le médecin.

Celui-ci diagnostique une grave infection. La fillette est hospitalisée immédiatement. Mesure nécessaire mais cruelle, elle est placée en isolation. Elle est souffrante, seule, abandonnée dans un milieu hostile, où on lui fait de vilaines piqûres. Les jouets qu'on lui apporte ne l'intéressent pas. Qui sait comprendre l'ampleur de la détresse qui envahit une enfant de trois ans et demi dans une pareille situation? En dépit de son apathie, elle peut enfin quitter l'hôpital après plus de trois semaines de réclusion. À peine est-elle revenue à la maison, que sa mère part à son tour.

Le 28 septembre, Lise, emmaillotée dans un édredon rose et une jolie courtepointe à motifs de bateaux, quitte la misérable demeure avec Georges et Madeleine. Elle s'en va chez son grand-père pour ne plus revenir. Seuls les dieux sont dans le secret pour le moment.

La première nuit dans la nouvelle maison est pénible pour tous. Le bébé déraciné hurle sa peur ou sa colère jusqu'à l'aube naissante. La deuxième est encore mouvementée, avec quelques moments de répit. Ensuite, Lise, apprivoisée deviendra sage et docile dans le berceau d'osier d'autrefois.

Le médecin a fortement recommandé de quitter ce lieu dangereux pour la santé de la famille. Margot est si faible, elle chancelle aux moindres gestes. Puis, où aller alors que l'automne dépouille les arbres et que novembre est sur le point de frapper à la porte? Non, ils passeront l'hiver ici et Henri aura le temps de trouver autre chose pour le printemps. Aline est venue encore une fois lui prêter main forte. Elle s'occupe de sa sœur et de sa nièce. Elle a plus de difficulté à supporter son beau-frère.

Le patron d'Henri a embauché un employé supplémentaire pour la coupe du bois. Un soir, Henri l'amène à la maison. Il s'appelle Rolland et habite Alfred. C'est un grand gaillard, mince, tout en muscles, l'œil coquin et le sourire facile. Il revient plus souvent; il s'ennuie le soir. Aline aussi. Un dimanche, il l'invite à aller prendre une crème glacée et une boisson gazeuse au restaurant de Fernand Larocque à Alfred. Il fait jouer des disques dans le juke-box.

C'est agréable. Cependant Aline ne met pas grand temps pour constater que Rolland sent souvent l'alcool. Aussi, quand elle quitte sa sœur, elle dit à Rolland qu'elle ne désire pas continuer sa relation avec lui. Ceci n'est pas pour le désoler. Une fois, il a aperçu Madeleine venue en visite et c'est avec elle qu'il veut nouer des liens. Plus facile à désirer qu'à accomplir. Il n'a pas de moyen de transport, pas même un cheval, pas d'emploi régulier et Madeleine n'a que l'embarras du choix. La patience est de rigueur.

Les filles sont maintenant équipées de skis usagés. Elles ont reçu des costumes de lainage pas très seyants mais bien chauds pour pratiquer ce sport. John amène parfois les cousines de Hull, Germaine et Fleur-Ange. Celle-ci est une bonne skieuse et toujours si élégante.

Avec le début de la guerre, la crise économique a pris fin. Un malheur a été remplacé par un autre plus grand. Certains n'ont pas résisté à la débâcle. Les habitants du château ont été de ceux-là. Acculés à la faillite, ils ont vendu à vil prix. Leur fils Herbert, est venu habiter chez Monsieur Cook, pour aider à la ferme. La magnifique demeure victorienne a perdu son lustre pour toujours. Elle sera désormais l'abri de paysans plus occupés à survivre qu'à entretenir la beauté de ce joyau local.

Maintenant, il y a du travail à foison. Chacun se doit de participer à l'effort de guerre. L'argent qui était introuvable hier, coule à flots. Curieux quand même !

John se voit offrir un poste à temps plein dès 1940. Pour dire vrai, il n'a guère le choix. C'est dur de se séparer pour de bon. Marie-Anna pleure un brin. John la console du mieux qu'il peut :

– Quand les enfants auront grandi un peu, tu viendras me rejoindre à Hull, si tu veux.

– C'est ici mon chez-moi. Je n'ai jamais vécu en ville. Nous avons tout bâti ça ensemble. Là, je vais être seule avec les enfants pour continuer. Ce ne sera plus jamais pareil.

Soudain le ciel fut moins bleu.

– Je comprends bien Marie-Anna. Moi, par exemple, je suis plus heureux dans un bureau que dans une ferme. Je m'aperçois que je n'étais pas fait pour ça. C'est le destin qui a voulu que je devienne défricheur et agriculteur. Je ne regrette pas ces années. C'est peut-être la raison de notre rencontre. Cependant, j'ai envie de gagner ma vie autrement. Je t'aime toujours autant et si c'est pareil pour toi, je te demande ce sacrifice.

Une brève seconde, la vision de John frappant les chevaux, passa devant les yeux de Marie-Anna.

– C'est vrai John; tu étais fait pour une vie meilleure. Essaie de revenir au moins chaque fin de semaine pour que ce soit tolérable. Avec l'auto aussi c'est plus facile. Tous ensemble on va se débrouiller. Ne sois pas inquiet.

John la serra dans ses bras. Elle était compréhensive et courageuse son épouse. Cet après-midi-là, avant son départ, ils se rendirent au lac. Il venait juste de se débarrasser de sa carapace glacée. Les sentiers étaient boueux. Pour eux néanmoins, c'était un pèlerinage dans leurs meilleurs souvenirs, un genre de talisman pour l'avenir.

– Blasse qu'on a été heureux ici, Marie-Anna. Faudra jamais l'oublier.

Pour toute réponse, elle inclina la tête contre son épaule.

À l'annonce du départ de son père à l'année longue, Jean avait décidé tout net qu'il n'allait plus en classe.

– L'école, à part les chiffres, j'aime pas ça. Georges va avoir besoin de moi. Je suis bon sur une terre, puis j'ai plein d'idées. On y est libre, pas renfermé tout le temps !

Ce qu'il disait n'était pas faux. Jean, il avait ça dans le sang, les animaux, les bâtiments, l'avoine dorée qui ondule dans les champs comme la vague sur la rivière. C'était lui le plus susceptible de prendre la relève. Georges aspirait à autre chose, il en avait parlé souvent. Jean abandonna donc ses études avant d'avoir seize ans.

Henri et Marguerite avaient encore une fois déménagé dans un endroit presque aussi précaire que le précédent. Lise habitait toujours chez ses grands-parents. Elle gazouillait à longueur de journée et chacun dans la maison l'aimait. Marguerite avait fait de timides tentatives pour reprendre le bébé. Marie-Anna avait répondu :

– Tu as bien le temps. Outre que la maison n'est pas adéquate et que tu vas encore changer de résidence bientôt, la petite est bien mieux avec nous autres.

Margot n'avait pas insisté.

Ce printemps-là, vu la reprise des affaires, on acheta une couple de centaines de framboisiers que l'on planta sur un monticule sablonneux situé à moins de cinq minutes de marche derrière la remise. L'endroit était bordé à l'est par de magnifiques bouleaux blancs. L'an prochain on aurait une belle récolte.

John revenait à chaque congé. Il était content de la bonne marche de la ferme. Il parlait forcément de ce qui se passait chez Léocadie. Aldège avait épousé une américaine protestante. La mère d'Aldège, qui se rendait à la messe de six heures chaque matin, avait été profondément ulcérée que son fils se marie à une non catholique.

– Les États-Unis, quel pays de perdition ! Une vraie plaie, un de mes enfants qui perd sa langue et sa foi. Je prierai pour deux désormais, pour que Dieu sauve son âme.

On eut bientôt fait de connaître ladite épouse, prénommée Grace. C'était une femme grande, plutôt condescendante – qui ne parlait pas français évidemment – mais qui semblait heureuse d'être l'épouse d'Aldège Marleau. Celui-ci respirait la prospérité et paraissait bien dans sa peau. Alors...

Ils étaient venus assister au mariage de Germaine avec Lionel Garand, comme toute la parenté. Cet événement était dichotomique. Pendant que Germaine marchait vers l'autel, comblée d'épouser son promis, Fleur-Ange, à l'étage de la maison se mourait de chagrin, d'un chagrin qui avait probablement déclenché ce cancer qui la rongeait goutte à goutte.

Fleur-Ange avait toujours été l'image de la distinction et du chic : renard blanc sur tailleur noir, souliers et sacs de peau raffinés. C'est à elle que Lionel s'était d'abord intéressée. Elle l'aimait d'une flamme inextinguible. Hélas ! Germaine, beaucoup plus jeune, aguichante sans le vouloir, avec son teint de pêche, ses formes parfaites et son rire cristallin toujours prêt à fuser, avait ravi Lionel à Fleur-Ange. Celle-ci n'envisageait plus de vivre sans son amour. Elle se savait perdue et ne luttait pas.

Ainsi allait la vie. L'automne semait ses premières gelées blanches sur les jardins quand Marguerite déménagea de nouveau. Le patron d'Henri ne le payait pas la plupart du temps. Ils louèrent d'abord une petite maison recouverte de tôle, sise sur un beau grand terrain dans le village d'Alfred. Henri occupa différents emplois aléatoires, et finalement s'expatria à Montréal où il fut embauché dans l'industrie de la chaussure à Lachine. Margot ne le suivit pas.

Certaines denrées étaient à présent rationnées. Les gens de la ville échangeaient des tickets de sucre, indispensable à la campagne, contre des bons permettant l'achat du beurre et de la viande non moins nécessaires en ville. Le fromage était réquisitionné pour les troupes. Il était impossible de s'en procurer. C'était une situation aberrante. Les fermiers fournissaient toute la matière première et n'avaient aucun accès au produit fini.

L'érablière et la cabane à sucre de Monsieur Cook, qui était infirme – il avait un pied bot –, n'étaient plus utilisées depuis quelques années. D'abord, le sirop ne s'était plus vendu, comme tous les autres produits, puis maintenant le propriétaire se trouvait trop âgé pour reprendre la production. Georges lui avait offert d'utiliser la sucrerie et les équipements gratuitement, en échange de quoi ils se partageraient la production.

Georges se découvrit une passion pour le temps des sucres. Le soir, il faisait bouillir l'eau dans le rougeoiement des flammes. L'eau se transformait d'abord en trempette, bonne à boire, puis Georges surveillait attentivement l'heure où le sirop blond et consistant coulait en élixir dans la cruche.

Pendant ces veillées de silence avec pour toute compagnie les ombres tremblotantes autour de lui, Georges réfléchissait à son passé et à son avenir. Tout aurait été si beau si Noëlla l'avait aimé. C'était fini, il fallait tourner la page. Il en garderait toujours une blessure au cœur. Partir pour la ville ? Peut-être... Néanmoins, une petite lueur dansait parfois dans son corps : la cousine Claire qui venait passer des vacances chaque été. Elle était si jolie et si distinguée. Il retournait mille et une possibilités. Il allait avoir vingt-neuf ans. Il était temps de faire son chemin dans la vie.

Rolland avait, à force de persévérance, réussi à fréquenter Madeleine, de façon sporadique. L'été avait ramené avec les cigales les visiteurs de Montréal. Les plus assidus étaient les enfants d'Adélard, Cécile, Claire et Maurice. Ce dernier était un incorrigible facétieux au caractère rieur. Georges et lui nouèrent une amitié solide, de celles qui durent une vie. Maurice flirtait avec Madeleine, pour qui il avait une inclination certaine. Le dimanche, la bande joyeuse passait l'après-midi au lac. John flottait toujours tel un bouchon de liège. Ses nièces n'en revenaient pas. Georges tentait un rapprochement avec Claire. Parfois il lui montrait une belle ferme et ajoutait :

– C'est une place attrayante. Un homme y serait heureux avec une jolie femme comme toi.

Claire ne répondait pas. Avec ses études supérieures en musique, elle n'avait que faire d'un paysan comme son cousin, si aimable soit-il. En outre, sa sœur Juliette, qui était religieuse, faisait de discrètes pressions pour qu'elle prenne le voile à son tour. Non vraiment, Georges perdait son temps. À la fin de la saison chaude, elle découragerait à jamais ses ardeurs.

Jeanne et son mari Louis étaient parfois de la partie également. L'été filait toujours trop rapidement. Entre le jardin, la cueillette des fruits, les foins, les soirées dans la balançoire à prendre le frais, les baignades au lac, les nombreux visiteurs, la maison était continuellement en effervescence. Quand les quinteaux de grain s'élevaient en cabanes dans les champs, c'était le signe que la belle saison s'essoufflait. Ce fut le moment que Claire choisit pour annoncer, lors du dernier dîner du mois d'août :

– J'ai bien hésité mais finalement j'ai décidé d'entrer en religion d'ici quelques mois. Je pourrai enseigner la musique et j'y mènerai une vie tranquille.

Elle était plus ou moins convaincante.

Georges reçut la nouvelle comme une flèche empoisonnée. «Les baptêmes de sœurs ! Certain, j'ai un sort !» Il sentait la moutarde lui monter au nez. Il repoussa son assiette en disant :

– J'ai plus faim !

Il sortit aveuglé par la colère. Il était surpris de ne pas ressentir plus de douleur, juste une rage implacable. « Les créatures, vaut mieux se tenir loin de ça. »

Quelques jours plus tard, Luc partit poursuivre ses études au *High School* de Plantagenet sous la direction de Monsieur Leduc. Il résiderait au village. Cela ne lui plaisait guère.

Georges s'ouvrit à son père de son désir de quitter la ferme, lui aussi.

– Papa, Jean a seize ans maintenant, il est sérieux pour son âge. Je pense qu'avec un peu d'aide les fins de semaine, il peut tenir le roulant en marche. Moi, je m'en vais. À l'école technique, je sais qu'ils offrent des cours de menuiserie et de mécanique. Je veux m'inscrire, si vous voulez m'aider financièrement. J'irai voir tante Corona pour lui demander si je peux loger chez elle.

John était préoccupé. Jean voudrait-il prendre cette énorme responsabilité pour un garçon encore adolescent ? D'un autre côté, Georges avait le droit de choisir sa vie.

– Ah ! c'est certain qu'un métier par les temps qui courent ça permet de gagner sa vie décemment.

Georges fit ses bagages. Marie-Anna pleurait en cachette. Un souffle glacial la pénétrait ; son petit de la maison du bout du chemin, son privilégié s'en allait. Les deux amours de sa vie de jeune femme la désertaient. La ville les lui dérobait.

La neige semait des étoiles brillantes sur les rebords des fenêtres et décorait les arbres de mousseline blanche. La vie ne reprenait vraiment que le samedi et le dimanche dans le foyer délaissé.

Jean, pour sa part, débordait d'énergie. Il avait déjà élaboré plein de projets qu'il se promettait de soumettre à son père le plus tôt possible. Il bombait le torse. Il avait fêté son dix-septième anniversaire le premier décembre et il était certainement le seul gars de son âge dans les environs à conduire les destinées d'une ferme. Il comptait en profiter et ne décevoir personne.

Lise emplissait la maison de son babillage. Quand John était présent, il inventait des jeux pour elle, ce qu'il n'avait pas eu le temps de faire pour ses propres enfants. Il donnait vie à un chien en peluche bleu et jaune. Il aboyait fort et faisait semblant de la poursuivre. La bambine riait à gorge déployée, courait de-ci de-là et finissait par se cacher parmi les manteaux accrochés dans l'escalier, un peu effrayée tout de même. John s'amusait autant qu'elle. Il l'aimait cette petite ; elle lui faisait retrouver une partie de lui-même qu'il avait oubliée depuis longtemps.

Marie-Anna allait maintenant faire ses emplettes des fêtes en ville. John lui donnait une somme d'argent qu'elle était libre de dépenser à sa guise : pour les cadeaux, l'achat de vêtements personnels, un peu de frivolités quoi ! Elle qui, à une certaine époque, n'avait même pas un manteau décent pour sortir, portait maintenant élégant manchon de fourrure et chapeau à plumes. Elle avait adopté une nouvelle coiffure un peu plus longue, avec permanente, qui la rajeunissait. C'était agréable de jouir d'une touche de gâteries.

De nouvelles habitudes s'installaient. Georges s'était trouvé un travail de menuisier à la compagnie Davidson à Ottawa. Il était satisfait. Ce printemps-là, Jean avait fait remarquer, fort à propos d'ailleurs :

– Papa, il faudrait absolument des galeries à la maison. D'abord, c'est pas beau, des portes qui donnent sur un perron, puis c'est pas pratique. Si on se mettait ensemble tous les quatre, une couple de samedis, il me semble qu'on pourrait fabriquer ça rapidement, avant les semences ; Georges est si habile.

– Ouais, as-tu du bois ? demanda John.

– Juste à aller au moulin à scie le faire tailler. J'ai même quelques dessins à vous montrer.

Les ébauches étaient rudimentaires, mais il était possible de concevoir l'idée de Jean.

Marie-Anna ajouta, mine de rien :

– C'est vrai ce que Jean dit. Puis avec la petite qui rôde partout ce serait plus sécuritaire.

Deux belles vérandas, à pignon et à piliers carrés, vinrent donner l'aspect fini à la maison, une grande à l'avant, une petite sur le côté. On planta des roses trémières, des hémérocalles orangées et des cosmos près de la maison. On installa aussi des touffes de lilas un peu partout et un joli sapin près du chemin. La maison était contente d'avoir fait une aussi belle toilette.

Luc à son tour abandonna ses études. Il détestait habiter au village. Ce fut une décision regrettable. Parmi ses frères et sœurs, c'était celui qui avait le plus d'ambition. Il rêvait d'avions et d'aviation. Il bouillonnait d'envie de voir le monde. Il était trop jeune pour réaliser que sans instruction les portes de son avenir se refermeraient une à une, laissant un passage trop étroit pour lui. D'autant plus qu'il n'affectionnait pas le travail de la ferme et n'y bâtirait sûrement pas sa vie. Il est surprenant que John ne soit pas intervenu auprès de son benjamin. Il avait maintenant les moyens de lui payer une éducation décente. L'idée d'être né pour un petit pain était si forte chez le Canadien-Français d'alors, qu'il laissa faire. Luc fut celui que le manque de scolarité sacrifia.

Lise avait maintenant trois ans. Elle était blonde, bouclée, aux yeux de braise un peu tristes, mince comme un fil. Entourée d'adultes, vive d'esprit, elle apprenait de tous et de chacun. Elle jouait déjà aux cartes, mais montrait une aversion particulière pour l'as de pique. C'était une bambine docile, sociable avec les grands, peu attirée cependant par les autres enfants, qui abîmaient ses objets personnels dont elle prenait un soin jaloux. Tous lui témoignaient infiniment de tendresse. Elle était la fille de tout le monde et l'enfant de personne.

Maurice, le cousin de la ville, continuait ses visites estivales. Il poursuivait la fillette de ses continuelles taquineries. Un après-midi qu'il s'amusait à mettre son pied devant la roue du carrosse de poupées qui n'avançait plus, Lise s'écria, rouge de colère :

– Toi, je t'haïs comme le diable en enfer !

Maurice s'esclaffa. Il n'oublia jamais cette répartie pas très polie, mais ô combien méritée. Lise maîtrisait déjà un franc parler qui serait une de ses caractéristiques.

Maurice trouvait toujours Mado aussi charmante, tandis que Rolland s'ingéniait de plus en plus à inventer des moyens d'être auprès d'elle.

L'été étirait ses chaleurs et son beau temps au grand plaisir de chacun. Les chats, qui n'entraient pas dans la maison, à l'exception de Grisette, n'en finissaient plus de dormir allongés au soleil. Les poules se promenaient en liberté, sans enclos, et picoraient où bon leur semblait. Le gros coq gris avait, sans raison, pris en aversion une créature de sa grosseur, sans être de son espèce. Il ne voulait qu'un maître dans sa basse-cour. Dès qu'il voyait cette intruse, il la pourchassait, la crête dressée et les ergots prêts à attaquer. Lise, sans le vouloir, était la bête noire du volatile. Elle courait de toute la vitesse de ses petites jambes, terrorisée par l'animal qui lui paraissait gigantesque. Elle grimpait les marches quatre à quatre et frôlait la crise d'hystérie à chaque fois. Si bien qu'elle ne voulait plus jouer dehors, par crainte d'être attaquée. Quand John apprit cet état de choses, il se fit conduire au village et revint avec tout le matériel nécessaire pour bâtir une clôture.

– Je ne veux plus voir de poules près de la maison d'ici la semaine prochaine. Il y a ici tout ce qu'il faut pour les enfermer. Je compte sur vous les gars pour voir les volailles derrière le clos quand je reviendrai.

– Papa, on n'a pas le temps en ce moment ! attaqua Jean vivement.

– Luc va t'aider. C'est prioritaire. La petite va finir par se faire blesser si ça continue. C'est assez !

Personne ne répliqua. Jean était mécontent néanmoins.

Les femmes s'affairaient à la cuisson des confitures : prunes bleues, cerises de France, framboises. Ensuite venaient les marinades : concombres, betteraves, ketchup. Dans une ferme, chaque saison préparait la suivante en un éternel recommencement.

Le vent balançait les feuilles comme des oiseaux multicolores qui allaient se poser en silence. Puis, un bon soir, on se rendait compte que la lune n'éclairait plus que des bras squelettiques tendus vers le ciel.

Jean, profitant du temps de l'année où il était moins occupé, s'était fait une blonde. Il venait d'avoir dix-huit ans, il était grand, mince et avait hérité des cheveux châtains et des yeux bleus de son père. Ce n'était pas une beauté rare mais il savait plaire aux filles. Il avait de la faconde, surtout après deux ou trois verres, il aimait profiter des plaisirs de la vie, dansait et callait les sets carrés avec aisance. Outre ces atouts, les parents voyaient d'un bon œil un garçon aussi jeune avec assez de sérieux pour faire fructifier le bien familial. Donc, c'est sans difficulté que Lucienne Groulx avait accepté de sortir avec lui. C'était une petite brune, piquante, bien tournée, portant talons hauts et jupes courtes à la mode du jour.

Il n'était pas rare que Jean et Madeleine assistent au mêmes réceptions. Aline les accompagnait parfois. Luc, pour sa part, était plutôt sauvage. De toute manière, en semaine, il fallait toujours quelqu'un pour rester avec Marie-Anna qui ne tolérait pas d'être seule à la maison, même avec la petite. Et si par hasard ils voulaient tous sortir ensemble, c'est Aline qui devait rester avec sa mère.

L'arbre de Noël, scintillant de toutes ses décorations, s'élevait dans le coin sud-est du salon. Le matin du Jour de l'an, un ourson de peluche nommé Teddy Bear en l'honneur de l'ancien président des États-Unis Theodore Roosevelt, était assis sous le sapin, un bras en l'air comme pour attraper une branche. Il trônait au milieu des cadeaux qui remplissaient la moitié de la pièce. Cet ourson deviendrait l'objet transitionnel de la petite. Elle le traînerait partout avec elle.

Luc reçut son premier violon. Pour Lise, une grosse boîte enrubannée contenait une grande poupée en celluloïd, vêtue d'un manteau et d'un chapeau roses à lisérés bleus. De longs cils bruns frangeaient ses yeux célestes. Deux minuscules dents éclairaient son sourire. Les oh! et les ah! de contentement se succédèrent.

Pendant que l'Europe se déchirait, à Treadwell on se la souhaita bonne et heureuse. La plupart y croyaient, malgré le plébiscite du mois d'août précédent sur la conscription, que les Canadiens-Français avaient massivement rejetée et que les Anglais avaient approuvée.

Mackenzie King avait les mains libres, nonobstant la volonté des éléments français minoritaires.

X

CEUX QUI S'EN VONT ET CEUX QUI RESTENT

laissant la maison silencieuse et vide
pour les bouges lointains de la ville livide
Émile Nelligan

Au début de 1944, le Canada envoya treize mille conscrits à la guerre. Dans les fermes, les jeunes gens étaient un peu plus protégés, parce que les agriculteurs contribuaient par leur production à l'effort de guerre. Plusieurs familles néanmoins avaient vu partir un des leurs ou vivaient dans l'inquiétude d'une telle éventualité. Georges venait d'être appelé, mais à son grand soulagement, il avait été déclaré inapte.

Corona, chez qui Georges habitait toujours, se désolait de voir son neveu, qui allait sur ses trente-deux ans, toujours célibataire. À quelques portes de chez elle, sur la rue Garneau, habitait une famille Bédard (aucun lien de parenté avec Henri) qui comptait une fille à peu près du même âge que Georges. Corona, qui n'avait pas perdu la main comme arrangeuse de mariages, rêvait que son filleul rencontre Irène. Cela faisait bien trois fois qu'elle en parlait à la jeune fille. Celle-ci ne montrait aucun intérêt particulier.

Irène avait un jardin secret que seuls ses proches connaissaient. À l'âge de dix-huit ans, follement amoureuse, elle s'était fiancée au bel Oscar, électricien d'avenir. Ils allaient se marier quelques mois plus tard, quand l'horrible nouvelle de la mort de son grand amour lui parvint. Oscar avait été électrocuté à son travail. Irène, anéantie, avait rangé le beau coffre de cèdre ouvragé qu'il lui avait offert et à l'intérieur, avait déposé ses souvenirs, son chagrin et sa volonté de rester fidèle à sa mémoire. Elle n'avait plus aimé personne depuis.

La quatrième fois que Corona aborda le sujet, Irène lui répondit :

– C'est bien Madame Monette, dites-lui de venir jeudi. Si c'est un bon garçon comme vous l'assurez, on verra.

C'est ainsi que Georges et Irène commencèrent à se fréquenter un soir de février.

Le temps des sucres approchait. Jean et Luc se préparaient à entailler. Georges, pour qui la passion des soirées à la cabane demeurait toujours aussi vivace, avait réussi à obtenir une couple de jours de vacances pour la période la plus occupée. Ah ! ces samedis de la fin mars et du début d'avril, où ils partaient tous ensemble assis autour de l'énorme baril de bois qu'ils appelaient la *tonne*, que de joie ils leur procuraient. Cahin-caha, Coco et Bingo, deux magnifiques percherons à la robe blanchâtre tachetée de gris, les tiraient vers les érables décorés de bocaux de diverses couleurs.

Ils prenaient alors chacun leurs seaux, riant aux éclats quand ils enfonçaient dans la neige devenue molle comme de la guimauve. Il y avait un arbre particulièrement gigantesque avec neuf ou dix récipients tout autour. Ils s'y rendaient à deux, certains de revenir les chaudières pleines à ras bords. Lise, qui n'avait pas encore cinq ans, était de la partie. Elle se conduisait comme les adultes, sauf qu'elle trébuchait plus souvent. Elle buvait l'eau sucrée goulûment, s'abreuvait au bleu du ciel pommelé de nuages en flocons, gorgeait sa jeune poitrine de bon air et de bonheur. Quand vers la fin de l'après-midi, Georges ou Jean allumait le feu dans l'énorme gueule béante, elle s'amusait à regarder par les interstices des portes les flammes qui vainement essayaient de s'échapper. Puis, quand la trempette était suffisamment bouillie, un de ses oncles lui en servait à volonté. À la veillée cependant, elle devait aller au dodo à l'heure habituelle. C'était un des rares moments où elle se montrait indocile. Elle insistait avec vigueur pour retourner près du grand feu magique. Hélas ! il lui fallait regagner son petit lit de fer à l'étage. Mado ou Aline la bordait, ajustait la veilleuse posée sur une plaque marbrée brune et blanche. Lise détestait cette lampe miniature qui projetait des ombres effrayantes sur les murs, avec des bras monstrueux qui s'avançaient pour la saisir dès qu'elle fermait les yeux. Si elle se plaignait d'avoir peur, non seulement personne n'y était sensible, mais une voix venue d'en bas menaçait de la taper, ce qui ne se produisait jamais, bien sûr.

Puis Pâques arriva. Georges avait vanté les mérites de sa nouvelle blonde. John et Marie-Anna avaient hâte de faire sa connaissance. Il fut convenu qu'elle viendrait célébrer cette fête avec toute la tribu de Treadwell.

Marie-Anna, en voyant cette demoiselle de belle apparence, bien mise mais sans ostentation, à la voix douce et au regard franc, se sentit tout de suite conquise, ce qui en soit était un exploit. C'est que, Marie-Anna était suspicieuse quant aux fréquentations de ses enfants, encore davantage pour *son* Georges.

Le Samedi saint, les femmes jouaient aux cartes et Lise se joignit à elles. À quatre ans, elle savait jouer sans aide au cinq cents. Irène n'en revenait pas.

Le dimanche, Georges se rendit chercher de l'eau de Pâques qui devait être recueillie avant le lever du soleil selon une coutume séculaire. Cette eau, d'après la croyance populaire, possédait des vertus particulières. Folklore sans doute, mais qui avait son charme. Ensuite, pour se rendre à l'office religieux, on sortait les nouveaux chapeaux, qui annonçaient le printemps encore plus sûrement qu'une hirondelle.

Christ est ressuscité, nature est ressuscitée !

John avait rapporté de la ville, malgré les restrictions, un gros jambon, du chocolat, des fruits, mille et une friandises. Margot, Henri et Denise vinrent se joindre à la fête. Lise la blonde et Denise la brune posèrent pour une photographie sur la véranda, vêtues de robes identiques en lainage rouge, brodées d'angora blanc.

Irène repartit vers la ville le cœur attendri de l'accueil reçu.

– Vous reviendrez chaque fois qu'il vous plaira. Ça va nous faire bien plaisir ! Considérez que vous êtes comme chez vous ici, avait assuré Marie-Anna, appuyée par ses deux filles.

Même la petite, qu'elle trouvait mignonne, lui avait demandé :

– Dis, tu vas revenir hein ?

Le beau temps était définitivement de retour. Les travaux des champs reprenaient selon un rythme immuable. Un après-midi que Jean et Luc étaient allés travailler le grand champ où se dressait autrefois la maison du bout du chemin, Luc entra subitement dans la cuisine, hors d'haleine et dans un état de grande agitation. Il voulait parler mais les mots se bousculaient dans un bégaiement incompréhensible. Enfin, il lâcha :

– Bingo est mort. Il est là près du lac, dans le grand pré, étendu de tout son long. C'est si triste.

La pauvre bête, malgré son allure imposante, souffrait d'asthme. Le vétérinaire l'avait vu à plusieurs reprises. Il semblait que l'effort, combiné à une crise aiguë de sa maladie, l'avait foudroyé. Dans la maison c'était la consternation. Les animaux, du moins certains d'entre eux, avaient plus qu'une valeur utilitairee ; on les appréciait à leur juste mesure, on leur portait une forme d'attachement. À preuve, sur une élévation sablonneuse à quelques cinq cents pieds de la grange, on avait aménagé un cimetière pour les chats décédés. C'était les petites âmes de la famille.

Il fallait bien se réorganiser. À la campagne, qu'on le veuille ou pas, la nécessité fait loi. On passa donc à autre chose.

La voiture, par exemple, commençait à se faire vieille et montrait des signes évidents de fatigue. Une auto, une fois qu'on y était habitué, devenait vite indispensable. John proposa à ses garçons de se rendre en ville avec la Hurskin afin de l'échanger contre un véhicule plus récent. Il faut savoir qu'après 1940, on ne fabriqua presque plus d'automobiles en Amérique. Les usines produisaient plutôt des armes destinées à faire échec à l'ennemi. De plus, il était primordial de choisir un véhicule ayant des pneus en bonne condition, car pour le commun des mortels, il était impossible de chausser une voiture à neuf. Finalement, c'est une Ford 1934 couleur marine qui descendit la grande côte sous le regard émerveillé des femmes de la maison. Même si la Ford était plus moderne, il lui manquait néanmoins ce petit cachet sélect qu'avait possédé la Hurskin.

Rosario Bédard, revenu du sanatorium depuis quelques mois, avait reconnu la fratrie Marleau et les avait salués à grands gestes. Rosario s'était fait des amis à Brantford. C'est à regret qu'il les avait quittés lorsqu'il avait obtenu son congé. Le retour à la maison, sauf pour revoir sa mère, n'offrait pas beaucoup d'attrait. Il avait enterré chimères et fantasmes ; la vie des autres, telle une rivière, n'avait pas arrêté son cours. Tandis qu'il était immobilisé, les autres avaient pris le bateau que lui avait raté. Rolland fréquentait Madeleine, les petits étaient devenus grands et lui se sentait vieux de ses trente-deux ans. Pour se faire un peu d'argent, il avait demandé à son père un lopin de terre où semer des patates. À l'automne, il pourrait les vendre et garderait les profits. De plus, cela l'occuperait. On est bien seul quand on a perdu ses amis, sa santé et ses illusions.

Juillet avait à peine entendu sa première cigale que Marguerite accouchait prématurément de son premier fils. Le bébé, d'une extrême fragilité, avait été placé sur la porte du fourneau – à défaut d'une couveuse – où Margot entretenait la chaleur. Elle se mirait dans cet enfant mâle, comme sa mère l'avait fait avec Georges. Clet serait son amour à elle.

L'été fut particulièrement propice à la culture des framboises. Au plus fort de la récolte, on cueillait jusqu'à treize grand seaux par jour. Il fallait embaucher du renfort. Rolland s'était naturellement offert. Comme il était vaillant à la tâche et que de toute façon l'aide était rare en ce temps de l'année, sa proposition avait été la bienvenue. Quand toutes les femmes étaient à la cueillette, elles amenaient Lise avec elles, des jouets, une couverture et un grand parapluie noir qui servait d'ombrelle. Lise gambadait un bout de temps dans les allées sablonneuses, puis gagnait sagement sa retraite sous son parasol improvisé. Chacune prenait soin de l'approvisionner abondamment de petites tuques rouges et sucrées.

Le soir, il fallait encore remplir les casseaux avec précaution, les placer en rangs dans une grande boîte, chaque étage étant par un carton afin de ne pas écraser les fruits délicats. Lise admirait cette myriade de points pourpres qui partaient en voyage pour Alfred où un marchand les achetait bien frais. Luc et Jean coupaient le foin de leur côté. Parfois, au milieu de tout ce travail, on prenait quand même le temps, à la brunante, d'aller se rafraîchir au lac.

La vie était parsemée de joies simples. La visite du boulanger, Fernand Lalonde, deux fois la semaine, apportait son lot d'excitation pour Lise. Il entrait droit et poli, ses pains dans un panier.

– Besoin d'autres choses aujourd'hui, un petit dessert peut-être?

Quand Marie-Anna disait oui, Lise la suivait à la trace. Monsieur Lalonde ouvrait les grandes portes à l'arrière de la camionnette qui contenait autant de trésors que la caverne d'Ali Baba. Il tirait de longs tiroirs remplis de tartes, de gâteaux et surtout de brioches aux raisins.

– Regarde grand-mère les petits pains aux raisins, glissait Lise subtilement.

– En mangerais-tu ?

– Oui, oui, avec le bon beurre que tu fabriques.

Marie-Anna payait. Elles revenaient dans la maison avec leurs trouvailles. Lise sautillait au côté de grand-maman.

L'automne approchait. Le blé d'Inde, qui servait de fourrage pour les vaches, était à maturité dans le grand champ face à la maison.

Ils se croyaient loin de la guerre ; ils ne l'étaient pas tant que ça. Le débarquement de Normandie avait fait des milliers de morts canadiens, Londres était terrorisée par les fusées V1 et plusieurs conscrits refusaient avec épouvante d'aller se plonger dans cet enfer, même si la victoire des alliés ne faisait plus de doute.

La famille était en train de déjeuner quand des véhicules de l'armée envahirent l'entrée. Un policier militaire frappa sans ménagements et entra sans y être convié, suivi de plusieurs acolytes.

– Nous cherchons un déserteur. Nous fouillons toutes les fermes des environs pour le retrouver. Personne ne doit aider ceux qui refusent de servir.

Ils firent le tour de la maison, des bâtiments, enfonçant leurs fusils dans le foin récemment engrangé. Ne trouvant rien, ils décidèrent de s'attaquer à la plantation de maïs, haute d'au moins sept pieds.

Lise grimpa sur une chaise, afin de voir par la fenêtre de la porte, placée un peu haute. C'était sinistre, tous ces militaires armés qui traquaient un pauvre homme qui ne voulait tout simplement pas partir se faire tuer ! L'enfant était trop jeune pour comprendre la complexité de la situation, cependant dans sa tête innocente elle pensa : «Je souhaite qu'ils ne le trouvent pas. Ce n'est pas bien d'emmener quelqu'un de force loin de sa famille.»

Un grand silence peupla soudain ce coin de terre, brisé seulement par le froissement de plantes écrasées sous la semelle des soldats. Puis soudain, un officier hurla un ordre et ils partirent comme ils étaient venus, piéger le fuyard dans d'autres fermes.

Lise se sentit soulagée. Les autres aussi !

C'est à pas feutrés que le mois d'août céda sa place. La température restait tiède. Dans la nuit du mercredi 5 septembre 1944, la maisonnée du bas de la côte était profondément endormie quand la terre commença à trembler. Dans le silence de la campagne, un bruit de rouleau compresseur se fit d'abord entendre, suivi d'une violente secousse qui ébranla furieusement le bâtiment. Les lits, les murs, les lampes, les bibelots, les gens vacillaient ostensiblement. Dans la chambre de l'est où Madeleine couchait, la garde-robe fabriquée de carton-pâte recouvert de papier peint se mit à craquer dangereusement. Mado hurla et courut se réfugier dans la pièce voisine où Aline, Lise et Marie-Anna reposaient. Lise sentait son petit lit de métal cliqueter sans bien comprendre pourquoi.

Ce tremblement de terre dont l'épicentre se situait aux environs de Cornwall avait atteint 5,8 sur l'échelle de Richter et causé un demi million de dollars en dommages matériels.

Le lendemain, alors que les nerfs restaient à vif, un autre phénomène terrible vint secouer la petite communauté. Madeleine qui était affligée d'une grave crise d'eczéma aux mains, était assise dans la balançoire avec la petite. Marie-Anna et Aline accomplissaient des tâches ménagères à l'intérieur. Jean et Luc cordaient du bois à la cabane à sucre de Monsieur Cook, au flanc de la côte. Selon la position qu'ils occupaient, ils eurent une vue différente de l'événement.

Luc, que l'aviation passionnait, vit un appareil plonger, puis se redresser avec difficulté, puis dans une vrille piquer du nez et disparaître derrière les arbres du côté ouest.

– Celui-là, il est perdu certain! s'exclama Luc, fébrile.

– Ça l'air à ça, répondit Jean, qui continua sa tâche.

– Moi, je vais voir où il est tombé.

Il prit ses jambes à son cou en direction de l'endroit approximatif où l'appareil avait disparu.

Des avions en nombre se mirent à sillonner le ciel à basse altitude. De la balançoire où elles se trouvaient, Madeleine et Lise avaient entrevu celui qui était en difficulté, sans savoir ce qui s'était produit. Cependant, il était évident que quelque chose d'insolite se passait. Le carrousel se poursuivait au-dessus de leurs têtes, semant un malaise grandissant. Un boghei apparut sur le chemin peu fréquenté. Aurèle Lamarche ralentit et Madeleine le héla :

– Qu'est-ce qui arrive? Pourquoi y a-t-il des avions partout?

– Il y en a un qui vient de tomber. Il a frôlé la maison des Wilson. Il l'a évitée de justesse. Il est venu s'abîmer du côté des James. On effectue des recherches intensives pour le localiser. Le pilote et son coéquipier sont morts, certain.

La nouvelle se répandit comme une traînée de poudre. Marie-Anna et Aline avaient abandonné les travaux ménagers. Les trois femmes, serrées l'une contre l'autre, se rendirent sur les lieux de l'accident. Marie-Anna tenait fermement la main de Lise, qui tirait de la patte dans la poussière de la route à vaches. Elle n'avait pas envie du tout de voir les pilotes morts. D'autant plus que Jean, enfin descendu de la cabane, avait dit que la rumeur circulait qu'un homme avait eu la tête arrachée et que l'autre était en pièces. Lise avait peur, tellement peur de voir un corps sans tête !

L'avion, un biplace jaune de type Cornel, reposait déchiqueté dans les branches d'un grand chêne, juste à la frontière de la terre des James. Luc avait été un des premiers à arriver sur les lieux. Maintenant un périmètre de sécurité avait été dressé. Les curieux affluaient de partout, sortis de nulle part. C'était un spectacle surréaliste, des pièces de différentes grosseurs jonchaient le sol, mêlées sans doute aux débris humains. Les enquêteurs militaires s'affairaient au milieu de cette scène d'apocalypse. Lise fermait les yeux. Elle ne voulait pas voir toute cette horreur. Ce soir-là, quand vint l'heure du coucher, la fillette fut surprise de voir ses deux tantes monter avec elle pour la mettre au lit. Les deux adultes étaient simplement trop effrayées pour l'accompagner en solitaire. Mais l'enfant, elle, devait être assez brave pour affronter la nuit et ses visions, seule...

Quand John arriva d'Ottawa le lendemain soir, il se rendit sur les lieux de la catastrophe en compagnie de Luc. La surveillance s'était relâchée, néanmoins il était toujours défendu de dépasser le cordon qui entourait le lieu macabre. Ils ne respectèrent pas l'interdiction. Luc ramassa quelques débris qu'il voulait garder en souvenir quand John, la voix étranglée, interpella son fils :

– Luc, viens voir ! Je crois que c'est une mâchoire humaine. Blasse, c'est terrible ! Pauvre garçon !

À l'aide de fragments acérés, John creusa un trou au pied du grand chêne blessé, y déposa ce reste funèbre et récita une courte prière.

Luc revint souvent sur les lieux, attiré par une force mystérieuse. S'il eut été Anglais ou né dans un milieu plus propice, sans doute aurait-il choisi un métier qui lui aurait ouvert de plus larges horizons.

La nervosité perdura, puis lentement, comme les cendres qui volettent après un incendie, elle finit par retomber. Néanmoins, tous ces événements combinés avaient changé un je-ne-sais-quoi dans les esprits.

Pendant que la collectivité vivait ses drames, Rosario, abreuvé d'incompréhension et de douleur, avait fait une rechute. Il était de retour au sanatorium, cette fois-ci à Ottawa. C'était pour y mourir, il le sentait dans tout son corps.

Le temps de sa récolte de pommes de terre venu, son père lui avait déclaré :

– Moi, je n'ai aucun tombereau, aucune charrette disponibles. Ce sont tes patates, transporte-les par tes propres moyens.

Rosario, blessé, ulcéré, avait fait un effort trop grand pour ses capacités encore fragiles. Maintenant qu'il était de retour dans une maison de santé, il s'était mis à rédiger un chemin de croix, le sien, fort émouvant. Sans doute était-ce un legs à la postérité, un désir de prolongement.

La neige folâtre jouait maintenant dans la campagne. La lune, crémeuse et tendre colorait la grande côte. C'était l'heure bleue. Le temps des fêtes approchait. Peut-être bien que le Père Noël se promenait, l'œil aux fenêtres pour voir les enfants sages. Aline et Mado préparaient les tartes pour le réveillon. Aline revenait du poêle avec un chaudron de citron bouillant quand Lise la heurta. La substance chaude et collante se déversa sur la fillette qui resta pétrifiée. Marie-Anna cria :

– Vite ! les ciseaux pour couper sa robe.

– Je ne veux pas que vous coupiez ma robe. Je ne veux pas !

Finalement, il y eut plus de peur que de mal. Sauf que Lise pleura sa robe perdue.

Noël, cette année-là, revêtait un caractère particulier. C'était peut-être la dernière fois où on irait à la messe de minuit en traîneau. Il était de plus en plus question d'ouvrir les concessions au passage des automobiles durant l'hiver. Mais bien plus important, Georges allait venir avec Irène, sa sœur Thérèse et son mari.

Les beignes, les tartes, le gâteau aux fruits, les tourtières, le ragoût, tout était prêt. Le 23 décembre, c'était samedi, Jean attela les chevaux à la sleigh rouge et partit à Papineauville chercher John et tout ce beau monde. Le 24, on prépara le grand traîneau, on déposa de la paille dans le fond. Marie-Anna sortit toutes les courtepointes foncées pour ajouter à la fourrure. Georges passa l'après-midi à faire chauffer des briques, qu'il entreposait dans le fourneau. L'arbre scintillait de ses milles glaçons. Il était magnifique, même sans lumières électriques. Ça sentait bon le sapin, la nourriture et le bonheur.

Vers dix heures trente, ils se mirent en route pour l'église. Ils étaient en famille, bien emmitouflés, collés les uns aux autres, la voûte étoilée leur souriait, le son des clochettes se répandait en cascades, les rires fusaient ; le froid pouvait mordre, ils n'en avaient cure.

Jean descendit les passagers devant l'église, puis se rendit à la grande écurie où l'on mettait les chevaux à l'abri, une couverture sur le dos. Il rejoignit les autres qui l'attendaient sur le parvis.

La petite église blanche, encapuchonnée de neige avait un air de carte postale. Les fidèles commençaient à rejoindre leurs bancs. Car chaque famille honorable se devait d'acheter son banc, façon de dire que l'on payait sa place. Ceux qui n'en possédaient pas donnaient une somme modique pour s'asseoir, à moins d'aller au jubé ou de rester debout. Le banc de John n'était pas dans la grande allée. Il était à mi-chemin dans l'allée de droite. La crèche était dressée du côté gauche, non loin de la sacristie. Elle était construite de bois rond, entourée de grosse toile sur fond de sapins. Le petit Jésus de cire, aux yeux de ciel, était déposé dans la crèche avant l'arrivée des paroissiens. John et Marie-Anna emmenaient toujours Lise le saluer avant la messe. Elle restait émerveillée autant par le décor que par le sentiment d'infini qui s'emparait d'elle. Chaque année, elle se promettait de ne pas dormir, mais le sommeil avait toujours raison d'elle à l'heure du sermon.

Depuis la fondation de la paroisse en 1923, Yvonne Duchesne touchait l'orgue. C'était une bonne musicienne. Pourtant chacun s'en moquait ouvertement. Plus instruite que la majorité des paysans qui formaient le chœur, elle manquait terriblement de confiance en elle-même, était mal fagotée et adoptait parfois des attitudes étranges.

À minuit, Ubald Cadieux entonna le *Minuit chrétien*. Il avait du coffre Ubald, mais glissait une fausse note par-ci, par-là. C'était beau quand même. Quand la chorale entonna *Les anges dans nos campagnes*, c'était ici, on les voyait voleter si l'on fermait les yeux. Inoubliable magie !

Au retour ce fut le réveillon délicieux servi sur la grande table dans de la vaisselle de verre couleur céleri, beaucoup moins jolie que l'ancienne. Luc joua du violon – il avait appris à lire la musique seul – et Georges l'accompagna au banjo. La compagnie se coucha aux petites heures.

Les cadeaux, toujours nombreux, et la bénédiction paternelle, étaient encore réservés au Jour de l'an.

Luc, malgré les douze ans qu'il avait de plus que Lise, était devenu son grand copain. Il avait construit en bois la réplique d'une patinoire de hockey : lignes bleues, lignes rouges, centre, etc. Il avait fabriqué les buts avec de minuscules clous, posés très rapprochés les uns des autres. Même les bâtons de hockey lilliputiens aux couleurs des Maple Leafs et des Canadiens avaient été soigneusement reproduits. Une bille servait de rondelle. Il avait établi un calendrier des parties et inscrivait les points du gagnant. Ardent admirateur du club de Toronto, il montrait des photos des joueurs à sa jeune protégée, qui s'intéressait seulement à ceux qu'elle trouvait jolis.

L'été, le jeu de hockey se faisait grandeur nature. Le plancher de la vaste cuisine devenait la patinoire, le sofa sans dossier, le but de Luc, une chaise étroite avec un barreau au centre celui de Lise. Une balle de tennis en guise de rondelle, ils faisaient la mise au jeu au milieu de la pièce, juste en face du poêle. Marie-Anna détestait cette présence importune, surtout à l'heure des repas.

– Les enfants, arrêtez donc ça. vous allez me faire tomber. Vous êtes dans mes jambes.

Les parties continuaient et Marie-Anna tempêtait. C'était une des rares désobéissances que Lise se permettait, mais sous la gouverne de Luc.

Dire que la bambine était toujours sage serait faux. Elle avait parfois des accès de colère qui effrayaient.

De plus, elle était possessive. Un jour que Denise était en visite, elles s'amusaient avec des accessoires de jardin pour enfants. Soudainement, les deux fillettes voulurent utiliser le petit râteau à manche vert en même temps. Chacune tirait de son côté. Denise, quoique plus âgée, avait le mauvais bout de l'instrument, c'est donc Lise qui s'en empara. Celle-ci, rouge de fureur, prit le râteau à deux mains, solidement, évalua qu'elle était à l'abri des regards du côté du grand hangar et vlan! les dents de tôle sur la tête de Denise. Cette dernière se mit à hurler et se dirigea vers la maison, le crâne ensanglanté. Sans compter la fois où Denise coupa les cils de sa chère poupée Rosette. Il fallut retenir Lise pour qu'elle ne fasse pas un malheur. Elle grandissait avec des adultes et supportait mal l'étourderie des autres enfants.

Le printemps 1945 marqua beaucoup plus que le retour des beaux jours. Le 30 avril Adolf Hitler se suicide dans son bunker. Le 8 mai, les troupes allemandes suspendent tous les combats. C'est la capitulation! L'Europe est en liesse, le Canada aussi! Les combattants vont rentrer, le rationnement prendra fin.

Les filles portent les jupes courtes, la permanente et le rouge à lèvre; elles dansent le jitterbug et plusieurs fument!

Corona, qui est devenue obèse et commune avec les années, rend rarement visite à Marie-Anna. Quand elle le fait, ce n'est pas toujours pour le plus grand plaisir de tous. À la fin de mai, Rémi Grandchamps, le petit-fils de son premier époux, l'amène à la campagne, question de roder sa nouvelle auto d'occasion. En descendant de la voiture, courbaturée et lasse, elle lance à sa sœur venue l'accueillir:

– Viarge, Marie-Anna que tu restes loin !

– Ben voyons Corona, quand je vais en ville c'est la même distance pour moi. Ça se fait bien, dit Marie-Anna en l'embrassant.

Le dîner terminé, la vaisselle rangée, les femmes restèrent seules.

– Comme ça Marie-Anna tu laisses tes filles se grimer. Moi, je te dis que si j'en avais eu, ça ne se serait pas passé de même. John, il ne trouve rien à redire là-dessus ?

– John, il leur offre du rouge à lèvre en cadeau et du bon à par ça ! Je l'ai vu payer cinq piastres une fois pour le cadeau d'anniversaire d'Aline. Il aime ça les voir à la mode.

– Puis Madeleine fume, en plus !

– À vingt-sept ans Corona, les enfants font ce qu'ils veulent la plupart du temps, tu sais.

– J'en reviens pas Marie-Anna !

Corona émaillait sa conversation d'un sacre par-ci, d'un gros mot par-là.

Les filles supportent la critique en faisant la sourde oreille. Lise, blottie dans sa petite berceuse, fait semblant d'endormir sa poupée. Elle ne perd rien des propos échangés. « Quelle sorcière, pense-t-elle, qui critique mes tantes et qui dit des mots que grand-père défend à tout le monde. C'est bien vilain. Je ne l'aime pas, pas du tout, pas du tout ! »

Corona repartit le même soir après avoir abondamment parlé de ce « cher Georges » et de son amie Irène.

– Pour moi, ça va finir par une basse messe.

– Nous, on ne demande pas mieux. Irène, toute la famille l'aime. Mais c'est à eux de décider. On verra bien.

Ouf! la tornade Corona était passée. Les filles pouf-
fèrent de rire en imitant ses commentaires.

Rosario s'envola pour un monde meilleur avant les
premières roses de juin. Ses souffrances étaient finies
dans cette vallée de larmes. Rosina pleura amèrement
ce fils si beau et si gentil, qu'elle n'avait pas su protéger, lui semblait-il. Sept petites filles de la famille
furent choisies pour porter les fleurs, formant un cortège émouvant devant la dépouille. Lise était du groupe.
L'église était bondée. Dans le rang du lac Georges la mémoire de Rosario survécut pendant de nombreuses
années. Son triste sort avait touché les cœurs.

Ce dimanche de juillet, les jeunes étaient partis en
bandes joyeuses se baigner au lac. Ils étaient tellement
nombreux que Luc se tenait au miroir latéral, debout
sur le marchepied. Il faisait le pitre comme quelqu'un
qui va tomber. Marie-Anna avait crié :

– Fais pas le fou, c'est dangereux!

Le silence, à peine brisé par le murmure du vent
s'étendait sur la campagne. John et Marie-Anna avaient
pris place dans la balançoire à l'ombre des pommiers.
C'était si rare les instants d'intimité maintenant. Telle
une mouche qui harcèle, un souci hantait John, l'em-
pêchant de savourer pleinement le moment présent. Il
se hasarda enfin à le partager avec sa femme :

– Tu ne trouves pas que Rolland colle pas mal à
Madeleine?

– Ben, il sort régulièrement avec elle depuis longtemps si c'est ça que tu veux dire.

– Justement, trop longtemps! As-tu remarqué, ce
garçon sent toujours l'alcool? En plus, il n'a pas d'emploi. Ce n'est pas un parti pour notre fille.

– Quand il vient travailler ici de temps en temps, il est sobre. Ce n'est pas un fainéant; il prend tout ce qui passe. Mais les fins de semaines, c'est vrai qu'il boit.

– C'est ce que je dis. Puis, après de si longues fréquentations, si on est un peu pompette, bien des malheurs peuvent survenir. On en connaît plus d'une à qui c'est arrivé. On ne veut pas que ça se produise, hein Marie-Anna?

– Ben sûr que non! Mais qu'est-ce que tu veux qu'on y fasse, elle est majeure? Et avec l'auto, c'est difficile à contrôler. Il est loin le temps où les parents chaperonnaient du coin de l'œil.

Marie-Anna exhala un soupir et continua :

– C'est une grosse tâche, quatre grands enfants à surveiller tu sais.

– Moi en tous cas, je n'accepterais pas ce type pour gendre, encore moins s'il osait toucher Madeleine.

– Je vais essayer de lui parler, renchérit Marie-Anna, mais je doute de mon succès.

Ils se turent pendant que leurs pensées suivaient le même chemin.

John et sa compagne avaient continué à dialoguer le plus possible, malgré l'éloignement, et leur bonne entente ne diminuait pas avec les années. Plusieurs de leurs connaissances leur disaient souvent :

– Ah! vous deux, c'est différent, vous êtes restés de grands amoureux!

Des amoureux... c'était peut-être vrai; très unis et remplis de bonne volonté, sachant jongler avec les compromis acceptables.

Luc, qui rêvait de voyages, avait décidé de se joindre à une équipe qui se rendait dans l'ouest du pays pour les récoltes du mois d'août. Chacun était un peu triste de le voir partir, mais Aline pleura tellement qu'elle faillit créer un nouvel affluent à la rivière Outaouais !

À Hull, Léocadie est malade, elle a le cancer. Seuls des traitements au radium, fort onéreux, pourraient la sauver. Sauf sa maison, elle n'a pas d'argent. Personne ne lui offre d'aide. John, qui a maintenant quelques économies, ne peut supporter que sa belle-sœur meure faute de soins. Il paiera la cure. Marie-Anna râle un peu. Elle est jalouse... pour la première fois.

Quand John a repris une relation sporadique avec sa Lizzie d'autrefois, cela ne lui a fait ni chaud ni froid. Là, c'est différent. Il habite sous le même toit que sa belle-sœur depuis longtemps. « Et puis pourquoi ses enfants ne fournissent-ils pas ? Certains pourraient, d'autres pas, quand même ! » Ce mouvement d'humeur se dissipe néanmoins en peu de temps à la vue des progrès rapides de Léocadie qui recouvre finalement sa bonne santé.

Madame Hughes est maintenant la doyenne des anglophones de Plantagenet. Chaque année, le 13 septembre, on organise une soirée en son honneur. En tant qu'amis et voisins, les Marleau sont invités. Quand les convives sont arrivés, les violoneux bien en place, la fêtée descend l'escalier, chignon bien haut, vêtue d'une robe noire à fleurettes et col de dentelle, laissant voir ses bottines lacées. Les musiciens jouent et Madame Hughes danse la gigue. C'est un instant magique. L'assistance est transportée dans un autre siècle où elle n'était qu'Elizabeth Margaret Holmes. D'ailleurs tout chez les Hughes parle d'autrefois : l'horloge grand-père avec un mouvement en bois, l'harmonium, les fauteuils anciens, le récamier sous la fenêtre,

ornée de rideaux de dentelle. Ici il n'y a plus de bar-
rières de religion, on s'amuse entre amis. À la campagne
c'est plus facile, les injustices sont moins flagrantes.

Le mois de novembre bruinait et chuintait sa
mauvaise humeur. Au bureau de poste de la Chambre
des communes, Monsieur Lalonde, le maître de poste,
a pris sa retraite. C'est John qui mène la barque temporairement et il le fait avec aisance. Un vieux rêve
endormi remonte à la surface. Bien sûr, ce sale accident a gâché sa carrière, cependant s'il finissait comme
maître de poste au Parlement du Canada, ce ne serait
pas si mal. Il sait qu'il en a toutes les compétences.
Quand quelques mois plus tard, Monsieur Corkett, un
anglophone unilingue venu d'Angleterre, obtint le poste,
John fut conforté dans l'idée que les Canadiens-Français
étaient nés pour un petit pain, quoiqu'ils fassent. Les
Anglais étaient les maîtres. Il avait maintenant soixante
et un ans. L'occasion ne se présenterait plus.

Pendant que John vivait ses espoirs et ses désillu-
sions, comme dans sa jeunesse, soudainement, au mois
de janvier 1946, Mado se mit à avoir des étourdisse-
ments, des faiblesses, parfois accompagnés de nausées.
C'était inquiétant, étant donné qu'elle était de santé
robuste. Le docteur Whissell fut mandé à la maison.
Durant l'hiver, ce médecin avant-gardiste visitait ses
patients en *snowmobile*, énorme bolide équipé de che-
nilles qui glissait dans les champs enneigés. On se serait
cru directement sorti d'un roman de Jules Verne.

Le praticien mit sur le compte d'une pression un
peu basse les symptômes présents et prescrivit un
tonique. Un mois s'était écoulé et la situation s'aggra-
vait au lieu de s'améliorer. John prit rendez-vous avec
un médecin de Hull. À la première visite, Marie-Anna

accompagna sa fille. Il demanda des analyses et fixa un second rendez-vous. La deuxième fois, elle vint seule parce que Lise était alitée avec la rougeole et Marie-Anna avait préféré rester à la maison.

Quand John revint du travail, il trouva sa fille bien pâle. On voyait qu'elle avait pleuré. Au souper, elle ne toucha presque pas aux plats pourtant délicieux que Léocadie avait cuisinés.

– Si on s'emmitouflait bien, serais-tu d'attaque pour qu'on aille marcher ? demanda John qui voulait parler à Madeleine en privé.

– C'est une excellente idée. Puis la température est si douce pour ce temps-ci de l'année.

Ils sortirent dans la nuit claire de ces derniers jours de février. La neige crissait sous leurs pas. Avant que le malaise naissant s'installe pour de bon, John attaqua :

– Puis, qu'est-ce qu'il a dit le médecin ?

Une courte hésitation, et Madeleine enchaîna :

– Que je fais de l'anémie, que ma tension est basse et que mon moral n'est pas bon. Il m'a donné des médicaments. Il a dit de revenir dans trois mois.

– Tu te sens déprimée. Est-ce que tu t'ennuies à la campagne ? Tu peux venir en ville, si tu veux.

– C'est pas ça. Écoutez papa, en revenant, je me suis arrêtée à l'église Notre-Dame, histoire de prier un peu, dans un lieu si magnifique. Il y avait un prêtre. Je lui ai dit que je sortais avec le même garçon depuis bientôt six ans. Alors l'air sévère, il a questionné :

– Qu'est-ce que vous attendez pour vous marier ? Vous savez Mademoiselle, les longues fréquentations sont sources de péchés ! Dans votre cas, ou vous vous mariez ou vous le quittez. Il n'y a pas d'autres alternatives.

– Je ne suis pas certaine mon père. Je l'aime mais il prend souvent de la boisson. J'hésite.

– Tut ! tut ! une bonne épouse le ramènera sûrement à la maison, si vous êtes à la hauteur. Je le répète, vous vous épousez ou c'est la séparation définitive. C'est la seule voie pour une bonne chrétienne.

John bouillait à l'intérieur.

– Tu ne vas pas prendre ce garçon pour époux sur les conseils d'un prêtre inconnu. Il faut dire que sur un point, il a raison ; tu devrais le quitter, il ne te mérite pas.

– Je ne peux pas, papa. Ne plus jamais le revoir... Non, je ne peux pas.

– Madeleine, je ne donnerai jamais mon consentement à ce mariage. Tu ne seras pas heureuse, j'en suis certain. Voyons, toi qui fais tourner la tête à tous les gars des alentours.

– Je n'ai pas le choix, papa, je l'aime.

– On a toujours le choix quand il s'agit de sa vie. Tiens, supposons que le pire soit arrivé... mais ce n'est pas ce que tu me dis, j'aimerais mieux que tu restes célibataire. À Plantagenet, il y a de la place pour mes petits-enfants.

– Rolland et moi nous en avons discuté dans le temps des fêtes. J'étais indécise. S'il est toujours d'accord, nous nous unirons au début du printemps.

John sentit la vieille colère d'autrefois, lorsqu'il avait intimé l'ordre à sa mère de partir, l'envahir à nouveau. Plus il se sentait impuissant, plus son irritation grandissait.

– Madeleine, tu peux faire à ta tête, mais moi je ne contribuerai pas à faire ton malheur. Je n'assisterai pas à ton mariage, pas plus que je n'y aiderai financièrement. Vous vous débrouillerez. Blasse, Madeleine, penses-y !

Elle murmura, la voix éteinte :

– Oui papa.

Les étoiles avaient pâli. Une rafale glaciale, venue de l'intérieur, s'infiltrait dans son corps et dans sa tête. Ils firent le reste du trajet en silence. Le lendemain, Madeleine était de retour à la maison.

Avec la fin de la guerre, les longues robes blanches avaient timidement refait leur apparition dans les vitrines des magasins chics qui habillaient les futures mariées. La belle, la douce Madeleine eut été si jolie, coiffée de tulle et vêtue de chiffon ou de mousseline. C'est plutôt en tailleur brun, agrémenté de renard roux qu'elle marcha à l'autel, son frère Georges lui servant de témoin en ce début d'avril. Marie-Anna s'était débrouillée. Sa fille ne se marierait pas en pauvresse.

Madeleine était maintenant l'épouse de Rolland, pour le meilleur et pour le pire ; surtout le pire. Quelques semaines plus tard, ils partirent pour Hull où Rolland avait trouvé du travail dans la construction domiciliaire. Ils avaient loué un deux pièces, sur la rue Saint-Hyacinthe, près de la voie ferrée.

Luc, las des travaux de la ferme, décida de les suivre pour tenter sa chance à Hull.

Mon Dieu que la maison parut vide après leur départ ! Une brume de tristesse enveloppait ceux qui étaient restés. Lise, sans son compagnon de jeux, sans sa tante bien-aimée, se sentait flouée, abandonnée. Elle prit conscience de la douleur des séparations.

Elle préparait pourtant sa première communion et sa confirmation. Elle n'allait pas encore à l'école, par conséquent elle ne savait pas lire. Elle mémorisa des dizaines et des dizaines de réponses de catéchisme, afin d'être en mesure de passer l'examen que Monsieur le curé Carrière lui ferait subir avec les élèves de l'école. Aline lui confectionna une robe de crêpe blanc. Comme les voiles ne se trouvaient qu'à la ville, on l'emprunta. Cela fit de la peine à l'enfant. On expédia rapidement ces cérémonies importantes pour elle, entre le mariage de Madeleine et celui de Georges, prévu pour le 13 juillet.

Ce mariage, le premier qui plaise réellement à John et Marie-Anna, était un heureux événement. Il s'agissait de se préparer dignement.

De nouveaux propriétaires habitaient depuis peu, le château décrépit. C'était la famille nombreuse de Paméla et Norbert Labrosse. On fit appel à la jeune Mariette, âgée de treize ans seulement, pour venir repeindre les murs de la grande salle. Celle-ci, malgré son manque d'expérience s'acquitta soigneusement de sa tâche. Marie-Anna en fut fort satisfaite. On avait épargné ce travail à Aline sous prétexte de ne pas la fatiguer, bouleversée qu'elle était par tous ces chambardements qui n'en finissaient plus. Une semaine avant la cérémonie, on téléphona de Sainte-Philomène pour dire qu'Achille, le frère de Marie-Anna, avait été sauvagement attaqué par son taureau, qui l'avait écrasé contre le mur de ciment de son étable. Il se mourait dans des souffrances atroces, les médecins ne pouvaient rien pour lui. Achille, le prospère fermier, l'homme fort et intransigeant, fut mis en terre le vendredi 12 juillet. Marie-Anna n'eut pas d'autre choix que d'assister aux funérailles. Au retour, la Ford, chaussée de pneus usés à la corde – la vente libre n'était pas encore rétablie – s'arrêtait à tout bout de champ, pire qu'un cheval poussif, à cause d'un pneu crevé. On réparait, on repartait et le manège recommençait. Dix-sept crevaisons plus tard, après plus de quatre heures de route, ils atteignirent la fin de leur calvaire. Le soir, une réparation sérieuse s'imposait. Il fallait être à Hull pour huit heures. Encore beau qu'Irène ait pu obtenir cette cérémonie tardive. Le curé croyait lui accorder une faveur. Il mariait les couples plus tôt habituellement...

Le 13 au matin, le train expédié, Marie-Anna endimanchée prit le grand plat à vaisselle où avaient dormi les roses rustiques, cueillies la veille, et en distribua une à chacun. Ils seraient tous là à l'exception de Marguerite. Clet avait contracté une vilaine rougeole compliquée de température élevée. Margot ne jugea pas prudent de le faire garder.

Irène fit son entrée dans une robe vaporeuse très cintrée à la taille. Des fleurs magnifiques ornaient le corsage.

Marie-Anna revit son bébé d'autrefois et eut peine à retenir une larme. Mais sa bru lui plaisait tellement! Ils seraient heureux, pensait-elle.

Au milieu de la messe, dans le silence feutré de l'église, on entendit une voix enfantine déclarer, horrifiée :

– J'ai perdu ma rose!

L'assistance eut le fou rire. Aline fit de gros yeux à Lise, toute attristée d'avoir perdu sa si jolie fleur. Cette petite phrase devint un gag quand on voulait taquiner la fillette.

Les parents d'Irène offrirent la réception. Une coutume voulait que les parents n'ayant pas préparé la noce organisent une veillée le samedi suivant les épousailles. Les Marleau s'étaient mis en frais. Il y avait les invités de la ville et les amis de la campagne. Les violons, et même les guitares étaient accordés.

Quand Madeleine arriva, Rolland, déjà éméché, perdit son chapeau en descendant de la voiture.

– J'aurais ben dû rester à Hull, grommela-t-il en ramassant son couvre-chef.

Aline, debout sur la galerie, sans tenir compte du malaise de sa sœur, répondit du tac au tac :

– C'est vrai Rolland, tu aurais été bien et nous autres aussi !

Ça commençait mal. Pourtant l'assemblée s'amusa ferme dans la douceur de l'été.

Septembre marqua le début de l'école pour Lise. La famille Labrosse avait obtenu le contrat pour conduire les enfants. Pas question d'automobile encore ; c'était en voiture à chevaux que le trajet se parcourait, ce qui représentait tout de même un progrès. Il fallait cependant partir tôt le matin et les écoliers revenaient tard. Dès novembre, ils quittaient et rentraient dans la pénombre.

Lise aima tout de suite étudier. Un soir du début de décembre, elle avait le journal *Le Droit* en main et comparait les caractères à ceux de son livre de lecture. Avec difficulté d'abord, puis de plus en plus avec aisance, et finalement elle se rendit compte qu'elle savait lire, lire comme les grands... enfin à peu près.

Les établissements scolaires ruraux comptaient presque tous des classes multiples. À Treadwell, Lucienne Lamarche enseignait de la première à la huitième année. Lise, lorsqu'elle avait fini son travail, écoutait les explications de la deuxième année. Un jour que l'institutrice lisait à cette classe une histoire où une chèvre voulait traverser un cours d'eau sur un arbre tombé en travers, elle s'approcha de Lise et lui demanda, perplexe :

– Es-tu capable de lire ça ?

– Bien oui, Madame !

– Viens donc en avant avec les autres que je voie ça.

Lise obtempéra. Elle lut sa partie sans difficulté. Depuis ce jour-à, elle accomplit les travaux des deux classes.

L'hiver n'en finissait plus de finir. Chaque après-midi, Aline et Marie-Anna piquaient une courtepointe pour s'occuper plus que par plaisir. Le cœur n'y était pas. Aline pensait aux temps pas si lointains, où les carrioles des veilleux arrivaient joyeusement à l'improviste : Lorette, Ida, Émile et Arthur Simard étaient les plus assidus. Puis ils entamaient d'interminables parties de cartes. L'absence se faisait lourdement sentir. Marie-Anna trouvait la séparation d'avec John plus difficile à supporter. Elle se faisait également du souci pour Madeleine qui avait maintenant un garçon, né prématurément. De plus, Madeleine était enceinte encore une fois.

La naissance de la troisième fille de Marguerite, le 24 janvier, avait bien apporté une diversion. Mais la belle fête envisagée pour le baptême de Nadette avait été gâchée par une tempête gigantesque qui avait balayé la campagne. Les chemins étaient bloqués et Georges et Irène avaient eu toutes les peines du monde à se rendre accomplir leur tâche de parrain et marraine.

La neige sur les routes se vida finalement dans les fossés, les champs ressemblèrent à des peaux de dalmatiens, les chatons des saules apparurent discrètement. L'hiver cédait sa place encore une fois.

XI

LA BOUCLE EST BOUCLÉE

je t'aime davantage,
aujourd'hui plus qu'hier
et bien moins que demain.

Rosemonde Gérard

Depuis le printemps 1946, John avait pratiquement doublé la superficie de sa ferme. L'opportunité s'était présentée et John l'avait saisie. Le tout avait commencé avant le départ de Luc et de Madeleine.

C'était la fin mars. Le déjeuner en était à son beau mitan quand Georges s'exclama :

– Regardez en haut de la côte, la grosse fumée grise. C'est vis-à-vis de la maison d'Arthur Cadieux. On dirait le feu !

Les fourchettes et les cuillères étaient restées suspendues. Le nuage, du gris passait au noir. John, Jean et Georges décidèrent d'aller voir. Nul doute il y avait un incendie, et peu de moyens de le combattre. Les femmes regardaient par les fenêtres le champignon qui s'amplifiait. Lise était grimpée sur sa chaise habituelle pour suivre les événements derrière la vitre de la porte. Quand Madeleine et Irène décidèrent d'aller voir, elle voulut y aller aussi.

– Tu es trop petite. Reste ici avec grand-mère et tante Aline.

« C'est ça, quand elle voulait voir, elle n'était pas assez grande. Puis quand l'avion était tombé, elle avait peur d'y aller et on l'y avait traînée. » Elle était frustrée. « C'est pas juste ! »

La maison du pauvre Arthur y passa jusqu'aux fondations. Les voisins rassemblés, y compris son frère Ubald, une fois l'eau des puits épuisée, avaient assisté impuissants à la destruction de l'ancienne demeure de Louis Florent. Pire encore, dans l'énervement, Manon, qui n'avait qu'un an, avait été oubliée dans son petit lit. Arthur l'avait sauvée, in extremis, avant qu'elle ne suffoque.

Arthur et son épouse Rhéa ne voulurent pas reconstruire malgré le support d'Ubald. La terre fut mise en vente. John se porta acquéreur de la partie contiguë à la sienne, c'est-à-dire toute la portion s'étendant de la côte jusqu'au lac Georges.

Au bas de la pente raide subsistait un étroit chemin où Georges et Noëlla se rendaient naguère. Les vestiges assez bien conservés d'une maison datant vraisemblablement de la première moitié du dix-neuvième siècle s'élevaient dans un paysage bucolique. Un étang, près duquel poussaient iris et fougères, lui faisait face, tandis que de grands conifères bruissaient doucement tout autour. Les derniers habitants de cette vénérable demeure, composée d'une seule pièce au rez-de-chaussée avec un escalier abrupt conduisant à l'étage, avaient été des Cook, probablement des ancêtres de Sam Cook, le voisin de John. L'histoire, la petite histoire, avait semé des jalons çà et là.

Puis Luc était parti, laissant Jean à la tête d'une ferme deux fois plus grande. C'était curieux ; il était content, comme si le bien lui eut appartenu. Il n'avait pas peur du travail.

En plus, dès 1947, il élaborait des plans pour développer l'élevage du porc. Il lisait peu, mais le *Bulletin des agriculteurs* attirait son attention. Il alignait des chiffres, supputait le bénéfice que chaque animal vendu rapporterait. Il suggéra à son père l'agrandissement de la porcherie. Georges se proposa pour aider à la construction et l'on commença l'élevage porcin pour la vente.

Si Jean s'intéressait beaucoup à la ferme, les nouveaux voisins, dont la maison était remplie de belles filles qu'il croisait à la messe le dimanche, le faisaient loucher un peu.

Les paroissiens s'attardaient souvent pour piquer une jasette sur le perron de l'église. C'était le bon côté de l'office dominical; une occasion de socialiser. Petit à petit, il se rapprocha de la famille Labrosse, pendant que John, Marie-Anna et la petite allaient faire quelques courses chez Monsieur et Madame Boileau. Ils avaient obtenu la permission du curé d'ouvrir leur commerce le dimanche pour une heure environ, question de dépanner les fidèles. Georges et Irène jasaient avec les Cadieux, la plupart du temps.

Au début, il jeta son dévolu sur Thérèse, une belle jeunesse de dix-sept ans, souvent vêtue de noir. Bientôt les conversations hebdomadaires ne suffirent plus. Il lui demanda la permission de la fréquenter et elle accepta. Marie-Anna en fut plus ou moins enchantée. Avait-elle peur qu'un autre de ses enfants lui échappe?

Tous les vendredis soir, la Ford et ses passagers allaient quérir John, Georges et Irène à la gare de Plantagenet. Le train ondoyait sur les rails qui couraient à l'infini, l'œil de la locomotive perçant les broussailles.

Puis le quai des voyageurs se mettrait à trembler, le fracas éclaboussait, le monstre métallique était prêt à vous déchiqueter avec ses gros bras qui actionnaient les roues noires et blanches. Lise voyait venir l'engin en se promettant de le regarder droit dans les yeux, mais elle flanchait toujours à la dernière minute; elle se réfugiait dans les jupes de sa tante jusqu'à l'arrêt de la machine. Alors, elle l'examinait et se disait que ce serait pour la prochaine fois.

Les fins de semaine, c'était la récréation. Tante Irène apportait toujours des bonbons; maintenant qu'elle allait à l'école, oncle Georges la prenait sur ses genoux, lui faisait compter son argent et, pour récompense, lui distribuait des piécettes qu'elle mettait dans une tire-lire en forme de baril joufflu. Grand-père lui apportait aussi de la monnaie rare, de celle qu'elle ne connaissait pas.

Parfois oncle Georges l'emmenait aux framboises et lui fabriquait un cornet avec de l'écorce de bouleau. Un jour ils furent surpris par un orage soudain. Les éclairs zébraient le ciel d'encre et la pluie dense se mit à tomber. Georges la fit grimper sur son dos et lui recommanda :

– Tiens-toi bien, et surtout ne renverse pas tes framboises.

Et il galopait, galopait le grand oncle avec la petite qui lui encerclait le cou et qui n'avait pas peur. Son oncle la protégeait.

Il y avait dans la maison un bien précieux que Lise chérissait entre tous, encore plus que le kaléidoscope ou son ourson Teddy. L'objet de son extase était une poupée en porcelaine, datant d'une vingtaine d'années. Aline l'avait reçue en cadeau de sa marraine. Elle avait un visage fin, des joues de pêche, des cheveux blonds et soyeux, ainsi que des yeux si merveilleusement bleus qu'ils faisaient descendre un peu de ciel dans le cœur de la fillette lorsqu'on la déposait précautionneusement dans ses bras.

Dans la grande berceuse, juchée sur son oncle Georges, Lise tenait la merveille avec délices quand, sans qu'on sache pourquoi, elle lui glissa des mains et alla s'écraser sur le plancher de bois dur, comme si le diable lui-même s'en était mêlé. Sa pauvre tête se fracassa, son corps disloqué reposait en morceaux et surtout, surtout, ses magnifiques yeux, éjectés de leurs orbites, la fixaient d'un regard réprobateur qui resta gravé dans sa mémoire. C'était la mort de la beauté, la fragilité de ce qu'on aime. Lise mit du temps à s'en remettre.

L'année 1947 s'écoula dans la tranquillité, contrairement à la précédente qui avait été si agitée.

Le Jour de l'an était de retour avec la visite, les étrennes, la bénédiction paternelle. Ils étaient toujours contents de se retrouver comme autrefois, avec six petits-enfants en plus.

Le matin du premier janvier, Lise se levait très tôt. Elle n'avait cependant pas le droit d'aller dans le petit salon où le Père Noël avait apporté tant de gâteries. Elle attendait, assise dans le haut de l'escalier, que la permission soit donnée de descendre. Alors, c'était l'orgie du plaisir !

Cette année, elle avait reçu, entre autres, une robe de chambre mœlleuse et douce, en chenille maïs avec des motifs vert tendre dans les coins inférieurs. Elle était ample et chaude. L'enfant se trouvait belle dans ce vêtement, ce qui lui arrivait rarement.

Puis, les fêtes passées, la maison retombait dans sa routine de cette morte saison. Elle devenait un peu égarée, presque oubliée. Les jours gras n'étaient plus guère fêtés et le carême venait ajouter un poids à ce temps déjà trop lourd.

C'est avec Pâques que l'on se réveillait de ce sommeil forcé. On en était à la mi-carême lorsqu'au matin du 9 mars 1948, apparut une silhouette voûtée qui traversait le champ adjacent à la route, en direction de la maison. Même si l'homme s'enfonçait parfois dans la neige, il avançait à grandes enjambées, visiblement pressé. Il frappa à peine et entra chez les Marleau, oubliant ses chaussures détrempées qui s'égouttaient en petits filets sur le plancher. Il avait le visage livide et l'œil hagard. C'était Howard Hughes.

– Nous avons voulu constater pourquoi Robert ne se levait pas comme d'habitude. Nous l'avons trouvé mort dans son lit. Il n'était pas malade. Nous ne savons pas quoi faire. C'est un choc terrible

Le grand gaillard contenait difficilement son chagrin.

– Je voudrais appeler le docteur. Je peux utiliser votre téléphone ? demanda-t-il toujours en anglais.

– Je veux aussi prévenir Katy.

Jean se mit à la disposition de la famille éprouvée. Il fit plusieurs voyages au village et rendit tous ces petits services qu'on attend d'un ami attentionné.

Robert étant décédé de cause inconnue à l'âge de quarante-neuf ans, il y eut enquête du coroner. La fière Madame Hughes, à quatre-vingts ans passés, pliait l'échine. C'était une famille aux liens tricotés serrés.

Autrefois, elle avait été sensible à l'isolement de Marie-Anna, aujourd'hui celle-ci compatissait à sa grande douleur.

Robert fut exposé dans le joli petit salon qui donnait sur le verger dénudé. Même le service fut chanté à la maison, au son triste de l'harmonium ancestral. La demeure était bondée. Quand la terre dégèlerait, il prendrait le chemin du cimetière protestant, au bout d'un sentier bordé de rosiers sauvages, situé dans un champ paisible, en biais avec la maison des Bédard. Ces décès d'êtres jeunes venaient rappeler aux vivants l'impermanence des hommes et des choses, la nécessité de vivre chaque jour de sa vie comme s'il était le dernier.

Un autre événement allait rappeler brutalement aux Marleau que la vie n'est qu'un prêt à rembourser, à plus ou moins brève échéance.

Luc avait eu vingt et un ans. C'était un garçon aux traits fins, à la chevelure foncée et bouclée. Il était mince, cependant il possédait un corps d'athlète. Il traversait le lac Georges aller retour à la nage sans essoufflement. Il était beau, intelligent et gaspillait ses énergies à travailler dans une manufacture. Il s'était fait une petite amie qui ne l'encourageait guère au dépassement. Il habitait avec son père chez Léocadie depuis près de deux ans. Un matin, il fut incapable de se lever, la fièvre lui faisait tourner la tête. Ses membres étaient ankylosés et lourds. Quand John revint du travail, Léocadie le prévint qu'il n'avait pris que de l'eau depuis le matin et que son état l'inquiétait. John monta le voir. Il marmonnait des paroles inintelligibles. John lui posa la main sur le front. Il brûlait littéralement. Il ouvrit les yeux, regarda son père et murmura :

– J'ai mal. Puis ma vessie ne fonctionne plus.

– J'appelle le docteur Pichette tout de suite.

John descendit appeler le médecin et téléphona à Marie-Anna :

– Écoute, Luc n'est pas bien du tout. Je pense qu'il vaudrait mieux que tu viennes. Je ne sais pas encore ce qu'il a, mais je crois que c'est grave. Il a de la difficulté à bouger. Il n'est plus capable d'uriner.

Pendant qu'à Plantagenet Marie-Anna, rongée par l'inquiétude, se préparait à prendre le premier train le lendemain, à Hull on attendait la visite du docteur avec impatience. Il vint en début de soirée. Après l'examen, il dit à John :

– Faites mander une ambulance. Ce garçon doit être hospitalisé dans les plus brefs délais.

– Qu'est-ce qu'il a ? questionna John.

– Je ne suis pas certain encore. il faudra des examens plus poussés. Sa température dépasse les cent quatre degrés et sa vessie m'inquiète. Je le revois à l'hôpital demain matin de bonne heure.

Quand les ambulanciers le soulevèrent pour l'emporter, Luc se mit à gémir. John se revit à seize ans, sur son lit de misère et serra les poings. Il monta dans le véhicule avec son fils et ils prirent le chemin de l'hôpital du Sacré-Cœur, rue Laurier.

John resta tard à son chevet. Les infirmières se succédaient, l'air soucieux. Il rentra à pied, au milieu de la nuit. Le lendemain matin, il s'absenta du travail, au moins jusqu'à ce que Marie-Anna soit là. Il n'avait presque pas dormi. Il repartit tôt pour l'hôpital où l'état de Luc avait encore empiré. On l'emmena pour des radiographies, il ne se plaignait plus. Il ressemblait à une loque.

Marie-Anna arriva un peu après midi. John l'avait avertie de la gravité de son état mais elle ne pensait pas que c'était aussi sérieux.

– Mon pauvre petit, murmura-t-elle, retenant ses larmes.

Il lui serra imperceptiblement la main. Les sueurs ruisselaient sur son front où ses cheveux collaient par plaques. Il y aurait bientôt quarante-huit heures que sa vessie ou ses reins ne fonctionnaient plus.

Le soir, le verdict tomba. Luc était atteint de poliomyélite. S'il s'en sortait, il était probable que la maladie, infectieuse et contagieuse, laisserait des séquelles. À partir de ce diagnostic, les visites furent limitées à ses seuls père et mère.

Marie-Anna décida de veiller son plus jeune toute la nuit. Elle conseilla à John d'aller prendre un peu de repos.

– S'il doit être dans cet état longtemps, nous ne serons pas trop de deux pour nous relayer. Il va falloir dormir un peu chacun notre tour.

John acquiesça de mauvaise grâce. Il regagna la rue Laval vers onze heures.

Dans l'autre lit, un homme d'un certain âge reposait, la respiration courte et saccadée. Son épouse avait obtenu la permission de rester près de lui après les heures de visites. Avant de se retirer aux environs de minuit, se tournant vers Marie-Anna, elle murmura :

– Ma chère dame, c'est triste à dire, mais pour moi votre garçon ne passera pas la nuit.

Marie-Anna lui jeta un regard meurtrier. Elle se rapprocha de Luc, lui tint la main et se mit à prier pendant que des larmes silencieuses l'aveuglaient. Elle se battrait. La grande faucheuse n'allait pas lui prendre son enfant.

Elle le revit petit, alors qu'il s'amusait avec Jean, puis, retiré et un peu sauvage à l'adolescence. Elle crut entendre le son mélodieux de son violon. Ses larmes redoublèrent. Non, elle ferait un rempart de son corps contre la mort.

Elle ne dormit pas une seconde cette nuit-là. Comme si, parce qu'elle s'assoupissait, l'âme de Luc en profiterait pour s'en aller à jamais.

John revint vers six heures du matin mais elle refusa de partir. Luc avait une sonde et des aiguilles un peu partout. Vers onze heures, quelques gouttes d'urine passèrent, puis de plus en plus vers le soir. Même si la fièvre ne baissait pas, c'était une nette amélioration. Alors, elle céda au sommeil dans son fauteuil inconfortable.

Luc lutta pour sa vie pendant plusieurs jours. Finalement, il gagna la bataille. Mais le jeune homme qui sortit de l'hôpital à la fin du mois d'août n'était plus le même. Son côté gauche en entier restait affaibli, même si ce n'était pas apparent. Des spasmes le secouaient parfois, lui enlevant la force des jambes ou des bras. La convalescence serait longue. Bien entendu, il avait perdu son emploi à la manufacture, la maladie n'étant pas une excuse valable pour une absence aussi prolongée...

Georges avait maintenant une automobile. Dès que Luc fut en état de faire le voyage, il le ramena à la maison sous l'œil attentif de son père qui, lui, n'apprit jamais à conduire. C'est Lise qui fut heureuse de le revoir !

– Il est revenu, il est revenu.

Ah ! quel bonheur ! Elle réalisa, à la grandeur de sa joie, l'ampleur de son ennui.

Lise avait été changée d'école par la commission scolaire. Elle en avait pleuré, c'était un changement injustifié. La maîtresse qui l'envoyait enseigner aux élèves en difficulté les syllabes colorées sur le grand tableau noir, Rose-Hélène Rivard, la grande aux yeux bleus qui l'aidait à se vêtir l'hiver quand c'était trop difficile, ses petites copines, Darquise Cadieux, Claudette Bercier et combien d'autres, allaient lui manquer. Lise était habituellement rébarbative aux changements.

Le retour de Luc avait posé un baume sur le désagrément du transfert scolaire. Tous les soirs, Luc venait la rencontrer à la barrière. Puis ensemble ils profitaient du soleil couchant pour jouer à la balle. Elle se rendait compte que Luc avait changé, néanmoins elle était certaine qu'auprès d'eux il reprendrait sa bonne santé, jusqu'au soir où il frappa la balle et se mit à courir en direction du but. Alors, ses jambes lâchèrent. Il tomba de tout son long corps amaigri, la face dans la poussière du chemin, incapable de se relever. Lise essaya de l'aider. Elle était trop petite. Toute la détresse du monde l'envahit devant son impuissance à aider celui qu'elle aimait tant. Pour la première fois de sa vie, elle maudit son manque de force, le fait de n'avoir que neuf ans. Elle courut chercher du secours. Luc, humilié, sali, rentra à la maison en claudiquant. Lise revécut cette scène dans d'interminables cauchemars.

Non, Luc ne serait plus le même. Le bon nageur avait disparu aussi. Des crampes dans les membres l'assaillaient à tout moment quand il était dans l'eau.

Deux mois plus tard, il était de retour à Hull, à la recherche d'un emploi. Las de chercher en vain, il investit ses économies dans une entreprise véreuse. Il perdit tout et n'obtint pas de travail. Pourquoi John ne l'avait-il pas conseillé? Ou bien avait-il ignoré les avis de celui-ci? La série noire continuait.

L'été avait pourtant commencé sur une note d'espoir. La ligne électrique qui leur donnerait accès au confort de l'électricité allait être installée. Même si la lampe blanche à manchon incombustible procurait plus de clarté que les autres, il restait que ce n'était en rien comparable au commutateur que l'on tourne et qui procure une lumière brillante instantanée. C'était aussi un entretien toujours à recommencer : remplir les lampes d'huile et frotter les globes régulièrement. En plus, on pourrait se procurer un petit poêle à deux ronds, pour faire la cuisine en temps de canicule et repasser les vêtements beaucoup plus aisément. Que d'avantages! Et John avait bien promis qu'ils seraient parmi les premiers raccordés.

Pendant la construction, les employés allaient manger chez l'habitant. Ils payaient une somme intéressante. Comme ils avaient trouvé la nourriture de Marie-Anna excellente, ils étaient restés près d'un mois. Aline les servait avec dextérité et tout le monde y trouvait son compte. Les femmes se sentaient valorisées de rentrer un peu d'argent à la maison.

Entre-temps, Jean s'était lassé de ses fréquentations avec Thérèse Labrosse, ou bien était-ce le contraire? Mariette, sa cadette, avait eu seize ans au mois d'octobre et c'était vers elle que Jean s'était tourné. Mariette était responsable. Elle conduisait les enfants à l'école la plupart du temps, c'est-à-dire quand ça ne tentait pas son frère Maurice. Et ça ne le tentait pas souvent. Puis, elle avait un charme bien de la campagne, fait de timidité et de débrouillardise.

Ils allumèrent la première ampoule électrique en décembre1948. Le progrès les rattrapait tardivement, mais ils réussissaient toujours par y avoir accès.

Marguerite avait une bonne longueur d'avance sur eux. La maison de tôle d'Alfred, dont ils avaient fait l'acquisition au début de 1941, était pourvue de ce confort depuis longtemps. Elle avait l'eau courante et une machine à laver électrique.

Pourtant elle travaillait fort. Elle avait trois enfants, sans compter Lise, elle culivait un immense jardin l'été, aidée d'Henri, qui travaillait toujours à Lachine. Celui-ci, malgré son dur labeur, gagnait tout juste assez pour satisfaire aux besoins de sa famille, payer sa pension chez sa sœur Edna et l'autobus chaque fin de semaine. Il avait offert d'acheter une maison là-bas. Margot avait refusé. Outre qu'elle ne voulait pas quitter la campagne, la cohabitation avec son mari deux jours par semaine lui suffisait amplement.

Ce jardin donc, sur lequel ils veillaient avec tant de soins, contenait une variété incroyable de produits et permettait à la famille de se nourrir à peu de frais l'été. Seule frivolité, Marguerite plantait une foison de glaïeuls qui donnaient des bouquets grandioses au mois d'août. Marguerite était également devenue la meilleure couturière d'Alfred. Sa clientèle était considérable. Elle travaillait même la fourrure avec une dextérité peu commune. Avec ces surplus, elle pouvait maintenant se payer de beaux vêtements, des renards argentés et tous ces petits colifichets qui sont l'attribut des femmes aisées. C'était sa revanche, la réalisation de la promesse qu'elle s'était faite autrefois, au magasin Gauthier.

Elle crochetait, tricotait, ne s'accordait jamais de répit. Sa santé se mit à en souffrir. Elle fit une pleurésie, puis une seconde. Le médecin l'avertit :

– Madame, vous devez vous mettre au repos complet, sinon c'est la tuberculose qui vous guette. Je pense qu'avec votre famille à élever, il vaut mieux suivre mes conseils que de vous retrouver au sanatorium plus tard.

Marguerite eut peur. Elle en avait connu tellement, emportés par ce terrible fléau. Elle arrêta complètement ses activités. Denise fut obligée d'abandonner l'école pour s'occuper de son frère et de sa sœur. L'histoire se répétait. Maintenant c'était Denise, l'enfant chargée de trop lourdes responsabilités, par la force des choses.

Chacun connaissait ses luttes et ses combats. Luc avait fini par se trouver du travail au transport urbain de Hull. Il était devenu chauffeur d'autobus. Il travaillait selon un horaire variable, comme tous les nouveaux venus dans la compagnie. Les parents de sa blonde avaient décrété qu'il n'était pas convenable qu'un garçon se présente en dehors des bons soirs; soit le mardi, le jeudi, le samedi et le dimanche. Il leur arrivait d'être plus d'une semaine sans se voir. Encouragés par un prêtre de la famille, les père et mère de la belle ne montraient aucune souplesse, aucune indulgence.

Le matin de Pâques, malgré la tentation décuplée par la longue privation de bonbons du carême, il était strictement défendu de toucher aux délices répandus sur la table de la salle à manger. On se devait d'être à jeun pour la communion.

Au centre, traînait un gros lapin de tissu à carreaux verts et blancs, habillé d'un tablier d'organdi. Seules sa tête et ses longues oreilles blanches dépassaient d'un immense cellophane, retenu au cou par une boucle. Il reposait sur un lit de paille transparente semée d'œufs de multiples grosseurs et de couleurs engageantes. Lise s'assit sur une marche pour contempler en plongée cet objet fabuleux. Seigneur, que c'était tentant !

Mariette assista au repas du midi. Elle était vêtue d'une robe noire à fleurs multicolores. Sa relation avec Jean devenait de plus en plus sérieuse. Celui-ci avait vingt-quatre ans. Il lui venait des envies de prendre femme, de s'établir. Il s'attachait chaque jour davantage. Puis, pourquoi aller chercher plus loin, quand on a chez le voisin celle qui nous convient ?

Une amourette qu'il avait eue deux ans auparavant avec une cousine de la ville, et qui s'était soldée par un échec, l'avait à jamais détourné des citadines.

C'était une chose étrange dans la famille. Il pouvait se passer de longues périodes dans le calme plat, puis soudainement les événements se succédaient en cascade, à un rythme effréné. D'abord, en juin, un dénommé Leclair, d'Alfred, qui a acheté la terre longeant la grande ligne vient proposer un marché à John.

– Vous voyez Monsieur Marleau, je possède ce grand morceau de terrain jouxtant votre verger. Vous avez une pièce de terre en bordure du lac Georges. Ça fait loin pour aller cultiver, tandis qu'ici c'est dans votre cour. Puis la qualité du sol est meilleure ici. Vous en tireriez profit.

Quelle perfidie ! Céder la façade d'un lac pour un champ quelconque. John manque de vision, de prospective, de jugement même. Contre son habitude, il pense en paysan, qui ne voit pas le progrès avancer. Bientôt les berges du lac vaudront leur pesant d'or, pour la construction de chalets. Il suffit d'attendre, juste un peu. Naïvement, John se rend aux désirs de Monsieur Leclair. Celui-ci rit dans sa barbe. Il l'a bien eu le Marleau. C'est l'échange du plat de lentilles contre le droit d'aînesse. Le mois suivant, il exige des frais d'un dollar pour accéder au lac. La population est en colère, mais le bon droit est de l'autre côté. Cet échange fut parmi les bourdes les plus importantes de la vie de John.

Jean avait annoncé sa décision de se marier le 30 juillet. John et Marie-Anna lui avaient demandé d'attendre à l'automne, parce que John devait subir une intervention chirurgicale à la prostate incessamment. Jean ne veut pas attendre. Le mariage aura lieu entre les foins et les récoltes.

Marie-Anna n'est pas contente... elle n'est pas contente de la date, ni du mariage d'ailleurs. Pour aggraver la situation déjà explosive, Aurore, la sœur de Marie-Anna est enterrée le samedi précédant la noce. Dans un cercueil gris et avec une seule couronne de roses rouges, Aurore quitte discrètement cette terre comme elle a toujours vécu, sur la pointe des pieds.

Une opération, un décès et un mariage dans le même mois, c'est plus que Marie-Anna peut en supporter. Elle est de mauvais poil.

Quand, au début de juillet, les Labrosse sont allés à Hawkesbury pour habiller leur fille, Marie-Anna s'est farouchement opposée à l'achat d'une robe blanche, ce qui ne la regarde pas vraiment. Pour être certaine que l'on respectera son interdit, elle dépêche Aline au magasin pour jouer au gendarme.

Quelle jeune fille de seize ans n'a pas rêvé d'une robe vaporeuse pour ses épousailles ! Et Paméla, née Vinette, vient d'une famille plutôt à l'aise. Son père, à l'époque où elle était jeune, possédait une Buick Mc Laughlin, achetée neuve et payée comptant. Elle a sa fierté, Paméla. Elle se sent malheureuse d'être pauvre. Ce n'est pas toujours facile avec onze enfants. Mariette se souvient d'être allée chercher les vaches pieds nus et de la froidure de l'eau qui suintait de la terre. La fille et la mère sont perdues dans leurs pensées.

Elles jettent un coup d'œil oblique aux belles robes blanches, mais sous le regard réprobateur d'Aline, elles changent de direction. Mariette essaie deux toilettes d'après-midi, les plus élégantes possible. Elle est finalement habillée de pied en cap de vêtements pratiques. La future épousée ne souffle mot. Elle se console en se disant qu'elle n'a jamais possédé autant de vêtements neufs en même temps.

Le samedi, 30 juillet 1949, Jean et Mariette s'unissent dans la petite église blanche devant leurs familles respectives. Georges sert de témoin à son frère car John est au lit.

La cloche de l'église sonne à toute volée. Leur vie à deux commence. Mariette, vêtue de crêpe bleu avec un soupçon de dentelle, sourit en baissant les yeux sous son chapeau de paille et de tulle.

On a organisé un petit dîner à la maison où les parents de Mariette ne sont même pas invités. En revenant de l'église, Lise se promène au milieu de la visite avec sa plus belle robe quand Aline l'apostrophe :

– Lise, va te changer.

– Pourquoi ? C'est le mariage de mon oncle et il y a du monde.

– J'ai dit d'aller mettre ta robe soleil. Aujourd'hui c'est un jour comme les autres.

Lise est vexée. Néanmoins elle obtempère. Elle met sa tenue de coton rouge à petites fleurs avec un boléro. Elle sent une injustice quelque part, diffuse mais présente.

C'est le lundi matin que le premier orage éclate, violent et ravageur. Jean vient voir sa mère, le catalogue Eaton à la main.

– Ma femme a besoin de petits effets personnels et je voudrais passer une commande pour elle.

– Comment, elle a besoin d'objets personnels deux jours après son arrivée. Quand mes filles partent elles ont un trousseau. C'est quoi ces histoires-là?

Jean ne se sent pas mal à l'aise. Il travaille depuis huit ans sans avoir vraiment perçu de salaire. Il pense qu'il a amplement le droit d'acheter à son épouse ce dont elle a besoin. Il réplique avec raideur :

– J'ai bien l'intention que ma femme ne manque de rien. C'est pas un défaut d'être pauvre. Vous devriez comprendre ça, 'man!

– J'ai mon voyage! Commande-lui ce que tu veux, mais tu ne m'ôteras pas de la tête que c'est une vraie honte!

Voilà, la bataille est engagée...

Le samedi suivant, les Labrosse ont organisé une grosse soirée pour les nouveaux mariés. Les deux familles sont invitées. La grande demeure est en fête. Elle est aussi démystifiée. Depuis le temps que l'on rêvait de l'explorer. Elle est composée d'une grande cuisine construite en lattes de bois. La salle à manger et le salon sont tellement vastes qu'ils contiendraient certaines demeures en entier. Les plafonds sont à dix pieds du sol et décorés de moulures et de médaillons qui s'effritent. Un escalier monumental conduit à l'étage où l'on trouve six chambres à coucher. C'est peine à voir, de constater que le plâtre lâche dans les coins et laisse voir le lattage inesthétique. Avec de l'argent et de la patience, cette merveille pourrait être récupérable. Ce ne sera pas le cas.

En bas, le bal a commencé. Les mariés dansent. Les Vinette sont là. Paméla serait heureuse si seulement sa fille avait une vraie robe de mariée.

John est guéri. Il est retourné en ville. Le quotidien s'installe, lourd. Un midi, les tourtereaux se parlent à voix basse à table. Ils sourient.

Marie-Anna fulmine :

– Jean, je ne t'ai pas élevé de même, à dire des secrets en mangeant. Ce n'est pas poli.

Propos d'alcôves sans doute anodins ! Marie-Anna ne comprend pas. La maison est devenue trop petite. Chacune est dans les jambes de l'autre et l'énerve.

Tout est devenu prétexte à mécontentement. Marie-Anna se sent envahie, dépossédée de son bien. C'est elle et John qui l'ont bâtie avec leur labeur et leurs sueurs, cette résidence.

Un jour, un cousin Vinette vient voir Jean pour affaire. Il entre saluer sa cousine. Celle-ci est fière de lui montrer la maison, en ordre et propre comme un sou neuf. Provoque-t-elle ? Probablement pas. Elle veut montrer qu'elle a fait un bon mariage.

Marie-Anna ne le tolère pas, elle frise l'hystérie.

– Non mais, elle se croit chez elle ici ! dit-elle à Aline.

Lise regarde tout ça d'un œil critique. Elle a hâte d'arriver aux fêtes qui feront diversion. Elle déteste la chicane, elle qui n'a jamais connu ça. Elle fait une promesse solennelle : « Quand elle sera grande, jamais elle n'habitera avec sa belle-mère. C'est une situation impossible pour tout le monde. »

John, prudemment, ne met pas le doigt entre l'arbre et l'écorce. Il se tient à l'écart du débat autant qu'il le peut. D'ailleurs, il n'y a rien à trancher ; trois femmes blessées défendent farouchement leur territoire.

Jean conduit la famille au village, le plus souvent selon le bon plaisir de Mariette. Marie-Anna a beau dire que l'auto lui appartient, force lui est de reconnaître que Jean est le seul qui sait conduire.

Enfin Noël. Lise a obtenu d'excellentes notes à l'école. Elle travaille sa cinquième et sa sixième années en même temps. La maîtresse a donné des jeux aux autres enfants ; à elle, un dictionnaire... Lise sait que c'est un beau cadeau, mais elle est juste un peu triste. Tout le monde la traite en adulte raisonnable. Madeleine va venir avec ses trois garçons. Quand le benjamin est né, l'aîné avait vingt-sept mois. Mais on les aime ces enfants. Ils sont si mignons. Ils descendent la côte à pied, avec tous leurs bagages. Les chemins ne sont pas beaux.

Lise guette à la fenêtre. Tante Mado porte un manteau vert et tient le bébé dans ses bras. Les deux autres trottinent dans la neige. Marc, le cadet, finit par se fatiguer. Oncle Georges le prend sur ses épaules, malgré la grosse valise. Ils sont là et c'est merveilleux. La maison est pleine d'amour... bien, pas pour tous.

Aline a décidé qu'elle n'était pas dans des dispositions d'esprit pour aller à la messe de minuit. Elle gardera les enfants. Comme elle a peur de demeurer seule, Lise devra rester avec elle, et celle-ci est bien déçue.

C'est la première fois, à sa connaissance, qu'elle n'assistera pas à la messe de minuit.

Le lendemain, pendant que Jean et Mariette sont allés chez les Labrosse, une discussion animée se déroule dans la cuisine d'été, que l'on chauffe toujours à Noël. Roch, vêtu d'un gilet bleu et Marc d'un cardigan rose, s'amusent avec les jouets que grand-père et grand-mère leur ont offerts puisqu'ils ne seront pas là au Jour de l'an. Lise est blottie sur le sofa ancien, placé sous la fenêtre ouest et suit la conversation des adultes, sans bouger, presque sans respirer pour ne pas se faire remarquer.

— Si ça continue, je ne sais pas ce qui va arriver. C'est certain que l'on ne peut pas vivre ensemble comme ça bien longtemps. Puis là, elle attend un bébé pour l'été.

Marie-Anna débite le tout d'un ton hargneux.

— Moi, je suis tannée, ajoute Aline en pesant chaque mot.

Les autres écoutent, ajoutent un commentaire par-ci, par-là.

— Peut-être que vous pourriez venir vivre en ville avec moi. Ça fait très longtemps que nous sommes séparés toi et moi, Marie-Anne.

— C'est vrai. Mais ça me ferait de la peine de laisser notre bonne vieille maison. Tout me parle ici, c'est chez-nous.

— Je sais bien. Cependant seul Jean peut cultiver la terre. Nous n'allons pas le mettre à la porte alors qu'il va être père. Ça fait tellement longtemps qu'il s'en occupe. On ne va pas lui ôter son gagne-pain quand même !

Lise sent le froid et la terreur l'envahir. Une boule visqueuse tourne dans son estomac. Sa tête est vide.

Seuls ses yeux embrassent la scène afin de la fixer à jamais. Quitter cet endroit où elle connaît tous les coins et recoins! Les animaux, ses chats en particulier, le coq blanc qui fait cocorico le matin, les gros bouquets de fleurs des champs qu'elle fabrique avec tant d'amour, tout, tout ça qui tisse sa vie depuis qu'elle est née. Enfin presque!

Tout son être se cabre et se révolte à l'idée de partir. Elle a mal au cœur rien que d'y penser. En ville, les femmes travaillent souvent. Elle va être seule. Néanmoins, personne ne lui demande son avis. Ce n'est plus Noël, c'est le plus misérable des jours.

Janvier est à peine entamé. Ils sont en train de dîner. À la radio, un chanteur à la mode entonne : *I'm sending you a big bouquet of roses...* Aline s'exclame :

– Eh! que j'aime ça cette chanson-là.

Mariette riposte :

– Moi, je ne l'aime pas pantoute.

Alors Jean se lève et change la radio de poste. Aline devient rouge de colère, sa pression monte d'un cran. Elle repousse sa chaise et quitte la table avec fracas.

Les moindres peccadilles devenaient prétextes à querelles. La façon de faire la lessive, le moment où Mariette pressait les vêtements. Elles s'en allaient vers un point de non retour.

La tempête atteint son point culminant le soir où Lise revint de l'école avec une bosse grosse comme une prune sur le front.

Les Labrosse conduisent toujours les enfants à l'école. Pour les tenir à l'abri des rafales, ils ont construit une cabane sur le traîneau, avec des fenêtres pour voir à l'extérieur. C'est ingénieux. Seuls les enfants qui demeurent à plus d'un mille et demi de l'école ont droit au transport. C'est la loi... sauf que quand vous dépassez une fille d'une douzaine d'années qui peine dans la neige ou gèle sous des températures glaciales, c'est difficile, voire mesquin de ne pas la faire monter.

Mais Armande est une enfant qui aime semer la pagaille. Elle a pris Lise pour tête de turc. Ce matin-là, ses railleries se font plus mordantes, plus tenaces.

Le midi, les dîneurs restent à l'école sans surveillance. Armande recommence. Elle commande à un garçon, plutôt tranquille d'habitude :

– Fernand, va embrasser Lise !

Il s'avance dans sa direction. Il est beaucoup plus grand qu'elle. Ils sont dans le vestiaire de l'école, long corridor muni de crochets de métal. Lise ne recule pas. «Ça ne se passera pas comme ça.» Elle s'élance, telle une furie et se frappe violemment le haut de la figure sur un support. Elle ne sent pas la douleur. Elle se met à frapper Fernand à coups de poing, à coups de pied. Celui-ci demeure saisi par la violence de l'attaque et cède sans riposter. Lise a gagné pour le moment.

Reste le retour à la maison. Si ce n'était pas de cette damnée enflure qui lui afflige le front et qui attire le regard, elle tairait l'incident. Comment faire ? Elle ne sait pas mentir, on lui a tellement dit que c'était vilain. Si elle connaissait la manière, elle cacherait la vérité pour éviter un esclandre, car chaque désaccord les rapproche de la ville. Elle hait cette idée.

Elle rentre, la tête basse, s'efforce de rester dans l'ombre. À peine trois minutes qu'elle est arrivée et Marie-Anna s'exclame :

– Qu'est-ce que tu as dans le visage, doux Jésus ?

– Je me suis frappée sur un crochet de métal dans le vestiaire à midi.

– Tu t'es cognée fort. Ça commence à devenir bleu. Comment est-ce arrivé? Explique-moi ça.

Et Lise raconte, évitant les détails superflus.

– Ainsi, Armande était encore dans la voiture ce matin ?

– Oui.

– Ben moi, je vais les appeler les Labrosse. Ils n'ont pas le droit de faire monter cette fille, cette faiseuse de troubles. Cette fois-ci s'ils ne comprennent pas, nous allons leur faire perdre leur contrat de transport.

Lise frémit. Mariette aussi. Pas pour les mêmes raisons. Celle-ci sait que chez ses parents cet argent est absolument indispensable en hiver. La plupart du temps, il contribue à amener du pain sur la table.

Elle essaie maladroitement de défendre sa famille. Marie-Anna balaie ses propos du revers de la main. Elle s'empare du téléphone. Les menaces pleuvent, bien réelles. Ils ont le pouvoir et la loi de leur bord. Désormais, Armande marchera.

Lise se sent effroyablement coupable, responsable. En plus, sa tête la fait souffrir. Elle n'en souffle mot. Le soir, elle se couche le cœur gros.

Pour passer les soirées trop longues, où personne n'a rien à dire, les femmes ont pris l'habitude de jouer au Monopoly. C'est le 8 février 1950. Le téléphone sonne. Marie-Anna répond. Elle a un drôle d'air. Elle se retourne :

– C'est John. Il est allé visiter un logis à Hull. Il doit donner une réponse ce soir. Qu'est-ce que je lui dis ?

La vieille maison est enveloppée d'un silence sépulcral. Soudainement, du fond de ses entrailles une voix s'élève que seule Marie-Anna entend :

– Va-t-en Marie-Anna. John et toi, vous m'avez donné naissance, nous avons grandi ensemble et nous nous aimerons toujours. Néanmoins, ton règne est accompli ici. L'existence est circulaire et la roue a tourné. Va retrouver John, si tu veux que je vive jusqu'à cent ans. J'ai besoin d'entendre à nouveau des rires, des cris, des chants d'enfants. Il y aura une autre génération de Marleau qui grandira en mon sein, grâce à ton départ. Et le domaine survivra jusqu'au prochain siècle et plus loin encore. Écoute ces petits qui s'en viennent, dans la joie et la douleur, car c'est ainsi que se tisse la vie. C'est pour la suite du monde.

Alors Marie-Anna, d'un timbre tout menu, répond à John :

– C'est bien, loue-le, nous viendrons.

Mariette, la larme à l'œil, murmure d'un ton chevrotant :

– Je vous demande pardon !

Le silence retombe. Lise est désespérée. Les préparatifs se feront rapidement. Elles vont partir le 10 au matin. Elles prendront le plus de meubles possible, les objets auxquels elles tiennent vraiment et reviendront plus tard chercher ce qui pourrait leur manquer, mais un appartement, c'est petit. Elles devront abandonner tant de choses.

– Mes chats, qu'est-ce qu'on va faire de mes chats ? s'écrie Lise.

– Nous allons habiter un quatre pièces au deuxième étage, il n'est pas question d'amener des chats.

Là, le vase déborde. Même pas Tacochon, un animal roux tigré, son préféré. Elle est malheureuse, encore plus que le jour où elle a brisé la poupée de porcelaine. Une dernière fois, elle va voir la lune qui brille sur la neige dans la côte et la peint d'un bleu indéfinissable. Son monde s'écroule, son ciel est noir.

Le lendemain, elle se rend à l'école l'avant-midi seulement, question de rapporter ses effets personnels. Elle essaie d'approcher Mademoiselle Souligny à plusieurs reprises. Il y a constamment plein de monde autour d'elle ou bien est-ce les mots qui sont bloqués dans sa gorge et qui n'arrivent pas à sortir. Finalement, c'est seulement quelques minutes avant le dîner qu'elle glisse à l'institutrice :

– Mademoiselle, je m'en vais. Nous partons vivre en ville.

Elle s'attend à une réaction bienveillante, chaleureuse. Mais non, rien. Elle reste froide. Lise ramasse ses affaires. Elle a hâte de fuir. Elle ne veut pas pleurer devant le monde. Toute sa vie, elle ne voudra pas pleurer devant les autres, peu importe l'ampleur de sa douleur.

À la maison, Marie-Anna et Aline noient leur chagrin dans les préparatifs. Elles ont l'impression de jouer un rôle, que ce n'est pas pour vrai.

Le 10 février au matin, le déménageur arrive à sept heures. Les meubles sont entassés dans la cuisine d'été. Marie-Anna laisse son beau poêle derrière elle. Elle frôle le réchaud d'une main tremblante. Comme c'est déchirant d'abandonner toute une existence de souvenirs.

À onze heures, elles prennent l'autobus à Plantagenet en direction d'Ottawa. Elles se rendent dîner chez Madeleine qui habite maintenant une maison bancale, en bois papillon, si près de la voie ferrée que le gros œil du train la transperce chaque soir. Seuls avantages, ils ont beaucoup d'espace et une cour clôturée où les trois garçons peuvent s'ébattre.

C'est un grand réconfort, de retrouver Madeleine. John, lui, est au logis de la rue Maisonneuve pour recevoir les meubles. Elles le rejoindront bientôt avec Madeleine et les marmots.

L'enfance de Lise se termine à ce moment-là. Elle devient, avant le temps, une petite demoiselle qui brode, lit, étudie.

Au mois de juillet 1950, l'ancien premier ministre du Canada Mackenzie King décède. John amène Lise au bureau de poste du Parlement. Puis, par des passages inaccessibles à la population, ils se retrouvent sur une galerie, juste au-dessus de la dépouille, pendant que la foule reflue jusque sur la rue Wellington. Lise, impressionnable, est convaincue de l'omnipotence de son grand-père.

Luc se marie au mois de septembre. Il a quitté son poste de chauffeur d'autobus, sous les pressions de sa belle-famille. Il est maintenant livreur pour un grand magasin de décoration.

Corona s'éteint le 4 octobre à l'âge de soixante-sept ans et sept mois, après une maladie pénible. Marie-Anna n'a plus de sœurs.

John voit que sa femme s'acclimate assez bien en ville. Il n'a pas l'intention de louer un logis bien longtemps. Il veut devenir propriétaire. Georges aussi se cherche une maison. D'un commun accord, ils décident de visiter des duplex, avec l'assentiment de Marie-Anna et d'Irène. Ils arrêtent leur choix sur une bâtisse en stuc gris, à toit plat, construite en 1923. À l'arrière, des hangars de bois plutôt laids, déparent une aimable courette où poussent trémières, hémérocalles, muguets, pivoines et glaïeuls. Ils emménagent en septembre 1951. Marie-Anna est satisfaite. Elle a retrouvé ses deux amours d'antan, John et Georges.

Le logement du haut, quoique plus petit, est bien éclairé, contrairement à celui du bas. Lise n'aime pas cette maison qu'elle trouve humide et sombre. Par contre, la cour et surtout, ah! oui, le chat Kitty, à la robe d'angora grise et blanche, que les anciens propriétaires ont abandonné, la comblent de bonheur.

À la ferme, une petite fille est née; un autre enfant est en route. Jean fait l'acquisition du patrimoine familial.

La boucle est bouclée. John a maintenant soixante-six ans. Il est revenu définitivement à Hull, sa ville natale, y écouler les derniers vingt ans de sa vie, dans une demeure ressemblant un peu à celle où il a vécu son enfance. Treadwell et le lac Georges, ce fut une longue parenthèse, heureuse malgré tout.

ÉPILOGUE

À l'aube ou à la nuitée, quand la brume nimbe le lac d'un air mystérieux, qu'elle caresse silencieusement les pieds des arbres, si vous contemplez la surface immobile depuis la coquette maison blanche sur la falaise, juste au-dessus de la roche des amoureux, aujourd'hui noyée par les hommes, écoutez bien avec votre cœur. Alors, vous entendrez d'abord comme un murmure, puis en crescendo, une voie grave et mélodieuse émergeant du lointain, vous charmer des accents d'autrefois. Cette âme vivra aussi longtemps que quelqu'un y sera sensible.

SOURCES

Boutet Edgar, *Le bon vieux temps à Hull. Tome I*, Éditions Gauvin, Hull, 1971.

Brault Lucien, *Hull 1800-1950*, Éditions de l'Université d'Ottawa, 1950.

Brault Lucien, *Histoire des comtés unis de Prescott et de Russell*, édité par le Conseil des Comtés Unis, l'Orignal, 1965.

Groulx Thérèse, *Plantagenet 1877-1977*, Hawkesbury, 1977.

Latrémouille Denise, *Hull, entre mémoire et histoire*, Éditions Vents d'Ouest, Hull, 1995.

Legrand Jacques, *Chronique du 20e siècle*, Éditions Chronique, Paris, France, 1990.

Ouimet Raymond, *Une ville en flammes*, Éditions Vents d'Ouest, Hull, 1996.

Tousignant André, *Présence d'autrefois... Paroisse Ste-Philomène [sic] 150e*, Mercier, 1990.

Collectif, *Paroisse Saint-Léon-le-Grand, Treadwell, On [sic]*, 1998.

Collectif, *Gatineau racontée*, Direction des loisirs et de la culture, Gatineau, 1995.

Collectif, *Fêtes jubilaires célébrées à Ottawa*, octobre 1899.

Archives et registres

Archives de la Commission scolaire des Portages-de-
l'Outaouais.

Archives de la province de l'Ontario.

Archives de l'Université d'Ottawa.

Archives de la ville de Hull.

Archives de la ville d'Ottawa.

Registres des baptêmes, mariages et sépultures de la
paroisse Notre-Dame-de-Grâce de Hull.

Autres

Government of Canada Telephone Directory.

Jean-Baptiste Marleau, *Brochure inédite,* Hull, 1954.

Le lac Georges

← *Vers Ottawa et Hull*   *Vers Hawkesbury et Montréal*→

Adaptée de la carte des Comtés unis de Prescott-Russell, Association touristique de Prescott-Russell / Prescott-Russell Tourist Association

1. Maison du bout du chemin
2. Petite terre
3. La vieille maison
4. Chemin du bord de l'eau
5. Chemin du lac Georges
6. Grande Ligne (*Boundary Road*)

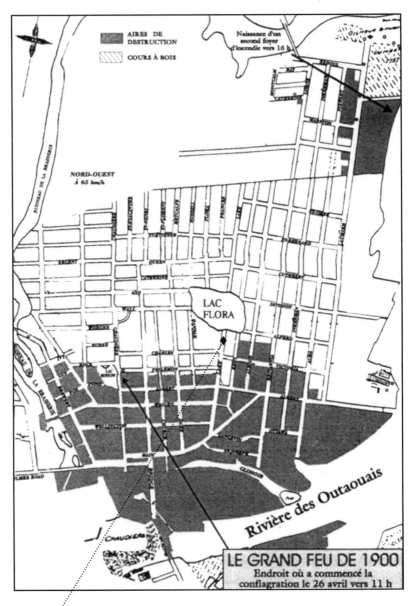

D'après le plan paru dans Une ville en flammes, *Raymond Ouimet,*
Éditions Vents d'Ouest, Hull, 1997, page 121.

♦ Résidence du 112, rue Lake.

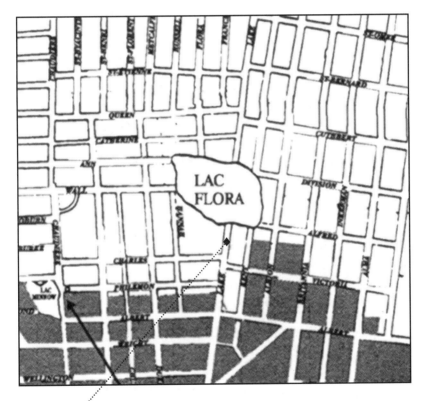

Agrandissement d'une partie du plan ci-contre.

♦ Résidence du 112, rue Lake.

Dans la collection
Romans

- Jean-Louis Grosmaire, **Un clown en hiver**, 1988, 176 pages. Prix littéraire *Le Droit*, 1989.
- Yvonne Bouchard, **Les migrations de Marie-Jo**, 1991, 196 pages.
- Jean-Louis Grosmaire, **Rendez-vous à Hong Kong**, 1993, 276 pages.
- Jean-Louis Grosmaire, **Les chiens de Cahuita**, 1994, 240 pages.
- Hédi Bouraoui, **Bangkok blues**, 1994, 166 pages.
- Jean-Louis Grosmaire, **Une île pour deux**, 1995, 194 pages.
- Jean-François Somain, **Une affaire de famille**, 1995, 228 pages.
- Jean-Claude Boult, **Quadra. Tome I. Le Robin des rues**, 1995, 620 pages.
- Jean-Claude Boult, **Quadra. Tome II. L'envol de l'oiseau blond**, 1995, 584 pages.
- Éliane P. Lavergne. **La roche pousse en hiver**, 1996, 188 pages.
- Martine L. Jacquot, **Les Glycines**, 1996, 208 pages.
- Jean-Eudes Dubé, **Beaurivage. Tome I**, 1996, 196 pages.
- Pierre Raphaël Pelletier, **La voie de Laum**, 1997, 164 pages.
- Jean-Eudes Dubé, **Beaurivage. Tome II**, 1998, 196 pages.
- Geneviève Georges, **L'oiseau et le diamant**, 1999, 136 pages.
- Gabrielle Poulin, **Un cri trop grand**, 1999, 240 pages.
- Jean-François Somain, **Un baobab rouge**, 1999, 248 pages.
- Jacques Lalonde, **Dérives secrètes**, 1999, 248 pages.
- Jean Taillefer, **Ottawa, P.Q.**, 2000, 180 pages.
- Hélène Brodeur. **Marie-Julie,** Mars 2001, 180 pages.
- Paul Prud'Homme. **Kosovo... et l'amour,** 2002, 108 pages.
- Nancy Vickers. **Les satins du diable,** 2002, 268 pages.

TABLE DES MATIÈRES

Un soir la vieille maison a parlé
est le deux cent trente-quatrième titre
publié par les Éditions du Vermillon

Composition
en Bookman, corps onze sur quinze
et mise en page
Atelier graphique du Vermillon
Ottawa (Ontario)
Films de couverture
Impression et reliure
Imprimerie Gauvin
Hull (Québec)
Achevé d'imprimer
en septembre deux mille deux
sur les presses de
l'imprimerie Gauvin
pour les Éditions du Vermillon

Deuxième tirage
en novembre 2002
Imprimerie Gauvin

ISBN 1-894547-42-X
Imprimé au Canada